何建明国家报告精选集

国家

2011·中国外交史上的空前行动

何建明——著

漓江出版社

图书在版编目（C I P）数据

国家：2011 · 中国外交史上的空前行动 / 何建明著
. -- 桂林：漓江出版社，2020.5
（何建明国家报告精选集）
ISBN 978-7-5407-8769-1

Ⅰ. ①国… Ⅱ. ①何… Ⅲ. ①报告文学 - 中国 - 当代
Ⅳ. ① I25

中国版本图书馆 CIP 数据核字 (2019) 第 233322 号

GUOJIA
2011 · ZHONGGUO WAIJIAOSHI SHANG DE KONGQIAN XINGDONG
国家——2011 · 中国外交史上的空前行动
何建明　著

出版人：刘迪才
丛书策划：张谦
责任编辑：刘红果
书籍设计：石绍康
责任监印：张璐

漓江出版社有限公司出版发行
广西桂林市南环路 22 号　邮政编码：541002
发行电话：010-85893190　0773-2583322
传真：010-85890870-814　0773-2582200
邮购热线：0773-2583322
电子信箱：ljcbs@163.com
微信公众号：lijiangpress
北京中科印刷有限公司印刷
[北京市通州区工业区 1 号楼 101 号　邮政编码：101118]
开本：690 mm × 960 mm　1/16
印张：19.25　字数：236 千字
2020 年 5 月第 1 版　2020 年 5 月第 1 次印刷
书号：ISBN 978-7-5407-8769-1
定价：40.00 元

作者近影

国家和人民永驻我心

（总序）

或许有的人写作是为了自我，但对我而言，如果纯粹是为了宣泄一点个人的情绪甚至是怨恨的话，这种写作本身就没有多少意义。然而我知道，相当一部分同行并不赞同我的观点，那是他们的事。

作为一名生活在伟大国家和伟大民族中的作家，我的笔力主要用于记述所在时代国家的发展与变化，以及发展与变化过程中的人与事，当然包括他们的决策与实施、成功或失败及其中无限的情感激荡。其实这是一件非常难的事，我们既要面临作品内容真实性的考验，又要抵抗那么多日新月异的新技术、新媒介的挤压，还要去研究和迎合广大读者每天都在变化着的趣味，自然还要抗击来自不同文体的朋友的冷嘲热讽……不是纪实体作家，是不可能经历这么多痛苦和折磨的，因为就像这个世界上的人一直在追求自由那样，真正的自由是其乐无穷的，不能自由者才是最痛苦的。纪实体写作（或说报告文学，或说非虚构写作）除了必须具备其他文体写作共有的功夫，还必须承受采访调查的劳作之苦以及作品出版过程中烦琐、烦人的审查，这些至少让一半以上的小说家、诗人等崩溃，以我 40 余年的经历，可以断定我的同行们的这种命运。设想一下，为了一次采访，一天中要换乘五六种交通工具，行程 20 多个小时，早上还在繁花似锦的京城，深夜竟然到了狗吠狼嚎的深山，你行吗？为了弄清一个事件，被矿主用土枪顶着腰眼以命换素材，你不害怕？为了调查贫困生现象，一年走几十所大学，采访当事人 400 余位，不烦死你才怪！“非典”袭来，整个北京城都在哭泣时，得天天到病区实地考察疫情，探望患者，体重一下降了 30 多斤，你敢同行吗？一场灭绝人性的异国大屠杀、一次震惊世界的大爆炸、一地死去十万人的大地震，不仅要去现场，还要去感受血淋淋的死亡，去倾听一个个幸存者的诉说，你受得了吗？然而这些都是我经历过的，都是我创作作品的基本需要，都是我生活和职业的一部分。当然还有许多你想象不到的，比如上午在中南海与国家领导人高谈阔论，下午可能就要在街头与一个流浪汉交朋友；比如今天你兴高采烈地为获得一个有价值的素材而欣喜，明天兴许就收到传票要去应对一场旷日持久的官司……你还会遇到无数件这样的事：当你加班加点、呕心沥血赶出一部得意之作时，无知者和横蛮者的一句“不行”就将你辛辛苦苦搞出来的作品打入十八层地狱……你欲哭无泪，天地不助。这可能还是好的。你还会因为你的激情歌颂而被人误解为是在献媚；而你一次正义的批判，却又会使得一向信任的“上级”从此不再信任，你最终落个“什么都不是”，这就是我所经历的部分酸甜苦辣。

然而，我从来没有后悔过，因为我爱自己的祖国，爱自己的人民，他们就是我的家，就是我的亲人。任何委屈和辛酸，都无法消磨我的热情与意志，消磨我对文学的执着与热爱。虽然有时深感痛苦，但很快就重新振奋精神，投入新的战斗。我常说自己是一名“冲锋的战士”，为了胜利，为了目标，为了任务，为了使命，也为了责任，痛苦和挫伤，甚至是牺牲，都属正常。只要我认为我做的事、写的人、记述的历史是真实的、生动的、精彩的和有用的，那么所有的一切苦累与付出，又何足挂齿？如果读者从我的作品中获得了感动与教化、振奋与激荡，我也就十分欣慰和知足了！

一个有良心的作家，一个有正义感的书写者，一个愿意通过自己的文字影响和改变某些社会现象，助力所在时代与民族进步的思想者，不经历超乎寻常的炼狱般的考验几乎是不可能的。我时常想，如果有一天知道自己的生命行将结束，我要大声地告诉所有活着的人：一个人没有权利不爱自己的国家和人民，既然爱，你就需要努力去奋斗，去为他们呐喊，去为他们讴歌，去为他们倾情——以你特有的方式。

我便是这样一路走来的，还将继续走下去，因为祖国和人民永驻于心，直到天荒地老，这份情常青永鲜。

何建明

2019 年新中国七十年国庆日

如果离开了自己的国家，你还会有什么？

如果没有了自己的人民，国能是什么样？

——题记

在中国，除了天安门、人民大会堂和新华门，还有一个地方，迎风飘扬的五星红旗和高高悬挂着的国徽，让人感到既庄严肃穆又崇高神圣，它就是中华人民共和国外交部。

外交部大楼从正面看，那巨型的扇面式建筑，像是一架手风琴，布在“风箱”上的一个个闪着光芒的窗口，密集有序，充满神秘。在这座大楼里，每天都弹奏着一个国家和整个世界之间交往的外交乐章，时而紧张激越，时而惊心动魄，时而柳暗花明，时而又像潺潺流水般和缓动听。

现在，我走进这座大楼，走近我们的外交官们，静静地倾听他们的讲述……于是一件震惊世界外交界、让无数国家的外交同行和政要们高竖拇指的大事内幕，徐徐在我面前展开。这件值得铭刻石碑的大事，只属于中国，只属于正在崛起的、以人民福祉和人民生命为至上的我们的国家……

目 录／Contents

第一章

2011年2月21日——一个国家决定的产生

黄屏，外交部领事司司长。在这座扇面式大楼里，他是上百位司局级干部中的普通一员。这一天清晨，他是从办公室那张临时搭起的行军床上起来的。他和副手、领事司副司长兼外交部领事保护中心主任郭少春等人已经两天没有回家了，这仅仅是大战开始的前夜。

利比亚的形势每天都在恶化，其发展速度根本无法预料。从2月19日开始，我驻该国大使馆向国内发来的电文一封比一封急切：

“利比亚政府已经失去对多个地区的控制，目前我在利工作的数万名建筑人员和公民面临万分危急之势……”

“20日晚起，这里已陷入全面动乱状态……”

“形势已万分危急，我在利建筑工地多处遭遇袭击和破坏。有的公司财物被抢劫一空，并有数百上千人被暴徒残忍地赶到荒无人烟的沙漠之中……”

“我们是领事司，维护海外中国公民的生命和财产安全义不容辞。现在几万名在利同胞身处险境，我们必须时刻坚守岗位，全力以赴投入战斗！”黄屏斩钉截铁地说。

对黄屏和领事司的同事们来说，现在他们面临的这场战斗绝对是超级大战：要从远在万里之外的非洲战乱之地，将几万名随时处在生死危急之中的同胞接回来……

“怎么接？”

“什么时候才能接完？”

“要动员多少人力物力？”

“拖上十天八天，要是死了几百几千人咋办？”

黄屏一说起当时十万火急、迫在眉睫的危急形势，语速快得就像连珠炮，脸涨得通红，情绪格外激动。

必须把同胞接回来！接到咱祖国的土地上！必须让他们平平安安地回到自己的家！

这是黄屏和领事司同志们共同的心愿，也是他们掷地有声的誓言。

“2004 年 6 月，中铁十四局到阿富汗参加援建工作的 11 名工人被武装分子袭击遇难，是我去机场接的。当时看到排得整整齐齐的 11 口棺材时，我的心痛啊！你想想看，11 口棺材哪，那都是我们自己的同胞。接机的遇难者亲属也在现场，他们个个哭得死去活来……这一幕我永远忘不掉。”泪光在铁骨铮铮的黄屏的眼眶里闪动。

“这一回是几万同胞啊！他们身处水深火热的险境，利比亚炮火连绵，枪声四起，流血冲突和暴力事件每分每秒都在发生。一旦他们被交火双方当成人质，出现成百上千的伤亡，那可是天大的悲剧啊……”黄屏的嘴唇在颤抖，尽管事情已经过去了一年多，他依然激动不已。

“所以，我们外交部、我们领事司的任务，就是要想尽一切办法，及早把我们的同胞安全地接回来！”黄屏重重地补了一句，“一个也不能少地全部接回来！”

黄屏深吸了一口气，昨天杨洁篪外长主持召开紧急会议的情景还历历在目——

亚非司司长陈晓东汇报利比亚形势："目前的判断，从利比亚的内部看，卡扎菲高压统治已经四十二年了，政治上四面树敌，经济建树也不多；从外部看，西亚北非政局动荡来势凶猛，虽然卡扎菲本人试图讨好西方，但仍被视为异类，必欲除之。利比亚形势将继续恶化，很可能变成全面内战。"

"我同意晓东的看法，"国际司司长陈旭说，"从我常驻联合国代表团那边报来的情况看，西方国家正在酝酿出台有关利比亚的提案，意在整垮卡扎菲。"

"那么，如果局势恶化，我们人员撤离会不会受到冲突双方的阻碍呢？"外交部党委书记张志军提出一个关键性的问题。

"肯定有困难，但总体上应该不会遇到阻拦，因为中利双边关系还算正常，反对派方面要争取国际承认，也很看重我安理会常任理事国的大国地位，不大可能得罪我们。目前我们在卡扎菲和反对派两边都有关系，只要工作到位，政治层面应该有保障。"外交部副部长翟隽说。

杨洁篪外长一直沉默地听大家的意见。张志军书记看看他说："看来，我们要把工作往前赶，也要做最坏的打算。"

"看来要撤人了。"杨外长终于说话了，只听他用低沉的语气道，"人是第一位的，人命关天，首先要考虑的还是我们自己的人要安全。现在最要紧的事是，政策司、亚非司把情况搞清楚；欧洲司、非洲司先准备起来，关键时刻要能找得到人，说得上话，办得成事。把这么多人撤出来需要时间，要尽可能争取时间。"

杨外长抬头环视了一下在座的副部长和司局长们，指着财务司司长胡建中说："兵马未动，粮草先行，先和财政部的同志沟通好，可能需要特事特办。”

“明白。”胡建中重重点头。

杨外长随即宣布：“现在部里需要成立处理我在利公民安全事宜的应急领导小组，请志军书记挂帅，宋涛、翟隽为副组长，黄屏、陈晓东和各部门一把手为小组成员。”

“好，大家按照杨部长的布置行动吧！”张志军书记说。

“听着，从现在起，我们这里的所有人，除了上厕所，一刻也不能离开岗位！”按照惯例和业务职责，领事司和所属的领事保护中心（以下简称领保中心），毫无疑问是具体行动的主要执行单位。黄屏在领事司说完这句话，又小跑着赶到领保中心重复了同样的话。

“有多少人呀？”

“听说有一万多！”

“何止，少说两三万呢！”

“天哪！这可怎么弄呀？”领事司和领保中心的年轻人近些年也经历过大大小小十余次撤侨行动，但这么遥远、这么多人，又这么紧迫，他们可从来没有遇到过。几万人的生命安危此刻与他们息息相关，亿万民众和数千万海外侨胞在热切关注，其压力之大可想而知。

此等事态外交部没有遇到过，中华人民共和国也没有遇到过。

20 日晚，紧邻外交部居住的不少北京市民看到那栋手风琴式的扇形大楼有不少窗户彻夜通明……

21 日早，黄屏和郭少春就从领保中心赶到部会议室参加应急领导小组碰头会。平日总是笑容可掬的杨洁篪部长也来到会上，此刻杨部长的脸上已经没有一丝笑意，他用极其深沉的语气再次强调：“继续密切关注利方局势发展，尽快做出撤离我同胞的方案。”

是啊，大战将至，几万人的撤离方案怎么做？谁来做？

“由宋涛牵头，办公厅协助，领事司和领保中心打头阵，其他部门全力配合。”外交部应急领导小组组长张志军下达命令。

碰头会用了不到半小时。接下命令后的黄屏和郭少春对视了一下，不约而同地最先站起来。

“黄屏、少春！”宋涛叫住了他们，“你们最好中午前把撤离预案给我，下午一上班要开部内协调会，紧接着是各部委之间的协调会。没有方案不行啊！”

黄屏和郭少春会意，这分明是于迫在眉睫之上再加四个字：十万火急！

“是！宋副部长，我们一定在中午前拿出预案！”黄屏回答得干脆利索。他拍了一下郭少春，两人一路小跑着往领保中心赶。

“接下去的半天是怎么过来的，我真的想不起来了！”黄屏摇着头说，“反正我和少春的脑子就像开足马力的机器，全速运转。领事司和领保中心的几十号人也都被动员起来，有的收集前方信息，有的研究撤离路线，有的测算运力计划，有的与驻利比亚和周边国家的使馆联系，还有的紧锣密鼓地与商务部、国资委、公安部、民航局等单位沟通。总之，我们以最快速度做出了一份高质量的撤离预案报告。中午前送到了办公厅，送到了宋涛副部长那里……”

这天中午，有人看到宋涛根本就没扒几口饭，办公厅的张明主任都没时间端饭碗。他们的任务是马上把撤离预案改成上报部长和主管外交工作的国务委员戴秉国同志的正式方案。与此同时，外交部牵头、有十多个部委参加的部际协调会也在紧张地准备着。

下午 2 时 30 分，外交部的部内协调会首先召开。各部门领导参加，并形成七点意见，其中最重要的是撤离方案，而方案已经涉及海、陆、空联动，甚至考虑出动军队……

乖乖，这是啥阵势！有人在窃窃私语时瞪圆了眼睛。

4时整，由外交部牵头，公安部、安全部、交通运输部、农业部、商务部、国资委、海关总署、国家质检总局、民航局、解放军总参谋部及相关公司负责人参加的部际协调会在外交部大楼召开。宋涛主持，并向各单位布置撤离事宜的相关任务。

会上出现了一些意外，某建筑工程公司驻利比亚的负责人汇报情况时说着说着，竟然哭了起来："我们的工地从19日开始，已经被那边的暴徒们连抢了好几次。他们都是拿着枪的，我们有好几名工人被打伤了，可怜的是那些女同志，个个吓得不知咋办。刚才来开会之前，我又跟那边联系了一次，说他们已经顶不住暴徒们的洗劫了，撤到沙漠的营地里。几分钟前我又连续打了十几个电话，可再也联系不上……这几百号人要出了问题，我可咋向他们的家属交代呀！求求你们外交部，求求政府，快帮忙吧！"

那是位平时说话气壮山河的国企大老板。他的哭求，让会议顿添几分悲忧。

"所以说，局势已经到了十分危急的时刻，大家必须怀着对人民负责的态度，迅速行动，争分夺秒，尽可能地确保我在利公民的安全，顺利完成撤离任务！"宋涛高声强调。

"那就把任务分配给我们吧！"

"对，叫我们干什么，尽管说来！"

"还有我们……"

各部委的态度，让外交部的同志非常感动。这时，办公厅有人来向宋涛报告："戴国委马上到，他要见你。"

“抱歉，我要去见一下国务院领导。”宋涛一听，立即中断会议上的发言，又朝办公厅主任张明使了个眼色，两人匆匆赶到办公室。

国务委员戴秉国、杨洁篪部长、张志军书记前后脚进屋。

“老领导，您事先也不打个招呼，我好到门口接您去呀！”宋涛有些措手不及地给首长让座。

“这是我的老家，还用客套吗？”戴秉国随手脱下长大衣，往椅子靠背上一放，笑眯眯地对自己的老部下说。

作为主管国家外交事务的国务委员，戴秉国曾在外交部工作了三十多年，几乎认识机关里的所有人。新老外交官们对他更熟悉，因为他对所有人都特别亲和，见了人就眯眯笑，所以外交部上上下下都亲昵地称他是“可爱的小老头”。“快过七十了，个子又小，还不是小老头？”这些年，戴秉国逢人总这样说，说完又一脸笑眯眯。

真是位可爱至极的领导人！但是此刻，戴秉国脸上的笑容很快消失了。当他听完关于利比亚撤离方案的简短汇报后说：“我在利比亚的人员到底是两万人还是三万人，或许更多？这么多人要在短时间内撤回来，形势严峻，事关重大，外交部恐难独立应对，应当上升至国家层面来研究。”

那是巴不得的事！宋涛的内心就是这么期待的。

“要走国家层面，主席、总理必须点头。你们尽快准备好报告。”戴秉国指示道。

“是。”

戴秉国只在外交部停留了不到半小时，但就是这半小时，完全改变了外交部原先的撤离预案。也就是说，一场中国有史以来最大的海外撤侨战役，从外交部层面一下上升至国家层面！

“马上命令各部门按照戴国委的指示，迅速重新部署！”杨洁篪指示宋涛，当即以外交部应急领导小组的名义，向部机关和前方使领馆发出新的战令。

黄屏接到的部里命令是，要他马上成立以领保中心为主的外交部利比亚撤侨应急指挥中心，其任务为：全力配合和协助国家有关部门进行利比亚撤侨工作。

领事司的内部动员会即时召开，三四十名业务骨干被抽调到领保中心的应急队伍之中。

“大家听着，我们要打大仗了！从现在开始，全体人员都要进入 24 小时应急状态，直到撤离战斗结束！”黄屏像个前线指挥官，站在领保中心那间办公室中央，这样命令着。

副司长兼领保中心主任郭少春做出具体分工：“中心需要分为联络组、信息文电组、包机组、电话值班组……所有同志一律两班倒，24 小时全程值班！”

“今晚要在中央电视台《新闻联播》节目中和新闻频道上滚动播出我们领保中心有关利比亚撤侨的热线电话，接电话的同志安排好了没有？至少两位同志。我看还是女同志当接线员好一些，她们态度好，公众容易接受。女同志谁上呢？郝雨和陈枫吧！今晚开始你们就要提前进入战斗了！有没有问题？”黄屏吊着嗓子问。

“没有！”郝雨、陈枫两位女同志异口同声道。

“家耀，抱歉了。今天是你儿子满月后上班的第一天，却不能让你回家……”黄屏拍拍联络组组长、领保中心副主任朱家耀的肩膀，十分抱歉地说。

“把前线的情况赶紧摸清楚，就算是我最对得起儿子和他妈了！”朱家耀连头都没回一下，已经俯身操起办公桌上的专用电话，向中国驻利比亚大使馆喊着：“是王大使吗？请把你们那边的情况再跟我说说……”

“民航局吗？请你们确定在这几天里能抽调多少架飞机……”包机组的张赫群、张良轮番给民航局打电话。

“司长，请你马上审阅……”领保中心的另一位副主任张洋将已经拟好的公民告示和热线电话电文，递到黄屏手里，“如果没问题，电文将在中央电视台《新闻联播》中和新闻频道滚动播出。”

“我看可以。少春，你再推敲一下。”黄屏迅速扫了一眼，随即塞给郭少春。

郭少春认真看完电文后，果断地说：“就这样吧！”

黄屏拿着手机，边接听电话，边拉过郭少春说：“部里指示，让我们把撤离方案报告再审核一下，立即送中央……”

几十分钟后，《新闻联播》节目开始，亿万人民都看到了屏幕下方那行不断滚动着的文字——外交部在利比亚中国公民领事保护中心应急热线电话：(010)65963747、(010)65964095……

从这一刻起，外交部领保中心的电话铃声，片刻都没有停息过，它连着亿万国人牵挂的心，连着世界各地……

“第一天、第二天我还能扛得住，后来我的胳膊全都麻了。麻了也要不断地抬着，习惯性地伸缩。总之，你问我一天接多少电话，我根本记不清，有好几百个吧！”接受采访时，陈枫说。

“电话多数是在利比亚工作的同志的家属打来的。有人第一次打来就哭，那是焦急地哭；第二次打来还是哭，是高兴地哭，知道我们帮他们找到了亲人；第三次打电话接着哭，因为知道自己的亲人平安无事后，激动地感谢党和政府……”郝雨说。

热线电话里除了哭，就是喊，不停地喊着“求政府”“求外交部”“求大使馆”救救他们的亲人。也有人从战乱中的利比亚打来电话，请外交部向他们国内的亲人转告平安，还有人惊慌失措半天说不出话，只是一味地哭泣……

所有人都在着急，所有中国人都在为远在万里之外、身处险境的同胞们着急！

此刻，还有一位更着急的人，他就是国务委员戴秉国。

从外交部出来，应是快下班的五点来钟。戴秉国赶着去钓鱼台参加一项重要的外交活动：陪同国家主席胡锦涛会见某国总统。原本这是一次礼节性活动，然而今天我们的国务委员肩负着神圣使命，他要当面向胡主席请示，把利比亚撤侨战役上升至国家层面。

前线形势越来越严峻，每一分钟的延误都有可能给我几万同胞带来不堪设想的严重后果。

“主席，关于利比亚撤侨的事需要向您请示……”傍晚，戴秉国见缝插针，在胡锦涛主席宴请总统的间隙，凑到胡主席身边，俯着身子轻声汇报。

胡锦涛不时点头，时而转过头，一一指示戴秉国……

很快，戴秉国离开了钓鱼台，乘车直奔中南海的办公室。

“接外交部……”戴秉国进办公室门的第一句话就对秘书说。秘书抓起电话的那一瞬间，有些心疼地看了一眼自己的首长：他可已是七十岁的人了！

晚9时，外交部办公室里，宋涛正在与我驻利比亚大使王旺生通话：“形势十分严峻，国家层面的撤侨行动马上要全面开始，你们一方面要尽全力做好在利人员的保护和撤离工作，也要加强防范，确保自身安全。”宋涛语气坚定，又充满感情地吩咐道。

"请部里放心！请党中央放心，我们一定坚守到底，完……成好……祖国交给的任务！"

"你的嗓子怎么了？已经哑了吗？老王，你身体怎么样？顶得住吗？战斗就要开始了……"宋涛不无担心地问，又心疼地叮嘱，"你和同志们千万要注意身体啊！"

"我挺得住，请放心……"远方传来的声音断断续续，还伴随着咝咝啦啦的杂音。

宋涛看了看手表，对办公厅张明主任说："的黎波里的通信状况已经变得不大稳定了，情况在恶化。事不宜迟，你叫上晓东、黄屏他们，10点钟到我这里，咱们再开个紧急碰头会。"

9时50分，办公厅、政策司、亚非司、领事司等几个部门的负责人提前到达外交部会议室。宋涛说："中央正在研究我们的报告，部里的工作必须提前进入战斗状态。只有这样，一旦中央的决定下达，整个撤离战役就会以排山倒海之势展开。人命关天，从现在起我们不能耽搁哪怕是一分钟的时间！"

停顿了一下后，宋涛看着黄屏、郭少春，下达指示："你们必须立刻通知驻埃及、土耳其、突尼斯、希腊、马耳他等国的使领馆做好相关工作，请当地政府为我们从利比亚撤离人员提供一切可能的入境及安置便利；还有，要以最快的速度了解从有关国家租用飞机、轮船等交通工具的可能……"

会议开了不到半个小时，但宋涛发出的指令足有几十条，每一条都十万火急！

办公厅、亚非司，尤其是黄屏、郭少春他们的领事司和领保中心，背回去的任务具体落实起来足有几卡车那么多！

回过头来再看中南海的一连串“国家决定”程序。

外交部的撤离报告送至戴秉国手里后，随即被呈报到总理办公室。

总理温家宝神情严峻而凝重地在关于利比亚撤侨“一级响应”的请示报告上写下长长的一行重要批示……

一直等待最高领导决策的国务委员戴秉国，此时刚想脱下衣服往床上靠一靠，红机电话铃响了：“秉国同志啊，总书记和总理批示了，让我和你一起来指挥这场战斗……前方的形势很紧急，你看我们是不是明天……不对，现在已经过零点了，应该是今天一早就得开第一次国务院应急指挥部会议？”

是政治局委员、副总理张德江来电。

“好，我完全同意。不过建议今天的会比平时早一点开。”戴秉国说。

“那好，就定 8 点正式开会。我来安排人往下通知，你眯一会儿……”张德江说。

副总理和国务委员之间的电话暂时放下。随即，中南海的电话将一个个相关人员叫醒：

“尤权副秘书长，请您 8 点务必准时参加国务院召开的会议……”国务院副秘书长尤权接电话的时候，还没有睡。

“杨部长，请您 8 点务必准时到中南海参加紧急会议……”杨洁篪接到通知时为凌晨 1 点左右。宋涛比黄屏接到会议通知早十几分钟。

国资委副主任黄丹华接到会议通知时，大约为两点钟。

中建总局、国家民航局领导们则在凌晨 3 点左右接到通知……

这一夜，中南海的许多人彻夜未眠，因为 8 点召开的会议上需要准备各种材料。

数十个部委的主要领导者同样不能睡觉，他们多数人接到电话通知后就知道中央必定有特别紧急的大事，谁还能睡得着呀？那些住在城郊的同志干脆在接到会议通知后，直接开始往中南海赶了……

6 时 50 分，黄屏带着他与郭少春用几个小时准备和修改好的撤离草案，随杨洁篪、宋涛等赶赴中南海。

“我们到国办会场时，还不到 7 点半，所有参与行动的相关单位的负责人几乎都到齐了！”黄屏对那一天的会议情景记忆深刻。平时国务院开会，都是在 9 点开始的，2011 年 2 月 22 日这一天例外。因为这一天的前夜，国家主席胡锦涛和总理温家宝正式做出了从利比亚撤侨的决定，采用的是“国家一级响应”。

何为“国家一级响应”？用通俗的话讲，即为国家最高级别的动员，与应对 2008 年汶川大地震同等级别！

22 日 8 时整，国务院副总理、利比亚大撤离行动国家应急指挥部总指挥张德江来到会场。

“嘿，都到齐啦！看来我们的队伍真是拉得出、打得响啊！”副总理满意地点点头。然而这仅仅是瞬间的轻松。会议开始，气氛骤然凝重和紧张起来：利比亚形势瞬息万变，每一分钟都在向不可预测的方向恶化……

“那天的会议上，我们心情都很沉重，但大家又都很有信心，都朝着一个目标努力：按照中央领导的意见，克服一切困难，把我们的同胞救出来！整个决策和方案都充满智慧，各单位纷纷请战，令人感动。”采访时，杨洁篪外长这样对我说。

“从利比亚撤侨，涉及几万人的身家性命，事关大局，我们一定要千方百计保障我方人员安全，千方百计保障我财产安全，千方百计维护我国家利益……”张德江强调的这三个“千方百计”成为整个撤侨战役的行动方针。

“这么大的战役，我们要有对困难的足够估计，也要有死人的准备……必要时，请求中央军委出动军事力量。”戴秉国补充道。

会议宣布张德江为总指挥，戴秉国协助张德江，国务院副秘书长尤权为总协调。各相关单位请战情绪高涨，外交部被指定为国务院应急指挥部办公室，部长杨洁篪主抓，部党委书记张志军为外交部应急领导小组组长，宋涛、翟隽为副组长。

外交部实际上担任了整个撤侨行动的前线指挥部职能。

战斗部署完毕，一场有史以来中国最大的撤侨行动开始了——

第二章

前方，战乱惊心……

“砰……”这第一声枪响，是利比亚反对派 2011 年 1 月 14 日在班加西市一个叫苏卢格的施工现场打响的。当卡扎菲的女保镖将这一消息告诉他时，这位“非洲之王”不屑一顾地“哼”了一声说:“我是穆阿迈尔·卡扎菲，不是本·阿里！想搞倒我没有那么容易！”

“砰砰……”这回是两声还是三声枪响，似乎谁也没有在意，但反对派枪管里射出的愤怒子弹已经在昭示着什么。这一天是 2011 年 10 月 20 日，距卡扎菲听到前一次枪响时隔九个月零六天。这回卡扎菲又说了话，说得断断续续、战战兢兢:“我是这个国家的领导人，是你们的父亲，孩子，你们不能这样……”然而没有一个人听他的话，躲藏在水泥涵洞里的他被人拖出，死在乱枪之下，死状特别的血腥……

这是一个强权和独裁国家的统治者的命运，一个统治了国家四十二年的“革命领导人”的命运。一切都在瞬息万变之中，好像连主宰者都无法控制一样。

利比亚民众给自己的统治者打响的第一枪，似乎与更迭政权无多大的关系。1 月 14 日在班加西市苏卢格工地上响起的枪声，是一帮抢房子住的百姓与前来维持秩序的警察发生冲突引发的。此前卡扎菲在一次公开场合上说过这样一句话："我的人民必将拥护我，因为我正在为你们建许多许多房子，有的已经快建好了，你们可以住上好房子、过上好日子！"

令卡扎菲想不到的是，那些祖辈无房的贫苦百姓一听这消息，疯狂地冲到了那些正在盖建的房屋工地上，见到已经建好或快要建好的房子，便兴高采烈地写上自己的姓名，然后又蹦又跳地欢呼"我有房子住了""我有房子了"。这一喊不要紧，喊醒了千千万万生活在底层的平民百姓，他们一个比一个疯狂地冲进建房工地，于是引发了全国性的抢房狂潮。

君不知，利比亚的建房工程，几乎全由中国人承包施工，动乱时首当其冲的自然是我们的同胞。这是后话。我们需要粗略了解一下在 2011 年开始几个月里，利比亚和卡扎菲命运发生变化的背景。

对于全国的抢房乱象，卡扎菲很生气，后果当然很严重。他发出命令，可乱象依旧，他脑子一热动用大量警察去驱赶抢房百姓。火势暂时扑灭了，但卡扎菲并不明白，那些不听命于他的臣民们为什么选择了在 1 月 14 日这一天闹事。

其实，这一天除了自以为强大无比的卡扎菲本人外，几乎所有的人都在关注他们的邻邦——突尼斯。一场"大革命"仅仅用了二十七天时间就彻底改变了一个国家、一个政权的命运：74 岁的总统本·阿里这一天晚上再也招架不住，携家人仓皇离境出逃，从而结束了他四次连任总统、统治突尼斯长达二十三年之久的历史。

据说，突尼斯总统本·阿里出逃的消息传到的黎波里卡扎菲的豪华露天帐篷内时，卡扎菲很不以为意，并说："西方侵略者靠几条狗的一把火想烧毁非洲的革命阵营，只会是白日做梦！"

卡扎菲小视了"一把火"的威力。他整天逼着利比亚人民背诵他的语录，却忘记了一句经典的话：“星星之火，可以燎原。”其后，突尼斯的动荡像是导火线，在北非引发了一连串波澜壮阔、惊心动魄的大事件，埃及、也门先后发生动荡，埃及总统穆巴拉克、也门总统萨利赫相继下台，让全世界都为之震惊。

也门与利比亚同属阿拉伯国家，埃及和突尼斯则在利比亚的一东一西。周边国家如此巨大的政治风暴和民众革命，怎能不影响利比亚？尤其是西方世界早已对这个拥有巨大石油资源的地中海南岸国家垂涎三尺。堡垒往往先从内部攻破，利比亚的问题主要出在内部，或者说是出在一心想当“非洲之王”的“卷毛狂人”、国家元首卡扎菲自己身上。

利比亚是非洲富裕国家，人均收入居于高位。尤其是它的石油，其品质无与伦比。然而，这个只有600万人口、富得流油的国家，民众却没有像同样盛产石油的阿联酋、卡塔尔人民那样过上好日子。

利比亚实行计划经济，这并不能说是绝对错误，问题的关键是卡扎菲声称自己搞的是不同于社会主义和资本主义的第三条道路，却没有把广大民众的生活放在第一位予以重视。相反，他利用家族控制了利比亚的经济命脉。建设方面由于过度依赖外国劳工，不重视基础工业和民生工程，百姓的失业率不断攀升，生活水平近年不断下降。

一心想做非洲“王中王”的卡扎菲从20世纪90年代开始，将雄心放在整个非洲，对外援助非盟他十分慷慨，由此当上了让他内心深感满足的非盟主席。老卡在国内除了不重视民生，留下后遗症，还有一点也是致命的：他对自己的家乡和“革命圣地”——他当年发动军人“起义”的根据地等地区的发展很给力，却极不重视东部城市班加西等地的经济建设，资金投入极少。多少年来，首都的黎波里繁荣发展，高楼林立，高速公路畅通便捷，而利比亚第二大城市班加西却萧条破落，市内道路坑坑洼洼、破烂不堪……

反对和支持卡扎菲的东西部落之间积怨不断加深，在邻国突尼斯、埃及"革命风暴"影响下，反对派的力量正在聚集并窥伺着机会，班加西的地位此刻就显得越来越重要。

2011 年初的利比亚，看起来似乎很平静，到处依然张贴着卡扎菲的头像和绿色旗帜，其实整个利比亚已像一片临近燃烧极点的枯草地，只差有人划上一根细细的火柴，一场席卷全国的燎原大火必将燃起——后来的情况果真如此。

这次"划火柴"的是一位律师，他叫法思·特比尔，班加西有名的"阿布萨利姆家属"组织发言人。2 月 15 日，法思再次准备到班加西当地的卡扎菲政权去"说理"，却被警察投入了监狱，于是法思的支持者们得知情况后就上街游行抗议。

第二天，当局不得不将法思释放，以为这样就可以平息了事，没想到从此上街游行的人越来越多，且一直蔓延到利比亚其他城市，包括首都的黎波里……

有必要交代一下法思为什么被抓，他和"阿布萨利姆家属"组织有何渊源。

20 世纪初，利比亚是意大利的殖民地。1927 年至 1934 年间，利比亚领土被意大利统治者一分为二，同时白人大批拥入这个地中海南岸蕴藏大量石油的国家。"利比亚"这个名字也是意大利人在 1934 年时启用的。二战期间，利比亚人奋起反抗殖民主义者，代表人物叫奥马尔。如今班加西街头到处还有这位民族英雄的头像，就连目中无人的卡扎菲也称奥马尔是"国父"。

之后的漫长岁月里，利比亚的外部环境尚算平静，卡扎菲"革命"成功之后，几度与西方决裂，后来又"反省"。特别是 21 世纪以来，利比亚出现了“开放”迹象。这个时候，一件并不经意的事却发生了。2006 年 2 月 17 日，意大利驻班加西领事馆门口聚集了大批民众，他们是来抗议的，因为一个意大利人身穿印有被全世界穆斯林视为“亵渎真主”的丹麦画家漫画形象的外套，在班加西招摇过市。

在这场抗议过程中，有个 14 岁的男孩上了意大利领事馆大楼的屋顶，欲将意大利国旗拔下来。结果利比亚当局开枪扫射，随即便引发了冲突，14 名平民在这场冲突中死亡。这一天在利比亚人民心中留下了极深的伤痕，班加西人称它为“愤怒日”。

法思在 2011 年 2 月 15 日被当局逮捕的原因，就是卡扎菲军警人员认为，法思是在准备为两天后的“愤怒日”组织一场反政府示威。

“阿布萨利姆家属”则是另一个事件。话得从卡扎菲统治下的 20 世纪 90 年代说起。他通过军警逮捕全国持不同政见人士，把他们关在的黎波里阿布萨利姆监狱。由于卡扎菲实行的是残酷的“逆我者亡”的高压政策，1996 年 6 月 29 日，阿布萨利姆监狱内的一千二百多名政治犯因为抗议狱中的非人道行径而被卡扎菲当局枪杀。他们的尸体被运到郊外秘密地集体埋葬了，这些死者中多数是班加西人。

这样一桩惨案，利比亚人一直以来不敢刨根问底，皆因慑于卡扎菲政权的残酷手段。2004 年，一心渴望获得西方好感的卡扎菲承认了“阿布萨利姆事件”，此后有相当多的遇难者家属要求政府公布遇难者名单和他们被埋葬的地方。

强人卡扎菲对此既不妥协，又一直不松口，致使“阿布萨利姆事件”中的遇难者家属近几年来一直不停地举行集体抗议活动，故在利比亚有了“阿布萨利姆家属”组织。律师法思是这个组织的成员，也是他们的发言人。法思的一个哥哥、一个堂兄和一个姐夫就在这一千二百多名死者之中。法思是弄清“阿布萨利姆事件”真相的坚定拥护者，所以自2004年开始，他每个星期都会到法院门口进行抗议。那些年里，只有法思一个人这样做，他也因此坐了七次牢，并且屡遭严刑拷打。然而法思从来没有屈服，这也使得他成了班加西有名的反政府人士。

邻国突尼斯出现政治动荡，总统在2011年1月14日深夜出逃，消息很快传到利比亚。一直对卡扎菲政权心怀仇视、持对立态度的班加西人，认为时机已到，应当顺势揭竿而起。然而，谁来领导推翻卡扎菲的斗争呢？

法思！法思是他们的英雄，他有足够的勇气和智慧！于是从2月14日深夜至15日清晨，不断有人来到法思的住处，他们兴奋地怂恿心目中的英雄，挺身而出擎起反卡扎菲的大旗。

“以真主的名义，我愿意为推翻暴君和专制挥洒鲜血……”法思面对群情激愤的拥护者，也毫不含糊地亮出自己的主张。

当局的秘密警察很快发现了法思及其追随者的动向，15日当天就将法思逮捕了。消息传出，班加西的“阿布萨利姆家属”组织立即到街头示威游行，要求当局释放法思。迫于群众的压力，害怕几个邻国接二连三的反政府抗议浪潮席卷到利比亚，班加西当局在16日释放了法思。不想为时已晚，或者说卡扎菲政权没有想到的是，那些久积在利比亚民众心中的反卡扎菲统治的愤怒之火此刻已经点燃，迅速蔓延开来，变成熊熊大火，再也无法将其熄灭……

2月17日，是班加西有名的“愤怒日”，人们纷纷上街游行，开始是几百人，后来是几千人、几万人，再后来仿佛是全城男男女女、老老少少都加入了游行队伍。

问题的关键是，这一天的群众性纪念活动，后来其内容发生了变化。这要怪卡扎菲和他的统治集团犯了一个极其严重的错误：他们派出大量的军警人员和秘密警察、情报人员，甚至还有外国的雇佣力量对群众施暴。这些人戴着黄色帽子，手持剑、铁棍及石头，军警们更是明目张胆地举着枪，对游行示威的民众劈头盖脸一阵乱打，甚至开枪伤人。

冲突愈演愈烈，纪念日的游行成了反卡扎菲的民众运动。班加西城内有人直接举起了推翻卡扎菲的旗帜，民众高喊“卡扎菲下台”的口号，与军警等各种镇压者展开针锋相对的斗争。他们用石头和砖块回击军警的枪弹和催泪弹，用木棍和门框及汽车轮子抵挡装甲车进攻，用火柴和打火机焚烧卡扎菲的画像以及他的“绿皮书”——这些几十年来一直都被利比亚奉为神圣不可侵犯的“领袖形象”和“领袖思想”。更让卡扎菲政权不能容忍的是，这样的“叛徒”和“卖国贼”行为，不仅在班加西出现，利比亚其他的大城市也都出现了类似的大规模反政府、反卡扎菲的群众怒潮，从此利比亚陷入全面的混乱状态。

2011 年 2 月 17 日，因此成为利比亚“革命”的一个具有标志性意义的日子。

利比亚出现的动荡，让西方世界特别是美国方面欣喜若狂，他们早就期待着阿拉伯反美阵线彻底瓦解。当日，美国国务卿希拉里在白宫公开支持利比亚的反对派，谴责卡扎菲政权的镇压。英国首相自然也跟着起劲地出来谴责卡扎菲。这回法国更是走在西方列国的前头，总统萨科齐的调子比希拉里还要高出几分贝。联合国人权事务高级专员皮莱也加入了谴责卡扎菲的行列。所有这些，都像是火上浇油一样，让利比亚境内的反政府势力获得了精神和行动上的巨大支持。

卡扎菲是个不服输的主儿。18 日当天，他发表了全国电视讲话，一则威胁示威者，说“以人民和革命的名义”，将采取严厉措施惩罚那些包括上街游行的混乱制造者；二则表明自己不会辞职，宁可不要生命，也不会离开利比亚。

卡扎菲的强硬态度，引来反政府民众的强烈不满，反抗情绪更加高涨。19日，双方展开针锋相对的冲突，造成了更大的流血伤亡。一队队穿着穆斯林服装的男男女女抬着一具具用白布裹着的尸体上街，此情此景让世界同情，残酷枪杀无辜平民的罪行让人无法容忍，卡扎菲政权陷入了怒海狂涛般的声讨和谴责声中。

“打倒卡扎菲”“推翻暴行政权”的口号，已经成为利比亚全国多数民众的实际行动。

“卡扎菲必须交权”“利比亚现政权已经失去合法性”“卡扎菲必须接受国际审判”等说法，则在以美国、法国为首的西方世界的话筒里频频传出。有关人权组织及时做出一个统计：截至2011年2月20日，卡扎菲政权的连续镇压，已经造成三百多人死亡，逾千人受伤。

21日，半岛电视台突然传出消息，称卡扎菲已离开利比亚，前往南美洲国家委内瑞拉。这个消息让利比亚国内一阵狂欢，正在街头“革命”的民众又是放鞭炮，又是跳舞唱歌庆祝。然而没多长时间，卡扎菲的儿子赛义夫就在电视上公开辟谣，称他父亲决不会离开自己的国家，即使战斗到最后一个人也决不投降。

利比亚是个部落国家，反对和支持卡扎菲的两股势力此时实力不分上下，于是全国性的混战便全面开始……赤手空拳的反卡扎菲人士和民众拿起土制的枪支与石头、铁棍，政府军警则动用迫击炮、机关枪和防空导弹。

卡扎菲还声称，本·拉登的“恐怖组织”也已进入利境，加入了暴乱队伍。当局的电视台还证实了，政府军已经从班加西撤离，这意味着利比亚东部完全失控，反对派开始执掌这一地区。可时隔几小时，又传出卡扎菲将派军队轰炸班加西。到底是怎么回事，谁也弄不清楚，总之利比亚已经是一片乱局。到处是打砸抢，到处流血，也分不清究竟是谁干的罪恶行径。一个国家的民众在这种情形下没有了自己的国家政权，一个国家的政权在这种情形下没有了自己的民众。

利比亚人民陷入了苦难深渊。

陷入苦难深渊的不只是利比亚自己的人民，还有成千上万的外国建设者，他们十分依赖这里的工程项目和庞大的劳动力市场。

据说，在利比亚最多的外籍劳务人员是埃及人，有上百万人。埃及与利比亚是邻国，两国共有几千里的国境线，动乱一开始，成千上万的埃及人便越过沙漠地带，逃亡回国。

然而，更多远涉重洋来建设利比亚的工程建设者和劳务人员就麻烦了。他们人生地不熟，回国的路程那么遥远，可谓困难重重。局势失控的利比亚，机场、边境关卡及港口全都陷入无政权、无秩序的状态，更为严重的是动乱带来全面的暴乱，外国人及他们参与的工程、拥有的财产等，一时间皆成了利比亚成千上万暴徒袭击和抢劫的对象……除了石油设施之外，由外国承包和建设的项目多是住宅项目，而这样的项目十有八九是我们中国人在干。

利比亚陷入动乱后，武器散落民间，部分地区陷入了治安真空，一些暴乱分子有机可乘，肆意抢劫，中国工地成为他们的首选目标。结果，我们在利比亚承包的工地所遭受的冲击也是最罕见、最血腥的。下面是部分中国在利比亚工程人员的亲历讲述——

贠亮（中国水电集团公司利比亚公司负责人）：

我们中水电公司在利比亚有三个大项目，都是盖房子的，其中两个在利比亚东部城市班加西附近，一个在利比亚的南部塞卜哈那边。最先遭受暴徒袭击的班加西附近的两个工地，一个在迈尔季，一个在贝达市，共有一千多人。贝达市的暴乱从2月17日就开始了。为了保证我方人员安全，中水电公司见形势不妙，就在18日白天将贝达市区的一百多名建筑工人撤到了郊区的另一个营地。没有想到的是18日当地时间晚7时（北京时间2月19日凌晨1时）左右，数十名不明身份的当地暴徒，手持土枪，肆无忌惮地开着抢来的车辆，向我营地疯狂地袭击。为保护公司财产，我方营地三百多名员工勇敢地捡起石头、瓦片等奋力回击。对峙之中，暴徒开枪射击，造成我方11人受伤。现场项目部领导果断做出决定，所有人员撤出营地，向附近的一座小山丘撤离。暴徒并没有因此罢手，他们随即抢劫了营地的汽车、泵车等大部分设备和物资，并纵火焚烧了仓库和营地。躲在山丘后面的我三百多名工人兄弟，一边擦着身上的血，一边流着泪眼睁睁地看着大火将自己的营地焚烧成烟……那情景令人心碎，又无可奈何。

唐忠良，人称“老唐”，他是贠亮所说的被暴徒们袭击营地后逃往荒山野岭的那群工人之一。有记者采访了他，老唐嘴里的经历更加惊心动魄：

我所在的工地是在贝达附近的一个叫斯蒂哈姆瑞的小镇，那儿临近地中海，2月的最低气温只有零摄氏度左右。2月18日，正是中国农历元宵节刚过的第一天。那天下午时分，工地负责人特意通知工人们提前下班，回宿舍好好包顿饺子吃。傍晚时分，我刚吃完饺子，本想出去溜达溜达，看一看西山头浸染的落日霞光，忽然，听到营地有人大叫起来：“带上铁锨、镐柄，到公司大院紧急集合！”

我和工友们不知道发生了什么事，赶紧一路小跑地来到公司大院。这时大伙才发现，我们的公司大院已经被利比亚当地的暴徒们冲击了，并且抢走了一些车辆和设备。“一会儿他们还会来的，大伙赶快拿起能够自卫的家伙，保护自己安全，保护公司财产！”工地领导紧急号召道。我心想，央视四台节目里说的事真闹到咱这儿了！

很快，我和三百多名工友被编成五个工队，分别把守大院的前后大门和围墙四个方向。

再次前来袭击的暴徒们手持冲锋枪、土枪，气势汹汹地乱枪扫射，企图再度洗劫工地。我生来第一次见这等场景。躲已无屋，退更无路，工友们顽强地手持石块和棍棒，等歹徒往里冲，就用雨点般的石块予以回击。恼羞成怒的暴徒不再含糊了，“砰砰”几声枪响，几个工友应声受伤倒下。我们只得往后退让。最让我惊心的是，我躲在一辆车后面正准备用石块还击暴徒，突然车前面一声巨响，我被震出几米远……

从傍晚时分，一直到半夜，暴徒们好像要彻底洗劫我们的工地，虽遭工友们的全力反击，仍屡屡进犯。工地领导意识到这样下去，会造成我方重大伤亡，于是经请示上级，遂决定放弃工地，连夜紧急撤离。

可寒气逼人的深夜，四周荒山野岭，撤到何处呢？谁都没有头绪，大伙只好沿着山路漫无目的地向前走。也不知走了多远，借着月光，人们发现不远处的山头上有一间房子，原来是一座牛棚羊圈，屋里屋外全是牛羊的粪便。大家也顾不了那么多，先把几个重伤员抬进去安顿好，三百多名落魄的中国工人就在这牛棚羊圈里外做暂时的躲避。

稍稍安顿，我才发现自己的身子正在瑟瑟发抖，原来极少下雨的利比亚，竟然在这个冬季里下起了寒雨。我和工友们是在惊吓中逃出工地的，谁也没来得及穿上厚实的衣服。此刻，寒风吹来，我们才感到浑身刺骨发冷。

让伤员们和老同志进屋里暖暖，是大家一致的决定。

风雨交加、胆战心惊之夜，我和工友们相互照顾，终于苦挨到了天亮。

为防不测，现场的工地领导决定再次转移。几经周折，我们来来回回，最后终于登上了上级派来的转运车辆，到了中水电在迈尔季市郊的另一个承包驻地，与这里的另外几百名同样被赶出工地营房的工人兄弟们会合，等待生死未卜的命运……

马可为（中国土木工程集团公司阿语翻译）：

我们土木公司在利比亚大工地有19个，小工地也有二十几个，主要承接当地的铁路建设项目，大多在利比亚首都的黎波里以西沿地中海一带。我们的项目总部在的黎波里。19日之前，也听外面传说到处在游行和打砸抢，虽然有些紧张，但似乎感觉不到会危及我们。可到了19日晚，当清清楚楚地听到首都街头的枪声时，我真的一下感到了紧张。这是我第一次听到枪声，那声音与鞭炮声不一样，叫人提心吊胆。最可怕的是20日后，当地的通信不畅了，只能靠网络，这让人心都揪紧了！22日晚上天刚黑，我们公司在扎维耶的工地打来电话，说他们的工地被暴徒洗劫一空，所有人员被赶出工地，六七十人想尽办法弄了两辆中巴车，正朝我们总部逃难过来。大约两个小时后，中巴车到了总部，车上下来的人个个灰头土脸，多数人双手空空，一无所有……有工人甚至哭着喊着："这咋办！""这让我们怎么活呀！"我们看着心酸，赶紧给他们做暂时的安置。还没有安排妥当，祖瓦拉工地传来更可怕的消息，说暴徒已经将我们工地团团包围，扬言不交出汽车和足够的现金，就要大开杀戒了！

"大使馆！大使馆！请求帮助。救救我们的工人……"于是我们赶紧向驻利比亚使馆求助。哪知，王大使那边则告诉了我们一件更紧急的事：的黎波里那所有名的伊斯兰学院里有我们几十位留学生，其中有十几位女学生。暴徒冲进学院后，不仅抢了我留学生们的财物，还企图向女学生们施暴。愤怒的中国男学生们拿起一切可以拿起的东西，挺身而出："你们抢我们的东西可以，但想凌辱我女同胞，绝不行！"

中国男学生们与持枪的暴徒对峙起来，情况万分危急，大使希望我们派人前去支援，将学生们接到安全地方。于是我们又冒着枪林弹雨，赶紧行动……

高晓林（中水电顾问集团公司女职员）：

我们的工地在祖瓦拉，离突尼斯边境不太远，承包了利比亚一个5000套住宅项目。我们那里自20日至22日，连续三天遭到武装暴徒们的袭击。当地人有个习惯，白天天热，他们睡觉，一到晚上就出来活动，动乱时期的暴徒也是这种行动规律。

第一天晚上，六名当地人驾驶车辆，横冲直撞而来。进工地后，他们踢开员工宿舍，用长刀和铁棒，强行威胁我方人员交出车辆钥匙，把我们用的手机、电脑、摄像机和现金等物品抢走。

第二天晚上，更多的暴徒冲进营地。那天我正在同四位女同事在屋里煮面条。因为我到利比亚时间最长，又因为工作需要，经常在祖瓦拉城市许多部门出现，当地人都认识我，暴徒们也知道我，所以那天他们直冲我而来。虽然公司给我配了保镖，但面对持枪的暴徒，保镖们根本挡不住。

暴徒们在门口叫嚷，要车钥匙。我一听，迅速抓起桌上的一把车钥匙从厕所的小窗口往外一扔。暴徒们一进门，就用枪顶着我让我交出钥匙，我说没有。他们就拔出刀子，在我面前晃动，说不交就剐耳朵，并粗暴地朝我胸口猛击两拳，我眼前一黑，倒在地上。可暴徒们依然不依不饶，乱脚踩向我身上，见我不屈，又无计可施，最后见我脖子上戴着首饰，就抢了，并抢走了我没来得及藏好的现金，扬长而去。

22日中午，暴徒们又来袭击。这时我们通过关系，寻求到部落武装——“青年委员会”来协助保护我们。但由于暴徒来的人数多，我们公司的全部人员只得撤出工地，成了战乱中一群无路可走的难民……

余连来（湖北某建设集团海外公司项目经理）：

2月20日下午4点左右，我们所在的扎维耶市的事态进一步恶化。当地的警察局被烧，浓烟滚滚。我一再叮嘱公司的人不要出门，待在项目部内。

当晚10点半左右，七八个当地的彪形大汉手持60厘米长短的刀具，闯进我们的项目部。我赶紧让大家不要乱动。暴徒们用夹杂着英语的阿拉伯语向我们索要车钥匙，其实我们听得懂，但还是装糊涂。歹徒们用手比画着汽车钥匙点火的动作。我们仍然摇头。这帮家伙就在屋里砸了一通后退了出去。

这一次惊魂未定，我们马上采取措施，将女同志和可以转移的物品，安置到自认为安全的地方。安顿一番后，我刚刚想躺下，突然我的宿舍门被“嘭”的一声撞开，这回是三个暴徒，举着三把刀，直奔我而来。他们把刀尖冷冷地顶在我胸前，口里嚷着：“Car（汽车）！ Car！”我摇头，回答：No！其中一个家伙看样子生气了，瞪着眼珠，朝我做了一个动作，用手在脖子上抹了一下。我也不知哪来的勇气，镇定地连声说：“No！No！ Sleep（睡觉）！”这三个暴徒以为我真的没有车钥匙，只好出了屋子。

我起身往外一张望，见外面站着一群他们的人。随即见他们分成两拨，一拨抄我们的项目部办公室，一拨抢工人宿舍。这回他们是满载而归了——那些他们认为值钱的物品被席卷一空，一台丰田汽车也被发动开走了。当时我很心疼，那可是几十万元哪！不过心里还在庆幸，因为真正最值钱的东西没有被暴徒发现……

哪知好景不长，又过了两个来小时，也就是21日的凌晨两点半左右，项目营地第三次遭袭。这回营地被停电，我们紧急启用了自己的发电设备。暴徒冲进来后，开始对我们每个人进行搜身，这一下让我们的人愤怒了，有人情绪激动地试图反抗。我连忙暗示大家千万不能动手，否则后果不堪设想，现在是保命要紧，不要管歹徒们抢劫，这才没有冲突起来，可是我们先前藏起来的值钱物品，大半被发现并抢走了。

有的同志看到营地一片狼藉、公司项目部和个人财物被抢的现场，心痛地哭泣和愤怒起来。我劝大家说，那些东西抢就抢了，大伙的命最重要，我们自己不在乎，也得为国内的家人想一想，他们在等我们回家呢！

这样一来，大家的情绪暂时稳定了一些。可刚过了一个多小时，第四拨的抢劫者又袭击了我们的营地。他们更加疯狂，见没有大件物品可抢，就把我们营地里外倒了个底朝天，这回我们藏下的物品几乎被劫掠一空。最可恶的是，我们的个人文件如护照等也被毁了。

早上5点左右，第五拨暴徒又来袭击，惊恐了一夜的我们，完全失去了抵抗和愤怒的能力，任其摧残和欺辱。三个工友被打伤，好在伤势不是太重。我的工友们彻底被摧垮了，大伙真正感受到了什么叫悲惨，什么叫无奈，什么叫异国他乡的难民。这当口，除了活命外，我们最想的是家人和祖国……

“没有报来情况或失去联系的工地，更是不计其数。几万同胞正处在前所未有、十万火急的险情之中……”大使馆的一份份电报向国内发送，成批成批的中国工地和我方人员还在不停地遭受更加危险的战火袭击。

怎么办？我们现在到底怎么办啊？工地没了，宿舍毁了，与家人断了联系，护照全都丢了，食物已经断绝，他们——利比亚人却还在相互猛烈地开枪开炮，甚至出动飞机轰炸……

难道我们就这样成了无依无靠的难民，死在异国，弃尸他乡了？

万里之外的同胞在等待，在哭泣，在祈求！

2月21日，在中国国内的各大媒体上，利比亚局势还只是国际版的零星话题。关于利比亚的一切，还没有大范围进入公众视野。普通中国人根本不知道在遥远的北非，有数万名中国人正面临着生死考验。这天晚上，外交部新闻司一等秘书王亚丽加完班回到家里，临睡前习惯性地刷新了一下微博。

忽然，一条发自利比亚的微博，带着醒目的感叹号，闯入了她的眼帘。"救救在利比亚的中国公民，我们很危险！"发微博的人叫徐峰（微博ID：@开心徐峰）。事后知道他是中铁十一局在利比亚的一名员工。在电话和手机信号中断、各方都联络不上的情况下，绝望的徐峰抱着抓住最后一根救命稻草的心情，在新浪微博上发出了这条求救信息。

这是发自利比亚的第一条中国公民求救微博。这也是微博在中国出现以来，首次与上千生命直接息息相关的一条微博。四个小时过去了，但这条注定会写入历史的微博，却无人问津。在每秒钟产生上万条消息的微博社区，一个普通人说了一句话，如同一页纸进入了图书馆，一枚针落入了太平洋。只有几十名粉丝的@开心徐峰，传播力非常有限。

随着时间的推移，焦急地盯着屏幕的徐峰，心情在一点点地沉入谷底。忽然，他灵机一动，开始将这条消息抄送给许多微博"大佬"，想借助他们的影响力完成第二次传播，让更多的人知道。他抄送了"微博女王"@姚晨、地产商@潘石屹等人。但微博上这一类消息很多，有时真假难辨，徐峰内心并不敢奢望微博名人们会转发他的消息。令他没想到的是，23时36分，潘石屹转发了这条微博，并在转发理由中写道："不管是不是真的，救人要紧！"潘石屹在微博上的影响力真是惊人，很短时间内这条微博就迅速被转发四千余次。

23时50分，王亚丽看到了由无数人接力转发的这条微博。她进入徐峰的页面，看到了更多更细更紧急的微博："在利比亚的中国公司告急，形势非常严峻，我们许多项目驻地被砸，通信中断，急需国内支援，潘总帮忙转下，帮忙联系下外交部，我们很危险，急急急！！！"

"紧急情况。一百多暴乱分子包围我们驻地了。急急急！"

相关微博被转发超过 13000 次。在这些微博下面的评论里，很多微博网友开始出主意。有的建议打外交部电话，有人准备通过私人关系找个外交官。有人干脆呼吁："外交部，我们的公民在国外被困了，你在哪里？！"

"我在这里！"这个午夜的微博社区，王亚丽的热血已经沸腾，她立即转发了徐峰的微博，并附加了简单评论："外交部的前来报到，正在了解情况……"

之后她又发了一条微博："已联系外交部领事司领保中心。他们已知悉所有情况，据说预案已经出来了，大家不要着急，坚持住！"

看到这条微博，徐峰心里似乎踏实多了。指望国内马上来人飞到自己身边是不现实的，一时困难也可以想办法克服，重要的是要有希望。现在他和在利的几万同胞知道祖国一定会来救他们的！王亚丽则彻夜坐在客厅里抱着电脑，和微博社区的徐峰一直保持对话。

早上 6 时 45 分，徐峰发微博称："请大家放心，我们现在人员安全，我要去守夜了，最新动态实时更新！"

22 日上午，真的是在一夜之间，利比亚局势和中国公民的境况开始成为微博社区的焦点，更成为主流媒体的中心话题。

"不，不能在此等死！不能让暴徒任意抢劫和摧残我们的财产与生命！"中国人不是吃素的，虽然他们谁都没有经历过战争，但施工队伍中不乏军人出身的领导者和组织者，许多人曾经还是民兵，他们懂得起码的自卫和有效的防御。

你看——我驻祖瓦拉某工地上：

公司经理从附近的兄弟工地得知暴徒们连续袭击的消息，打听了一下情况后，立即找来五十多位挖掘机师傅，说："强盗马上要来，你们给我用尽所有的本领，三小时内，在工地的四周挖出一条宽三五米、深三五米的壕沟！"

挖掘机师傅问："干啥用？"经理说："防狗咬！保命用！"师傅们顿时明白，一声"好嘞"，便立即发动起几十部大型挖掘机，左右前后、东南西北一齐挖，那情景好不壮观。与此同时，工地经理又组织其余人员将一切值钱的和有用的装备物资全部转移到挖掘机正在操作的中央地盘。

如此几小时下来，等到太阳从大沙漠落下时，一个用沙土垒起的庞大"城堡"崛起在工地上。果然，不出一小时，几群饿狼般的当地暴徒，驾着从另一个地方抢来的数辆汽车，从三个方向朝这边的工地袭来。等暴徒们抵达工地一看，当时就傻了眼，此地四周清一色的深壕大沟，人和车根本无法冲入其内。"妈的，走吧！到另外的地方去！"暴徒们愤怒地朝"城堡"内扫射了一阵枪子儿后，只得无功而返。

"壕沟战！嗨，壕沟战！我们是中国的建工队……"看到一群群暴徒悻悻地远离后，"城堡"内的中国工人情不自禁地边流泪，边用熟悉的《地道战》的腔调唱开了，那份胜利的自豪和心惊肉跳的经历，让工地上的几百名同胞悲喜交加。

这样的成功"战例"在东部迈尔季的中水电二局工地也用过，且非常有成效。这也使得中水电迈尔季营地能够完整保留下来，为在班加西地区的一万多名同胞提供撤离条件，立下了可歌可泣的功勋。

"撤！不惜一切代价撤出利比亚！"

22日中午至23日早上，利比亚境内的多数中国公司和中方人员陆续接到这样一个振奋人心的消息。这是祖国向危难之中的同胞发出的声音。它通过各个途径传递到了利比亚每一个有中国人的地方……

还是中土公司利比亚项目总部的年轻翻译马可为，他说：“我们的陈志杰总经理参加完张德江主持的应急指挥部会议后，便与公司财务主管乘土耳其航班，辗转抵达的黎波里。当他们带着祖国的决定回到公司营地时，我握着他们的手，只说了‘你们总算来了’这句话，就忍不住泪水横流。”

“哭什么？赶快组织我们的人，准备撤回祖国！”总经理陈志杰朝这位小伙子吼了一声，其实他自己也满脸泪水。

第三章

撤！不惜一切代价！

眼泪救不了命。困守于战乱之中的人，有天大的本事也无济于事，面对枪林弹雨，再硬的骨头和肉体，都好像风中的鸿毛。在万里之外的异国他乡，一旦沦为战争难民，生命甚至比鸿毛还轻，还不起眼。

几万同胞和几万同胞身后几十万的家属和亲人们在焦虑，在忧心，在祈求谁来拯救他们和他们亲人的生命！

我赴利人员，他们是带着自己和家人的希望远涉重洋去海外工作的；我在利的工程建设公司，他们有的是在那里投资，有的是在那里承包项目，他们是带着设备、带着资金去的……现在，他们要撤离，所有的希望、物资与投入，都将化为泡影。

是个人，可以舍去一切，只求平安活命而归；是单位，需要做出决定，放弃就意味着血本无归……谁来决定这天大的事？

国家！只能是我们的国家！

"王大使，中央已经决定，尽全力撤离我在利比亚工作人员！请迅速摸清在利比亚人员情况及他们的方位，组织各种力量准备撤离……"

2 月 22 日的国务院应急会议一结束，黄屏和郭少春他们就在第一时间，向我驻利大使发出十万火急的通知。此刻在利比亚境内，卡扎菲已经发出狠话，要派军队去班加西炸平那里的“叛徒的指挥所”，并且对首都的黎波里出现的“叛徒”也绝不手软。半岛电视台记者声称，忠于卡扎菲的狙击手，一天就在的黎波里射杀65人，政府的一栋中央大楼被焚烧。反对派则声称，他们不仅完全控制了班加西，而且也掌握了米苏拉塔、艾季达比亚、胡姆斯、塞卜拉泰、祖瓦拉等海岸线上的重要城市，而且还占领了胡恩、沃丹等内陆重镇。

此刻，外交部从其他渠道获悉，欧盟诸国已经开始实施撤侨行动，他们要从利比亚撤离侨民一万五千多人。“再不抓紧，利比亚政府有可能关闭港口和海关，其后果将不堪设想！”从外交部部长杨洁篪，到领事司的黄屏、郭少春他们这些大大小小的外交官们立刻敏感地意识到，如果出现这种情况，那意味着我们的几万同胞将会成为利比亚内战的人质！

“这是中央领导和我们最担心的事，必须赶在这种情况出现之前完成我们的撤离任务。”杨洁篪外长在接受我采访时说。

“不惜一切代价，赶在最严重的事态发生之前，进行我们的撤离行动！”

熟谙国际事务的外交部理应担此重任！可一个“撤”字，谈何容易！

几万人，到底要派多少架飞机？200架，还是300架？这么多的飞机一下就能从国内抽出来？即使抽得出来，就能一下飞到途经好几个国家的利比亚？再说，那边的机场、海关都已瘫痪，怎么飞得进去呀？

飞机不行，靠双脚跑出来？往哪儿跑？利比亚一面临海，三面是沙漠，在地中海的南岸，距对岸的欧洲大陆快速轮船要开十几个小时，跳海必定是死；另外三个方向皆是大沙漠，白天温度高达五六十摄氏度，夜间零度以下，走进去同样死路一条。

真的都是死路一条？

不，过海可以用船；

不，走沙漠可以坐车子甚至骑骆驼；

不，空中飞机还是要用的，即使海关没了，机场封了，只要跑道还在，就有办法。经中央军委主席胡锦涛批准，中国人民解放军随时可出动军机参与撤离！

海、陆、空……一切可以用的手段，全都可以动用！

此刻的宋涛副部长凝视着西亚北非地图，陷入了深深的思考。忽地，宋涛眼睛一亮，他想起了地中海一带流传的“诺亚方舟”的故事……

利比亚地处非洲北部，整个国家最重要的城市几乎都在北部的苏尔特湾海岸线上，中国承包的工程和劳务人员约有五分之三都聚集在靠近北海岸线一带的城镇里。如派出几艘大船，每艘船接走 2000 人，那么只要它们驶离利比亚海岸，就可以保证他们脱离险境。从直线距离看，与之相邻的希腊克里特岛和马耳他离利比亚仅有 360 海里和 150 海里。走海路，把他们尽快运送到安全地区，是撤离大批人员的最佳选择。

“这不是我们撤离所要找的‘诺亚方舟’吗？”宋涛内心一阵激动，赶忙俯下身子，开始不停地用尺子在地图上测量着各点之间的距离，又找来领保中心的同志在地图上标注中方人员的具体位置，并向海洋专家请教从海路撤离的可行性。

经过周密测算，宋涛心中有了把握，他及时向杨部长和张志军书记做汇报并经同意后，又要求黄屏、郭少春和唐立迅速联络我驻希腊和马耳他使馆，立即制订打通海上生命通道的具体方案，提请中央决策。

从海上撤，可船从哪里来，从国内派还是租外轮？利比亚邻近国家能否接受我撤离人员入境休整中转？更为关键的是，船只能不能到达相关的利比亚港口，靠得了岸，载得上人？这些是中南海、外交部和亿万中国人民当时最为关注的。

船，可以租借，租借外国人的船，还可动用我们自己的船。宋涛想到这里，一个电话打到国资委。

“国资委，可以动用我们在海外的船只参与利比亚撤侨吗？”

“可以。要渔船还是要万吨巨轮？”国资委的负责人说。

“渔船？渔船到得了地中海？得多长时间呀？”

“这倒是。那就调其他船去吧！要多少？”

“嗯，先去班加西或者的黎波里港，有十条八条都行！”

“好的，我们马上通知有关公司……”

国资委负责人马上通知中远集团、中海运集团公司，命令他们马上调距利比亚最近的船只，前去完成撤侨任务！

中远、中海运集团公司接到十万火急的命令，刻不容缓，立刻通知：“新秦皇岛”轮、“新福州”轮、“天杨峰”轮改变航向，全速前进，去利比亚参与撤侨任务！

“明白！改变航向，全速前进！目标：利比亚！”

“驻希腊、马耳他使馆，请你们马上勘察和摸清是否可以接收从利比亚撤出的10000至15000名左右的同胞到你们那儿。关键是看看能不能租到船，安排我方人员进行中转……”宋涛拨通了中国驻希腊大使罗林泉、驻马耳他大使张克远的电话，向他们下达了命令。

“是，我们马上行动。”中国大使馆立即展开工作。

之所以选择希腊和马耳他，不仅因为这两个国家与利比亚隔岸较近，而且它们还是欧盟各国中与中国关系相当亲近的友邦。尤其是希腊，曾于1997年、2006年两次出动军舰协助中国从阿尔巴尼亚和黎巴嫩撤离人员。

中国国务院总理温家宝和副总理张德江也于2010年希腊债务危机最严峻的时刻访问雅典，为艰难时刻的希腊人民提供了宝贵支持。事后证明，这个决策英明又正确。

驻马耳他大使张克远：

别看马耳他只有316平方公里的面积，42万人口，是欧盟最小的国家，可它却是地中海上的一块宝石。从地图上看，马耳他距利比亚最近，只有150海里。

21日，我接到杨部长的电话，他问我能不能参与撤侨工作。我当即回答，没问题。我们事先已经知道利比亚的情况乱得很，心里有一定准备。杨部长一问，我就主动请战了。当晚，我给马耳他外交部的常务秘书打电话，通报了中方的请求，问马耳他政府能不能帮助我们撤侨。当时对方有些犹豫地说：你得答应我两个条件，一是你们的人都得持有效证件；二是必须提前办签证。

我一听就叫了起来：肯定不可能！尊敬的常务秘书先生（对方相当于副外长），我们的同胞都是从战乱的利比亚撤出来的，他们身上的证件都被暴徒抢走了。利比亚政府已经瘫痪，什么都做不了。第一条根本就是不可能的！第二条也不现实，我们是紧急撤侨，几千人、上万人一下子过来，哪来得及到贵国提前办签证！

一听我这话，对方沉默了，后来又说：我们有几十个人在利比亚，是使馆人员，你们能不能帮我们带回马耳他？我立即回答，没问题。对方口气稍稍变了一下，又说：大使先生你知道，我们是欧盟国家，对外来的公民要求非常严，你们一下子来那么多无证人员，这对我们国家压力太大。如果我们放松了对你们公民入境的条件，欧盟其他国家也不会轻饶了我们。

这位常务秘书说的是实情。欧盟国家非常害怕难民非法入境，不少政府因为非法移民问题，被本国民众搞得焦头烂额。但为了同胞的生命和安全，我们必须获得对方的支持，否则就没法完成好祖国交给的使命。

我向对方保证，只要同意我们过境，我们保证团进团出，就是整团入境整团出境，决不给马耳他政府找麻烦。我以中国政府的名义一再向他保证，我们中国是讲信誉的，绝不会出任何问题。这个时候，我真正感觉到了国家的分量，也感觉到当中华人民共和国驻马耳他特命全权大使的分量。

那好吧，你等我消息。对方终于松口了。

大约过了30分钟，马耳他外交部常务秘书回我电话，说他们总理指令："全力以赴支持和帮助中国撤侨！"

我听了，连声表示感谢。那一刻我发现自己的嗓子有些哽咽。我知道，马耳他政府做出这一决定很不容易，证明我们中马两国关系"够哥们儿"！我当即把这一情况向国内做了汇报，这也给中央决定把马耳他作为重要的撤侨中转地提供了决策依据。

张克远大使和同事们在马耳他的故事才刚刚开始。
希腊这边的工作也不轻松。

驻希腊大使罗林泉：

我第一次接到国内准备撤侨的通知是21日下午5点20分，北京时间应是21日晚11点20分。现在知道，当时我们部里的同志正在为第二天的中央决策撤侨会议做准备。

当时交代给我们使馆的任务是弄清楚三个问题：租邮轮需要多少费用？中国公民如果没有护照等通关手续能不能进希腊克里特岛？那里的饭店能不能住得下10000至15000人？我一看这三个问题都至关重要，也是非常要命的事——难办！

领事司领保中心的同志这样对我说："给你5个小时，必须把上面的三件事弄明白，在北京时间22日早上5点前报告国内！"我一算，我们只有5个小时40分钟把上面三件事搞定。我当时并不知道国内指令的这个时间点极为重要，杨外长他们要带着我们发回的情报上报中南海，以便国家决策会议使用。

国与国之间的关系、人员的来往，就靠证件，欧盟等西方国家过去一直对贫穷落后国家的人员很苛刻，进出是最为严格的，怕有非法移民。现在我们有一万多名无证人员要进入希腊，他们自然很紧张。希腊是个小国家，这些年由于经济不景气，国内经常闹事。我们撤侨的时候，正赶上非法移民在首都雅典广场上闹事，已经绝食抗议了十几天。整个欧盟都在关注希腊非法移民问题，我们提出的要求，等于是给希腊政府火上浇油！

我知道这是件难事。解决不好的话，撤侨计划就无法落实，真是要命！但作为国家的驻外使馆，在国家和人民需要的时候，必须知难而上，为祖国分忧解愁。我和使馆的同志立即行动起来。偏偏时间不对头，接到国内电话的时候，希腊各个工作部门早已下班了。西方人有个习惯，别在他们下班后找他们谈公事，否则他们会认为侵犯了他们的自由和人权。

当时已经顾不上这些了，必须尽快落实国内的指示，把三件事弄清楚，重中之重是获得希腊政府对我撤侨公民落地的政治许可。为了解决这一难题，我召集使馆党委会，大家分析认为，这件事必须盯死。一旦我们提出相关请求，希腊政府如果拒绝怎么办？他们拒绝就意味着我们的撤侨计划断了希腊这一条要道。绝不能出现这种情况！

我决定亲自找希腊政府的要员谈。当地时间下午5点35分左右，我给希腊总理的外办主任打手机，他是我关系不错的一位希腊朋友。我就任驻希腊大使后，就注意跟希腊各界建立良好关系，包括在野党。当时的希腊总理帕潘德里欧，在他还是在野党党魁时，我就曾多次拜会过他，并建立了良好关系。帕潘德里欧家族出了一位首相、两位总理，三代人都致力于推动希中友好。

“大使先生，你能不能过两个小时再来电话？我现在正和总理先生在德国访问，他马上要有两个小时的讲演……”希腊总理外办主任急促地轻声地说。

我想，夜长梦多，一拖就可能会坏事。若是等希腊总理讲演结束后再回话，情况不知会发生什么变化。我赶紧说：“不行啊，主任先生，我们的政府正在等着贵国总理的回话！”

对方一听我这么着急，便说：“那你等一会儿，我马上去请示总理阁下。”不一会儿，对方打来电话说：“总理阁下已经同意贵国政府的请求，同时让政府的几个部长协助办理此事。”他告诉我马上去找他们的外交部秘书长。

“真是太感谢了！”我激动地说。

刻不容缓，我立刻给希腊外交部打电话。秘书长告诉我，马上发一份外交照会过去。按照惯例，这是国与国之间交往必需的手续。

我立即以驻希腊特命全权大使的名义起草了一份照会，请求希腊政府许可中国 13000 名撤侨公民进入克里特岛。我在照会中代表中华人民共和国政府向希腊政府庄重承诺：所有过境的中国公民将全部返回中国。以此解除希腊方面的顾虑。照会发出 20 分钟左右，希腊外交部回话，同意我们的请求！

“太好啦！”“太好啦！”我和使馆同志一听这消息，激动得跳了起来。办成这事太不容易了！希腊政府太给中国面子了！

外交部交办的另外两件事也弄清楚了。因侨民要过境克里特岛，详细了解此岛方方面面的情况尤为重要。克里特岛风景美丽，面积虽不大，却闻名遐迩，历史悠久，是人类文明的重要发源地。“二战”中曾是欧洲和地中海的战略要地，也是希腊著名的旅游胜地。当时正值旅游淡季，许多饭店已经关门，员工也放假了。

我们通过关系找到希腊有关部门，他们觉得困难很大。兵马未动，粮草先行，使馆党委立即决定，派武官李杰大校当晚即赴克里特岛，启动安保、后勤保障等各项准备工作。李杰精明强干，他和他的妻子，也是紧急从邻近使馆调来的赵丽莹参赞，能够说一口顶呱呱的希腊语，曾在希腊常驻多年，拥有深厚人脉，关键时刻派上了大用场。加上希腊国家旅游管理部门和克岛政府方面劝说，岛上的经营者重新营业了。在中希双方的努力下，素以“慢速度”“慢节奏”著称的希腊，以不可思议的速度，在 24 小时内为中国人准备好了 6000 个床位！

这又是一个鼓舞人心的消息。我们迅速将掌握的情况在北京时间 22 日早上 5 点前报给了国内。当我听到外交部党委书记张志军表扬我们使馆“十分得力”时，真是感慨万千。

“可以向希腊方面撤 13000 人。”

“马耳他方面能接受 5000 人中转过境。”

外交部在 22 日 8 时参加国务院应急会议时明确向中央这样报告，前方大使馆功不可没，对国家撤侨计划实施起到了关键性的作用。

驻希腊使馆政务参赞郑曦原：

按照使馆分工，我负责租船任务。使馆会议还没结束，我便带着使馆领事部主任陈夏兴、办公室老李和经商参处老窦，通过与当地“船王”的关系，找到希腊阿纳克船运公司。到那儿一看，已经有不少国家的人都在那儿等着租船。怎么办？租不到船，前方撤侨不等于空话一句吗？当时我们很着急，一次次通过“船王”去跟船运公司的老板联系。这个时候，部领导在北京又紧急约见了希腊方面的有关官员，希望希方给予宝贵协助。希中友协主席波塔米亚斯先生也给我打来电话，说已经有好几位船东赶到了他的办公室，愿意租船给中国朋友。但他们的船比较小，一次只能运 500 至 800 人，需要组织成混编船队开赴利比亚。这时，我们多管齐下。船运公司老板雅尼斯单独约我们进了他的办公室，他说：“你们中国是我们希腊的好朋友，我首先满足你们的需要。你们也别再租其他公司的船了，他们的船小，比不上我们能够大批次地把人抢运出来。”我们一听很高兴，就提出租最大、最好、最快的船。

船运公司老板脸上显得很为难的样子。我赶紧说：“价钱不成问题！”他摇头说：“你们租我的船，是从正常的商务旅游航线上调过来的。按规定，一艘大型邮轮改变航向，需要两天时间的准备。我们的船没跑过利比亚，需要研究海图，而且是进入战区，保险公司不愿意为我们承保战争保险。我至少需要两三天时间来处理这堆问题。”

国内这时传来消息，说我们在联合国的斗争十分尖锐，西方要求立即建立禁飞区，而且要派联合舰队开赴利比亚战区，我们的代表顶得很艰苦。国内要求我们不惜一切代价，以最快速度打通海上生命通道。我对雅尼斯说：“真的不行，我们等不起了！今天你们必须出发。”他马上回答说：“那是不可能的事。”我说：“亲爱的朋友，不是我逼你们，而是利比亚在打仗，我们的同胞每一分钟都处在生命危急的处境中。哪怕迟上一个小时，就可能有几十、几百甚至几千人丢了性命。你说我们能见死不救吗？”

那位老板总算被我们说动了，但嘴里还在嘀咕：“利比亚现在是战争状态，我的船和船员到那里去，若是发生危险保险公司不会支付保险费的。”我一听这可是大麻烦了！这完全超出了刚才我所说的“价钱不成问题”的范畴。

仔细想想，人家为难也是有道理的，赚钱当然重要，朋友友情也很重要，但一艘豪华邮轮真要被炮弹或是别的什么弄沉了，那可不是几十万、几百万的事情了，再说人家船员的生命也是宝贵的。

正当我们踌躇时，雅尼斯接到了好几个电话，他突然很爽快地说：“就按照你们的要求，今晚就出发！”当时我真想上前热烈地拥抱他一下。事不宜迟，我马上让身边的陈夏兴来签这份合同。

老陈瞪着眼珠吃惊地看着我问："你为什么不签？"

我把他拉到一边咬耳朵："你还有一百来天就退休了，怕啥？"

老陈涨红了脸，骂了一声："你这小子，真狡猾啊！"

我和一旁的老窦、老李窃窃偷笑，因为老陈在跟船运老板签那份租赁协议时，手都在抖……

采访时陈夏兴说：郑参赞让我签合同，我就签了。当时我觉得自己太了不起了，"陈夏兴"这三个字，值好大一笔钱啊！

采访陈夏兴时，郑曦原在场，他一直在旁边偷笑。等老陈走后，郑曦原说："老陈后来逢人便吹，说这是他一生中最牛的一件事。确实，当时我们一共向希腊方面租了三艘船，预计各两个航程，如此算来，花费不小。当时我们什么都没有带，只是凭着我们是中华人民共和国驻希腊大使馆的外交官的身份，那份协议可谓是一份空头支票。然而希腊朋友就是信任我们，在危难时刻伸出了极其珍贵的友谊之手。让我每每想起，总会感叹，希腊政府和希腊人民对我们太好了！另一方面，我又感叹，我们国家强大了，几十年来与包括希腊在内的世界许多国家建立起的交情和友谊太重要了！危难之时见真情，难道这还不是活生生的见证吗？"

驻希腊使馆出色地完成了租船任务，他们一共租用了三艘大型邮轮，分别是"奥林匹克冠军"号、"希腊精神"号和"韦尼泽洛斯"号。这三艘邮轮都是豪华旅游船只，设施齐备，舒适宽敞。尽管租金不菲，可从另一个角度来看，这反映了国家的经济实力和中国政府执政为民的理念。为了自己的人民，我们可以不惜一切代价！

相比驻希腊使馆，我驻马耳他使馆租船遇到的困难就多了不少。首先马耳他是个小得不能再小的岛国，在大比例尺的世界地图上都找不到这个国家。即使是在地中海的区域地图上，要想找到马耳他这个号称“地中海心脏”的国家的确切地理位置也并非易如反掌。马耳他与意大利的西西里岛紧挨着，从地图上看，西西里岛也比马耳他大出几十倍。虽然是在海里漂着的“心脏”，但因“体积”特别小，马耳他本身没有足够的船运工具，但有不少船运租赁代理公司。

驻马耳他大使张克远：

我们接到国内的命令后，同样在第一时间立即着手联系租船。那时欧盟许多国家也已启动了撤侨任务，加上一般公司不愿冒风险，租船特别困难。我们好不容易从意大利租到了两艘，又请驻希腊使馆的罗林泉大使帮着租了一艘，这样我们马耳他方面接侨任务就有了一定保障。

船有了，马上碰到了一个问题：派谁随船去接侨？马耳他国家小，我们的使馆也是属于“微型使馆”，只有十来人编制，加上家属等临时人员也不到二十来个人。即将从利比亚撤出的同胞有好几千人，要想做好接待工作必须留足人员，否则会出乱子。我和使馆党委另外两位同志商量，一位是政务参赞，一位是商务参赞。

“那就我去吧！”商务参赞刘美崑同志主动请缨。老刘 59 岁，有高血压。我很担心他身体能否吃得消。他说：“我们要接的多数人是中资公司的劳务人员，我这个商务参赞去是最合适的。”

刘美崑同志勇于担当的精神让我们很受感动和鼓舞。根据国内指示，每艘船上必须有两名中方人员负责接侨任务。派谁当老刘的助手呢？实在抽不出其他有经验的人，就说：“老刘，还是给你派个年轻人吧！”老刘说：“行啊，派谁都行。”

李昊是国内刚刚派到我使馆来的一名大学生，25 岁，第一次出国工作，这会儿连时差都还没倒过来。我问他："你能不能去执行任务？"李昊说："没问题！"说实话，我内心特别感谢这位小伙子，便重重地拍了拍他的肩头说："你跟着刘参赞走吧。"

老刘和李昊当即飞到罗马，在我驻意大利使馆同志的帮助下，乘车一百多公里火速赶到港口，搭船出发。驻希腊使馆帮助租赁的邮轮也整装待发，他们派出武官秘书鲍晨随船而行……

地中海里，此刻已有六艘租来的邮轮分别于当地时间 22 日晚和 23 日先后向战火纷飞的利比亚港口驶去。

随船而行的几位外交官，几乎都是第一次坐船走海路。执行这项任务极其危险，驻希腊使馆的陈夏兴和驻马耳他使馆的刘美崑年近六十，马上就要退休了，可他们自告奋勇，迎难而上，让人感动。他们虽年龄相仿，在奔赴利比亚的途中，命运却大不一样。

陈夏兴接受采访时笑着说："从希腊的帕特雷港出发后，我的运气不错。刚出港时地中海风平浪静，但后来起了大风，我们走了 14 小时就抵达利比亚。体会最深的是，我和小张都是第一次乘坐豪华邮轮，我们乘坐的'希腊精神'号平时可以搭乘两千多名游客，你能想象有多大！这回船上除了船员就只有我们两个中国人，船老大把最豪华的房间让我们住。但那个时候我们没心思享受这一切，心里想的是战乱之中身处险境的几万同胞……有一点我必须强调说明：谁听说过哪个国家的政府像我们中国政府一样不惜代价，租这么豪华的国际大邮轮去接自己的普通公民、百姓民工？绝对没有！西方的富国不会这样做，世界上的穷国想这么做可也做不起。只有我们中国这么做！"

另一位老外交官刘美崑上船后的运气就比老陈差远了去了。“妖一样的地中海”，平时人们说它“妖”，是赞美它四季变换如妖的风光，然而现在老刘感受地中海的“妖”，是它的妖孽。也不知是苍天有意给中国撤侨出难题，还是它的本性使然，邮轮从意大利出发后就遇上了地中海少有的飓风。那风大得出奇，老刘他们住的客房里所有没固定住的东西，全都被甩在舱板上，人就像在摇篮里翻跟头。老刘以前坐过邮轮，却没受过如此严重的折腾，五脏六腑像是全都挪了位似的，苦不堪言。小李是第一次坐船走海路，小伙子上船不到一个小时，吐得苦胆汁都要出来了，船老大看着都心疼。小李没有丝毫委屈和半点怨言，总是问：“班加西到了没有？”他心里牵挂的是炮火中同胞的生命安全。

一路颠簸，在地中海走了大约 38 个小时才到了利比亚的海域……

自 22 日中央下达撤离命令后，22 日晚至 23 日、24 日，地中海海域上，参与中国撤侨行动的大小船只已达十余艘。它们从不同地方出发，正全速向利比亚方向前进。

这些船只分别是：由我驻希腊使馆指挥的三艘希腊籍大型豪华邮轮，由我驻马耳他使馆指挥的三艘型号与国籍各不相同的邮轮，由国资委派出和指挥的“天杨峰”轮、“新秦皇岛”轮和“新福州”轮等，加上中远集团公司的几艘货轮等。

此外，还有让世界高度关注的中国海军导弹护卫舰——“徐州”舰，也开始从 4000 海里之外的亚丁湾向地中海方向全速驶来……

“中国政府已经摆开空前的撤侨阵势，尤其是首次出动军舰加入这次行动，使得在近 30 年间迅速崛起的这个社会主义东方大国，在自己的人民面前再次显示其爱民为民的执政理念。同时可以看出，中国显然也想借机在世界面前展示一下他们的军事能力。”欧美各国媒体纷纷对此发表评论。

“军委！军委！”

“总参！总参！”

“海军！海军！”

人民解放军的将校军官，此时此刻正在军委和总参谋部首长的亲自指挥下，一方面每时每刻与各军兵种和上级机关密切联系，另一方面与外交部和有关部门紧急协调，研究我动用军事力量在海外实施撤侨行动的国际法和国际实践依据。

中国的宪法和中国历来遵循的国际准则是，我们的军队及其他武装力量决不侵犯他国一寸土地与领空和领海，除了按照联合国相关决议所履行的国际维和与打击海盗、国与国之间的联合军演等特定事务外，这也使得中国的正义立场和国际威信受到广泛好评。然而现在不一样了，假如利比亚撤侨没有军事力量的介入，我们几万同胞的生命安全如何能得到保障？利比亚与中国相距万里，用飞机直线飞行也要途经十多个国家和它们的领空，谁为我们的军事力量开大门、敞屋顶？

黄屏、郭少春他们的领事司和领保中心代表外交部为国家应急指挥部草拟的撤侨方案中已经将军事力量介入措施列入其中。张德江、戴秉国心中装着这样的预案打算。于是国防部、司法部，甚至外交学院、中国政法大学等部门和机构、院校也在高速运转中将相关信息和法律解释汇总到外交部……

“出于人道主义干预，国外武装力量参与撤侨行动已有诸多先例。我军此番参与利比亚撤侨行动理当可以！”从22日开始，外交部大楼里灯光彻夜通明的不仅仅是领事司、亚非司、新闻司、办公厅、政策司……条法司的专家们同样没有丝毫的喘息时间。整个撤离涉及的国际法律问题有成百上千条，而每一项、每一个看似简单的行动，比如，向外国公司租一条船、一张外交官签出的单子、使馆打出的一个电话承诺，都必须有国际法依据，更何况现在我们要运用军事力量撤侨。这是在我们国土之外的行动，这是在几十个不同地区、不同民族、不同政治背景和国体间的国际行动，假如法律不通，没有国际公认的依据，要想万里之外救人，那真的比登天还难，难千万倍！登天我们可以用属于自己的领空，然而出境救侨若没有途经国的同意，关卡过不了，天空飞不了，海自然也渡不了，那才叫寸步难行！

领空权、领海权与领土权一样，事关一个国家的主权和尊严，处理起来要格外小心慎重。能依法行事，就能得到理解和同情，在友谊之中获益。国与国之间的关系十分微妙，是国际关系中最复杂、最敏感的。在外交工作中我们可以看到那些惊天动地的冲突与战争，而更多的微妙而复杂的国际交往，则不为众人所知，高超的外交艺术和非凡能力，是外交官解决复杂多变问题的钥匙。

“撤侨行动，其实也是一场国际法律战！”

外交部条法司的人说到了点子上，他们和诸多参与这场国际法律战的专家们，是中国整个利比亚撤侨战役中的一支无名英雄队伍，同样功不可没。

在这次撤侨战役中有许多无名英雄。这里不能不提到一个叫王毅的小伙子，他是外交部亚非司利比亚处的副处长。从 2 月 19 日凌晨起，负责与驻利比亚使馆和领事司、政策司、欧洲司等各个方面保持热线沟通，每天 24 小时都要随时掌握和报告事态的最新发展。王毅全身心地投入到了超高强度的工作中，办公桌上的电话铃声此起彼伏，桌边的行军床乱成一团，没有吃完的方便面还向外散发着防腐剂特有的气味……

23 日凌晨，连续四天四夜没打过瞌睡的王毅，感到胸部发闷，而就在这时，三岁的女儿在电话里用稚嫩的声音哭着问：“爸爸，我发烧好几天了，你怎么还不回来呀？”“爸爸在帮好多叔叔阿姨撤退，他们现在可危险了，他们的小女儿也和你一样在家里盼爸爸妈妈回家呢。小乖乖，等爸爸忙完这段，就回家陪你啊……”

王毅放下电话的那一刻，身子也软了下来。“快，快叫救护车！”同在加班的陈晓东司长见状不妙，大喊起来。

王毅住院刚好一点又重新回到了战斗岗位。其实，在大撤侨行动拉开战幕之后，像这样不顾自己生命安危，全身心投入工作的何止王毅一人。前方的战斗波澜壮阔，激烈异常，我们只能把目光和焦点转向那里——

第四章

寻找陆路

不用掩饰，像利比亚战事引发的大撤离，对普通人来说，就是两个字："逃命"。

命，生命。生命对人而言高于一切。当生命受到威胁时，逃命是本能的反应，是最现实的。哪个地方安全，哪条路最近，用什么办法能逃离战争带来的威胁，是人们最先考虑的。

张德江和戴秉国等领导曾在22日的国家撤侨应急会议上明确提出，应最优先考虑选择最近、最快的撤离路线。

"除了海路，与利比亚接壤的有六个国家：东边的埃及，南边的尼日尔、乍得和东南方向的苏丹，还有西边的阿尔及利亚和西北方向的突尼斯。"

"西边和正南方向的邻国去不了，那里都是荒无人烟的大沙漠，路途遥远，条件恶劣，不予考虑。"

"首选埃及和苏丹，这两个国家跟我们关系很铁。再说，班加西到埃及边境最近，直线距离约300公里。"

"好，300公里用车运送的话，一天就能解决。这条路线应当成为我们撤侨的主要陆路线。马上与驻埃及使馆联系，让他们全力打通这条路线！唐立，赶快跟驻埃及使馆联系，我要跟宋大使通话。”黄屏命令唐立。

“驻埃及使馆吗？我找宋大使……”唐立操起外交部专线电话，几秒钟内就与远在开罗的中国驻埃及使馆联系上。唐立是领保中心主持常务工作的副主任，此时此刻，他已经顾不上即将临盆的妻子了。

“宋大使吗？我是领事司的黄屏。埃及离利比亚的班加西最近，打通埃利边境路线对于整场撤离行动意义重大，你们那边的进展如何？”

“好，我报告一下，情况是这样的……”

宋大使一生下来，他的父母就希望其成为一名爱国者，所以起的名字叫爱国。这位江苏籍人士，1979 年大学一毕业就到外交部工作，在其后的三十多年工作中，有一半时间在亚非司的岗位上，另一半时间都在驻外使馆工作。2010 年 10 月，他从亚非司司长的岗位上被调任驻埃及使馆当大使。他刚刚上任不久，埃及便开始了政治动荡，仅 18 天时间，中东铁腕人物穆巴拉克就下台了。埃及在中东和阿拉伯国家中起着领袖作用，这里的动荡会影响到非洲和阿拉伯世界的发展和稳定。宋爱国是中东问题研究专家，他敏锐地意识到，埃及的动荡会给周边地区乃至整个阿拉伯世界带来多米诺骨牌效应，须及早应对。2011 年 2 月 11 日，当穆巴拉克总统宣布下台之后，宋爱国立即着手研究埃及新形势和周边国家的事态发展趋势。

驻埃及大使宋爱国（越洋采访）：

我记得利比亚国内刚刚有骚乱迹象时，我就和使馆二把手李连和一起研究利比亚的局势。他曾在驻利比亚使馆当参赞，熟悉那边的情况。我们当时主要讨论的问题是，一旦利比亚出现像埃及一样的动荡，我们驻埃及使馆所要做的事是什么。根据埃及动荡引发的种种情况，我们认为首要考虑的是如何保证我国侨胞的安全，是否撤侨尤为关键。埃及动荡时，国内派了 8 架飞机，共撤了 1800 多名同胞。那一场撤侨行动也有惊心动魄的事。我们把人集中到车上，再往开罗机场走，虽然只有一个多小时的路程，但路经的地方一片混乱。我们撤侨的车队由全副武装的埃及军方架着机枪给我们开路，国内来的工作组和使馆的同事们，哪个见过这阵势！

尽管越洋电话里看不到宋大使的表情，但通过他的叙述，撤侨的困难依然令我感同身受，荷枪实弹的紧张场景历历在目。利比亚撤侨所面临的问题会比埃及撤侨复杂困难很多倍，因为埃及局势的突变是以和平抗议形式进行的，而利比亚政府和反政府力量一开始就陷入了军事武装冲突之中，执政者和反对派扬言要毫不留情地把对方置于死地。战争的炮火与枪弹是不长眼的，不管是敌我双方，还是毫不相干的外国人，谁碰着谁就倒霉。这个时候谁死了，没有谁来负责。这是你死我活的残酷斗争，从头到尾都充满了血腥和暴力。包括中国政府在内的诸多国家政府都看清了这一点，都在为自己国家的公民担忧。

命悬一线、生死存亡之际，时间将决定一切，每抢先一分钟，同胞们的生命将多一分保障。宋爱国等人分析认为，利比亚一旦出事，埃及必将成为我国政府首选的撤侨中转地，他们当机立断，于 2 月 19 日和 20 日，派出一位参赞和领事部主任前往利比亚了解当地的局势。

宋爱国说：他们走的是陆路，除了解利比亚局势，同时也是一次实地探察。当他们马不停蹄来到埃利边境小镇萨卢姆时，一看那里已经聚集了几万人，场面非常混乱。萨卢姆距利比亚边境只有几里路，能清楚地看到那边的情况。他们向我汇报边境的情况时，外交部正好打来电话，命令我派人火速去利比亚了解情况。部里同志一听我使馆人员已经到达埃及与利比亚边境时，很兴奋，命令我们争取时间，创造条件，全力开辟埃利边境撤侨通道。

据宋大使所知，国内最早考虑从埃及边境撤离一两万同胞，可利比亚的局势变得太快了，让人措手不及。当时，卡扎菲当局把以班加西为中心的东部作为它的“死敌”，屡屡进行军事围剿，给整个撤侨行动带来极大的风险。

我驻埃及使馆审时度势，用他们自己的话说，是他们“打响了撤侨的第一枪”。

早在班加西的枪声响起时，各国侨民都在寻找逃亡之路。身处利比亚东部各地的我国承包工程的人员，自然也有人加入了逃亡队伍。利比亚东部港口城市图卜鲁格距埃及边境150公里，中建技术公司的员工一行83人，聪明而机智地迅速随浩浩荡荡的埃及劳务人员向埃及边境的萨卢姆撤离。

“大使啊，这边情况相当严重。从利比亚那边逃过来的同胞越来越多，光靠我俩无法保证他们能顺利过关。”

宋大使接到求援电话后，感到事态严重。“我去吧。”使馆二把手李连和熟悉利比亚的情况，主动请战。

“好，你再带几个人马上出发！”

宋大使派出第二批赴萨卢姆的工作人员后，遵照国内的指令，立即着手联系开罗和亚历山大的旅行社。

“你们能有多少车？当然是越大越好！”

“有100辆？太好了！如果别的公司还有，请你帮助我们再租几十辆！”

最后宋大使共向埃及旅行社租下150辆大巴车。150辆大客车一起走，浩浩荡荡，车队得排多长啊。不光埃及人惊叹不已，就连驻埃及使馆的人也暗暗吃惊。

150 辆多吗？每辆车坐 70 人也才 10000 出头。到时候还怕不够呢！宋爱国的胃口真是很大。受动乱影响，埃及旅行社的老板和司机们已经几十天没生意了，嗷嗷待哺，他们兴奋得恨不能把中国朋友抱住亲个够。

在宋大使等人的指挥下，埃及各旅行社的大巴车浩浩荡荡从不同方向向萨卢姆边境集结。

最先离开利比亚的中建技术公司的 83 人开始进入埃及海关。

“护照！证件！”地中海的初春依然寒气逼人，可海关大厅内却热浪滚滚，臭气熏天。满头大汗的埃及海关人员见是一队中国人，便非常友好地让他们从挤得水泄不通的逃难人群中优先办理入境手续。

“Passport！”

“把你们的护照拿出来！”

海关人员不停地喊着，我们那些浑身沾着工地灰尘、惊魂未定的同胞，此刻茫然地瞅着埃及海关人员，不知所措。

“No！我们什么都没有，我们是从利比亚逃出来的，工地丢了，连牙膏牙刷和随身的钱夹子都丢了，哪还有护照啥的！”

“No！没有护照，你们就无法入境。”埃及海关人员耸耸肩，无奈地将 83 名中国人赶到一边。

“啊，那不是我们的外交官吗？同志……”人群里，突然有人高喊起来。

“是，我认识他们，是驻埃及使馆的外交官！”有的人激动得快要跳起来了。

不错，正是我驻埃及使馆的外交官，他们一到萨卢姆海关现场，得知我同胞没有护照，便立即通过使馆向埃方有关方面交涉，请求按特殊情况处理。

“埃方已经同意，向我们的 83 名同胞签发旅行证件过境。”开罗的宋爱国大使告诉在萨卢姆的前方人员。

“同胞们，我们现在给大家办旅行证件，这样你们就可以安全回家了！”使馆同志的话一出，惊魂未定的同胞们顿时欢呼起来。

接下去，照相的照相，贴照片的贴照片，外交官和几十名中国劳务人员忙成一团……当83人做好证件，办完入境手续，在开罗等待消息的宋爱国大使一看表，好家伙，整整花了五个多小时！

这可怎么办？83人用去小半天，10000人过境要用多少天呀？宋爱国一算，头“嗡”的一下涨大了几倍！

与此同时，国内外交部领保中心也在为同一问题犯难。

“我看得马上设计一个中国公民紧急旅行证件，让我们的同胞即时可用，又便于前方制作。你们看呢？”

“只要我们的同胞能够撤到目的地，什么办法行得通，就用什么办法！”领保中心的郭少春、唐立、张洋、朱家耀等人围着黄屏说。

黄屏对郭少春说：“你们马上设计一个表样，最好是一张A4纸，留出照片框，内容务必考虑周全。前方使馆已经处于高度紧张状态，要让他们一收到复印即可，然后现场向无证照的待撤人员分发，方便填写。”

“明白！”郭少春等很快把此事处理完毕。外交部的这一发明在后来的整个撤侨行动中起到了特别重要的作用。

我驻埃及使馆行动在前，经验在前，他们也创造了另一个“先进经验”：团进团出。

何谓“团进团出”？

宋大使解释说：“就是撤离人员像平时的旅行团一样，不分散行动，全部整团进，整团出，中间也不住夜，不驻地。从萨卢姆海关办好入境手续后，直接把我们的同胞接到大巴旅行车上，再一股脑儿送到机场……”

我驻埃及使馆确实干得漂亮。21 日晚上，领保中心撤侨的热线电话在《新闻联播》刚公布，郭少春他们就接到报告：第一批 83 名从利比亚撤出的同胞已经安全入境埃及。

“好样的！”黄屏把这消息报告给宋涛等外交部领导后，外交部又迅速将此汇报到张德江、戴秉国等中央领导那儿，相关工作人员一路听到领导们都是用这三个字在发感叹。

有第一批就能有第二批。83 人安全撤离值得庆幸，令领导们和外交部前线指挥部的黄屏、郭少春他们心头无比兴奋的是，总算打通了撤离的第一条路线，而且是最近、最理想的陆路！

“立即电告班加西的中资公司各单位，还有其他中国侨民，让他们马上组织队伍，准备向埃及边境萨卢姆集结……”领保中心负责前方联络组在朱家耀、祝笛二位组长的带领下，组员孙显宇、李霞、王腾、买欣全、赵剑阳、过琳、徐晶晶、蔡志烽、孙亮、刘建宗交替着拿起电话，向我驻利比亚使馆和利境东部地区的中资单位及中方人员发出紧急通知。

“你们马上行动，尽快向埃及边境撤离！”

“嗨，还管那么多干什么！赶紧向萨卢姆转移！”

班加西一带的中资公司和中方人员已经接到撤离行动的具体命令，他们相互传讯、你促我催，纷纷卷起铺盖，收拾自己的瓶瓶罐罐，准备离开工地……

然而，当地的局势变化比我同胞的行动还要快，尤其是发誓要将班加西的反对派势力像老鼠一样消灭的卡扎菲当局派出了军队和战机，战争的炮火比我同胞撤离的步伐要快得多。

当地时间 22 日下午开始，班加西和利比亚东部地区全面陷入枪炮交射的混战状态，通往埃及的陆路撤离路线基本宣告终结。

“根本过不来呀！已经有好几个埃及人在逃离途中被打死了……”正在组织 150 辆接应车队的宋爱国一听这消息，刚才那份气吞山河、舍我其谁的气概，一下烟消云散，这可怎么办？这还了得！

“注意动态，等待时机！”原本已经摆开架势，准备轰轰烈烈接受一场大撤离考验的我驻埃及使馆工作人员，只得放慢脚步，按照国内的指示在埃及边境和首都开罗及亚历山大市等候利比亚那边的情况通报。

这是令人万分痛苦和焦急的事，然而真正万分痛苦和焦急的当属身陷利比亚危险战火之中的中国同胞。

“22 日起，我们这儿的电话断了，手机也没了信号，营地和工地被当地的暴徒一次次洗劫，上级的指令也收不到，看来真的要埋葬在异国他乡了……”

“谁来救救我们？上帝啊！你为什么这么无情？我们可都是些有家有室的民工和建筑人员呀！”

利比亚境内，当时能发出一点信息的，也只有时断时现的互联网。类似这样的呼救与哀叹，比比皆是。

“今天我听了很多遍 F.I.R（飞儿乐团）的《应许之地》，这是我多年前就很喜爱的一首歌：

多事之秋
耶路撒冷的天空
破碎的梦
应许之地消失中
你神圣的外表之中有多少无奈

这纯粹的仇恨啊
你想证明的是什么
我不应该对你有任何遐想
就任凭你
无止无尽地诉说

多残酷的笑话
我逃离我冷静不下来
就让仇恨随风
带走伤　带走痛
让眼泪不再流
为生命找个出口
当血染红天空
却用爱　去承受
愿天使从废墟灰飞淹没中
把爱降落
我不应该对你有任何遐想
就任凭你
无止无尽地诉说……

“每次听这首歌我就想哭。很多人以为这是首关于爱情的歌，其实它是关于战争的心境之歌。难道现在我们不是身处这样的境地吗？我现在想问：战争，你什么时候由穆斯林兄弟那里结束？你什么时候让我们这些无辜的人离开你？……”

这是一位劳务人员年轻漂亮的妻子的博文。她内心被突如其来的战争阴影笼罩，那种痛苦撕裂着多少曾怀揣美好愿望来到地中海南岸国家谋生者单纯的心灵。

读它让人惊恐，让人焚心。

怎么办？原本最近、最可能成为撤离要道的东部陆路被切断后，现在只剩下西北往突尼斯边境的陆路可走。黄屏和郭少春迅速将这一消息报告到宋涛等部领导那里，大家的目光自然而然地投向了的黎波里以西的利突边境，并将希望寄于此地。

从当时我在利人员的分布情况看，西部的人数显然比东部班加西地区还要多，这里集中了中水电公司、中铁公司、中冶一局等几大国字号公司和北京建工、北京宏福建设等几家大单位的一万余人。

“务必打通利突边境的陆路撤离通道！同时准备海上通道的正式撤离。”北京时间22日22点整，宋涛主持外交部当日的协调会，他代表部领导宣布了上述两项紧急任务。

在这次会上，黄屏代表领保中心汇报了一件火烧眉毛的事：“我在利比亚的人数到底是多少，现在仍十分混乱。今天一天下来，我们汇总了各个方面的信息，结果发现比原来掌握的人数多出了好几千人！”

“这是个严重问题！”宋涛的表情一下凝重起来，“人员不清楚，整个撤离工作就会乱阵。务必请国资委和商务部尽快报送准确的人数及他们的所在位置和目前最新情况。”

“宋副部长，中南海来电……”秘书悄声报告。

宋涛接完电话，回来向协调会上的同志们传达说，国务委员戴秉国同志对大家紧张的工作表示慰问，并提出对前方的形势研判由外交部亚非司牵头，每日汇总后上报中央。

“同志们，真正打响撤侨战役是在明天——也就是几十分钟后的23日。大家务必高度集中注意力，关注前方形势的变化，做好海、陆、空三条线的齐头并进，要周密配合，争取第一炮打得漂亮！”散会后，宋涛把陈晓东留下，单独向他交代任务。

陈晓东随即紧急约见利比亚驻华大使贾西米，说：“中国政府高度重视中国在利比亚人员的生命和财产安全，利方有义务采取一切必要措施确保中国在利比亚人员的安全，并为中方撤侨行动提供尽可能的协助和便利。”几小时后，贾西米答复：“利方承诺将尽一切努力保障中方人员安全，并为其撤侨提供协助和便利。”

亚非司副司长常华则给驻埃及大使宋爱国打电话，请他立即联系利比亚反对派驻埃及代表，要求反对派承诺不干扰、不阻挡中国政府撤离本国公民的行动。很快宋大使那边也有了答复，利比亚反对派表示不会阻挡中国撤侨，而且会提供某些便利。

午夜11时50分，黄屏带着几项紧急任务回到领保中心，随即召开值班人员全体会议，把相关任务分配到各个小组。他自己操起电话，直接与我驻突尼斯使馆的火正德大使通话：“火大使，你好！我想问问你那边的情况怎么样。”

这边开门见山，那边直截了当：“我这边一切就绪。同时已组织好50辆接应车向突利边境进发。同胞过来后的中转地基本落实，下一步回国的机场和航班也将在明后天敲定……”

“太辛苦你们了！”黄屏一听心里的一块石头这才落下。

“不辛苦，是我们准备得早。西亚北非的动荡是从突尼斯开始的，所以我们算是有些经验了……”火正德大使说。

“都给你碰上了！”黄屏放下电话，内心有些感慨。他跟火正德也算是熟人，58 岁的火正德 2010 年 10 月 15 日从驻几内亚大使岗位调任突尼斯使馆后，就遇上了突尼斯局势突变。几个月来，火正德还没有从驻在国的一堆乱麻中解脱出来，现在又担起了利比亚大撤离的重要任务。

“外交官就是这样的命，平时好像很风光，一旦有事，身家性命都得拼出去。其实平时我们也是在那种看似风光，实则时时刻刻暗藏风险的环境中战斗着。”这是我在外交部采访过程中留下的一个深刻印象，也是许多外交官向我吐露的真实心声。中国有 3000 多名外交官在全世界 200 多个国家和地区工作，能分配到条件好的使领馆工作的只是少数同志，大部分人都要经受战乱、疾病、高海拔、高温、饮用水困难、贫铀弹辐射等各种生存挑战，在非洲工作过的外交官绝大多数人与疟原虫相伴终身。有一位外交官，在外常驻时曾遭遇战乱，一颗子弹射进了身体内，20 多年他竟全然不知！多么可敬可爱的中国外交官！

现在我们说到的是火正德大使的驻在国突尼斯。

这个夹在利比亚和阿尔及利亚两个巨人“肩膀”之间的“一块小疙瘩”，尤其是它刚刚经历一场翻天覆地、改朝换代的大动荡，正值新旧政权更迭之际，许多部门和敏感地区仍未恢复正常，要从利比亚撤侨过境上万人，还要安排住宿和飞机中转，其难度绝对不小。

我驻突尼斯使馆在接到国内指示后，迅速抽出精兵强将，除了必要的留守和值班人员外，几乎全都到了突利边境一线做相关的接应准备。与驻埃及使馆相比，驻突尼斯使馆的硬件设施、人员配备都差了不少，但火正德大使他们承担的撤侨重任却超过了其他地方。可想而知他们的压力之大、工作之繁重。

将前线指挥部设在突尼斯边境小镇吉尔吉斯之后，火正德命令使馆武官秘书王一川迅速赶往与利比亚边境拉斯杰迪尔口岸遥遥相望的边境闸口，做好接应同胞的准备。

“迷雾太大，除了枪声外，根本看不到那边的情况！”王一川一到闸口，就往利比亚方向望去，什么都没有瞅见，只听见不断有枪声传来。偶尔朝闸口奔跑过来的，也都是些零星的突尼斯人。王一川问逃难的突尼斯人，在拉斯杰迪尔口岸有没有见到中国人，回答都是摇头。

“你们中国人过不来！卡扎菲不放！”终于有一个人对王一川这样说。

“为什么？”

“人太多，乱成一团，卡扎菲的人把海关封死了！”

到底怎么回事？当时与王一川同行的有几个新华社记者，在当日发了一篇突利边境现场报道，这样写道——

23日清晨6时，突尼斯首都阴云密布，凄雨霏霏，中国驻突尼斯使馆第二工作组和新华社记者一行五人冒雨驱车前往600多公里之外的拉斯杰迪尔口岸，准备迎接和帮助首批从利比亚西部撤到突尼斯境内的中国公民。风大雨急，我们挂念同胞安危的心情更迫切，因为我们已经知道利比亚首都的黎波里当天发生激烈的枪战和炮击，大家都担心同胞能否平安撤离。

当我们行至470公里外的突尼斯南部重镇加贝斯时，已在口岸做相关交涉的第一工作组传来了让人多少感到欣慰的信息：首批中国中南勘测设计研究院（中南院）在利比亚的800名员工已经出发，预计午后1点30分左右抵达突利边界。这时，风停雨歇，如洗的蓝天撕破乌云，将缕缕金色的阳光洒向大地。随后，我们兵分两路：记者和使馆武官秘书王一川赶往口岸第一线，卓瑞生参赞带领其他两名工作人员前去突尼斯杰尔巴岛落实中国撤离人员的住宿问题。

正午时分，当记者赶到拉斯杰迪尔口岸时，先前到达的杨旭武官和周兆明参赞已办妥了所有入境事宜。这时，只见三五成群的逃难者不断拥入突尼斯境内。他们有的怀抱婴儿，有的肩负行囊，疲惫的面容依然带着经历过生死磨难的余悸。一些突尼斯侨民双脚刚刚迈过边界线，就不顾一切地扔掉行李，双膝跪地狂吻祖国的土地。一名叫穆斯塔法的青年在接受记者采访时，愤怒声讨利比亚极端武装分子的暴行。他和两个同在利比亚打工的朋友徒步返回突尼斯，半路上惨遭极端武装分子的袭击，两个朋友被当场打死，他本人的全部财物也被抢劫一空。穆斯塔法流着悲愤的眼泪说，一个国家如果陷入动乱，连人的生命和尊严都没了，哪里还有幸福和安宁？

得知了穆斯塔法的经历，我们更为迟迟不见踪影的中国同胞担忧。果然很快传来消息：由于利比亚局势极度恶化，边界地区甚至失控，加之其边防人员又采取了极不合作态度，一再以各种借口拒绝中国撤离人员离开利比亚。此时的我们，更加为滞留在拉斯杰迪尔口岸的同胞担忧……

这可是要命的事！王一川立即把边境上的情况汇报给了火正德大使。火正德又马上汇报给国内。

“我的天哪！”黄屏的耳边仿佛炸响了一声惊雷。

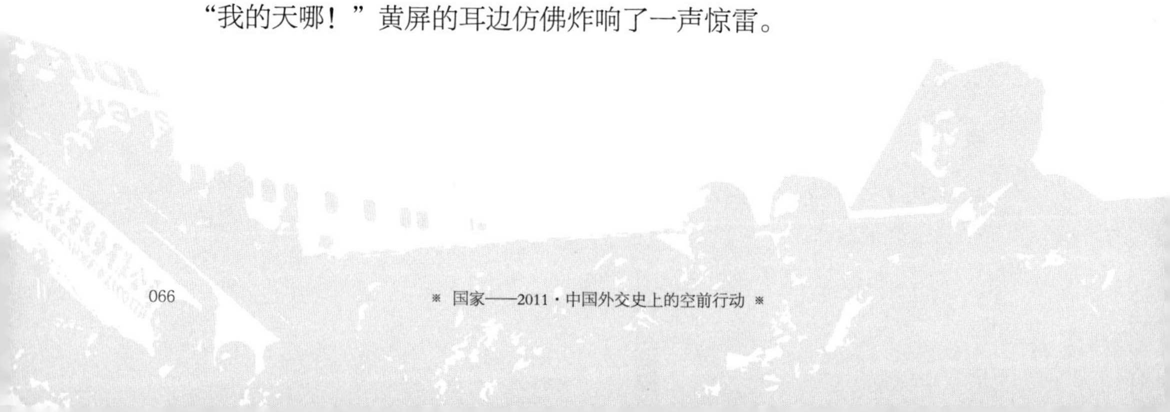

第五章

“特别行动小组”

这是外交部向中央报告撤离方案中的一个特别重要的预案，即在最需要时派遣“特别行动小组”。这个行动小组以外交部的工作人员为主，同时从公安部、商务部等部门抽调专业人员参加，到事发地代表中国政府或外交部处理现场情况，外交部内称他们是“工作组”，事实上就是特别行动小组。

不过我国的特别行动小组，与美国等西方国家通常派出的“特别行动小组”性质不太一样。电影电视里经常看到美国派出的特别行动小组，基本上都是武装人员，他们深入事发国家或地区，进行武装行动，如解救人质等。有的特别行动小组是以搜集情报、颠覆敌对国政权为目的的。我国的外交特别行动小组主要是处理撤侨行动，所承担的是和平使命，都是文职人员。

“现在的世界形势非常复杂，一些国家的政局不稳定，随时有可能出现政权更迭，一夜之间出现国家动乱，解救自己的侨胞是一个国家的使命和责任。近年来我国多次处理过类似情况。比如，2006 年汤加发生政变，街头枪声乱起，当地居民到处逃窜，中国侨民更是吓坏了。遇到这种情形，侨民们认为唯一保险的地方就是我们的大使馆。开始我们的大使馆根据所掌握的情况，以为也就几个侨民。第二天一早，使馆大门口突然出现了黑压压一大片侨民！大使吃了一惊，怎么一下冒出这么多人啊？原来，随着中国公民以令人震惊的速度和规模走出国门，中国政府对巨量的流动人口越来越难以做准确的统计。在许多来到汤加的中国人中，有的是合法进入的，有的是通过第三国进入的，有的根本就是非法进入的，还有的你就根本弄不明白他是怎么回事。大多数国民进入外国境内后，没有到中国大使馆登记的习惯和意识，而且很快分散，使馆所掌握的侨民情况与实际情况差异太大，这也是当下我驻各国使领馆所面临的一个尴尬问题。但事一出，保护和解救自己的公民是我国外交战线的使命。解救侨民，保障他们的人身安全这时成了重中之重。遇到此类突发事件，使馆自身就身陷险境，跟国内联系再不畅通，往往容易陷入被动局面。而且，中国外交队伍的编制基本上还保持着过去的样子，与迅速上升的国力和对外大开放的局面形成了巨大反差。如从 1949 年到 1978 年改革开放前，我国出境人数合计只有 28 万人次，而 2011 年时中国公民出境人数却已经超过 7500 万人次，但中国政府在海外负责领事保护的专业人员加在一起还不到 500 人。因此，派遣工作组前往事发地执行特别任务便成了一种惯例。他们一方面对国内的意图掌握准确，另一方面执行力强。近几年里，我国在撤侨行动中多次派遣过这样的工作组，效果十分明显。”参与撤离方案制订工作的领保中心副主任张洋这样介绍特别行动小组的职能与功效。

22 日中午，杨洁篪外长从中南海回到外交部后告诉宋涛：“马上组建特别行动小组，挑最过硬的同志参加！”

“还要尽最大努力保护好他们。”张志军书记叮嘱道。

“嗯。”回答只是简单的一个字，宋涛心里却涌起千层浪。

每一次派遣这样的工作组，对部里的领导来说都是一件非常痛苦的事。参加特别行动的都是些年轻有为、政治素质高、业务能力强的小伙子，他们必须不惜一切代价完成任务，并做随时牺牲的准备……

“所有撤侨任务中，利比亚这一次面临的局面最危险，任务又最重，派谁去呢？”宋涛不免感到头痛。

“小彭，你把黄屏叫来。”他对秘书说。

当敲门声响起时候，宋涛深深吸了一口气。等黄屏落座，宋涛看了一眼自己的爱将，缓慢而坚定地说：“现在，利比亚的情况特殊，国内对前方的复杂情况了解少之又少，而且卡扎菲政权与反对派之间的出招瞬息万变，加之我们在利的人员太多，必须考虑派遣执行特别行动的工作组了。”

其实黄屏在来的路上，心里已有三分数：“我明白，领导，我们一直在想这事来着。”

“那就好！你们马上会同干部司、办公厅等单位，迅速拟定名单，限三个小时组建完成，名单要送我过目！”

名单很快出来，一共 21 人，分为三个小组。他们中除了外交部抽调的人员外，公安部、商务部和国资委各抽三名人员加入。

黄屏带着名单来的时候，宋涛一边翻看他们的简历，一边问：“这些同志都有什么困难和要求吗？”

“没有。每个人都表示坚决完成任务，什么要求也没有提。”

“个个都是好样的。明天我要为他们送行！”宋涛的眼里渐渐闪出泪光……

“好的，我来安排。”黄屏的语调也难掩沉重，他马上吩咐郭少春他们迅速通知所有列入名单中的人员，必须在第二天即 23 日上午上班时全部到外交部报到，准备随时出发。

更需要交代一下外交部此刻正在进行的两件紧急的事：一是郭少春他们通知已确定的特别行动小组人员，让他们立即准备行动；二是与有关部门进行协调，确定航行路线后，联系办理飞行许可。

时间：00：10

“民航局，请你们马上调出两架飞机，准备飞往利比亚首都的黎波里。”外交部领保中心包机组向国家民航局发出指令。

时间：00：20

“驻利比亚使馆，请你们马上与的黎波里机场取得联系，通报我们明天有两架包机赴利执行任务，同时尽快联系办妥飞行许可。要以最快时间报告此事的落实情况。”外交部领保中心联络组向我驻利大使馆发出指令。

时间：00：30

“驻蒙古国使馆、驻俄罗斯使馆、驻哈萨克斯坦使馆、驻土耳其使馆……请你们注意，明天国内派出两架包机前往利比亚，途经你们驻在的国家，务请迅速办妥驻在国的过境飞行许可。”外交部领保中心联络组发出指令。

时间：01：00

“民航局报告，两架国航包机已准备就绪，听从外交部调遣随时准备起飞。”

时间：01：50

“驻利比亚王旺生大使报告，已派人赴的黎波里机场，但机场已处混乱状态，无法正常降落。建议我包机暂缓赴利。”

黄屏和郭少春一看这份报告，心头猛地一冷。按行动方案，特别行动小组之所以分三个小组，是根据现有我在利比亚人员分布情况设定的。他们将要到三个地方：一是位于北部的的黎波里，二是东部海港城市班加西，三是南部沙漠地带的塞卜哈。前方机场不能降落，特别行动小组尚未出动，行动已受阻。

“怎么办？”郭少春用目光询问黄屏。

“再等等看。”黄屏压住火气，他知道后面的难事何止一两件。沉着是前线指挥员必需的素质，他必须在领保中心几十号人面前保持沉着。郭少春知道自己也应该如此。

“小组的成员都通知到了吗？”黄屏问。

“全都通知到了，明天一早来部报到。”郭少春回答。

……

23 日清晨 6 时 30 分。黄屏刚刚往脸上擦了一把冷水后睁开眼睛，就有人直挺挺地站在他面前——特别行动小组组长费明星。

“你来得还挺早嘛！任务清楚了？”

干练的费明星点点头：“是。”

“马上熟悉一下那边的情况，准备 11 点飞。”黄屏指指桌上一堆已经准备好的相关材料说。

“是。”

费明星后来向我介绍，他前一天在部里上班时，知道了利比亚的一些情况，晚上在跟一个朋友吃饭时还嘀咕说，可能部里会派出工作小组赴利比亚执行任务。不过他万万没有想到又会派他去。“事实上，我应该想到的。”费明星说。他说这句话是有依据的，因为费明星是有三次参与撤侨实战经验的外交官。

“2000年4月，所罗门群岛的霍尼亚拉发生骚乱，当地暴民见中国人开的商店就打砸抢，华侨生命处在极度危险之中。我国与所罗门没有外交关系，但那里有中国公民，保护他们的生命和财产安全是国家的责任。于是我国政府紧急商请澳大利亚、新西兰、巴布亚新几内亚等国政府帮助保护我侨民，那时我驻澳大利亚使馆，作为国内工作组人员去了所罗门。有件事印象特别深刻。有个长得很像中国人的女难民，跑到我那儿，恳求救她。后来一问，她不是中国公民，我们不能带她走。她很愤怒地骂了一句脏话后说：‘我要是中国人多好！’所罗门骚乱时，当地的唐人街被暴乱分子洗劫一空，到处是焚烧后的惨状，我国共接回了310名身处险境的侨民。”

费明星还有一次撤侨经历，是2006年的汤加政变。那时他已是使馆的参赞，配合国内完成了193名侨民的撤离。

“部里这回考虑派我到利比亚去，肯定是因为我有些实战经验。当时，郭少春问我能不能带一个小组到利比亚，我说没问题。一晚上老婆不停地辗转反侧，也不说话。天不亮，我悄悄起来收拾东西，在洗手间里正刮胡子呢，一扭头见老婆也起来了，眼圈红红地给我找了个塑料袋装牙刷。十几年相守，她知道我的工作意味着什么，虽然不知道我要去哪儿，但知道这肯定又是一次命运未卜的生死考验……”

外交部里有句话一直流传了几十年，那就是当年周恩来总理兼任外交部部长时定下来的，他说中国外交官是不穿军装的“文装解放军”。外交部组建初期，许多高级将领加入外交队伍，周总理要求他们继续保持革命军人的优良作风。六十多年来，中国外交队伍虽然在人员组成上发生了很大变化，但这个传统得到代代相传。

现在，费明星他们又要以“文装解放军”的身份，到那个遥远的、战火纷飞的异国去战斗了！如果是参战的解放军，他们每人手中都应该有武器。

然而，身为“文装解放军”的外交官，他们不能随身带武器，他们只能用血肉之躯和一颗忠诚于国家的赤诚之心去迎接枪林弹雨下的战斗。

这是何等悲壮的考验！

这就是外交官的特殊使命！

费明星他们的特别行动小组人员庄严地接受了国家交给他们的生死任务——为拯救身陷战乱中的数万同胞，赴汤蹈火在所不辞！

23 日 7 时，外交部领保中心接到我驻土耳其使馆报告，飞越该国上空的专机航空许可证办妥。接着，专机经蒙古、俄罗斯、哈萨克斯坦等国的飞行许可手续相继办妥。友好国家关键时刻真的很给力！

7 时 30 分，外交部为 21 名特别行动小组人员办妥护照。

8 时，黄屏召集陆续到齐的全体特别行动小组人员开会，交代任务。这是一次庄严肃穆、激昂悲壮的会议，出征的小伙子们不知，黄屏和郭少春却知道，杨洁篪向宋涛私下交代过：此次赴利比亚工作组任务艰巨，充满危险，要做好一切准备。“后面的话领导虽然没说，但我们清楚是什么意思。”黄屏告诉我，根据当时的情况，部里是做好工作组成员回不来的准备的。形势便是这等严峻，是战争就会有牺牲。

11 时，外交部南门。特别行动小组成员站成三排，组长站在排头。副部长宋涛以充满期待的目光，面对这些年轻而又淡定的面孔，发表了出征动员令：

“同志们，这次利比亚撤侨行动在我国外交史上是史无前例的。你们此行责任重大，使命光荣！你们肩上扛着的是中华人民共和国的重托，你们身上寄托着三万多个家庭的希望，请你们一定要带着受困同胞得胜归来，毫发无伤！等你们回来的时候，我一定去机场迎接！”

“保证完成任务！”回答气壮山河。

就在21名队员即将出发之际，宋涛突然提出，他要与每位队员照张相，于是年轻的队员们欢呼了起来，因为他们平时跟部领导单独合影的机会并不多。在一旁看着照相的黄屏和郭少春等领事司的同志鼻子有些发酸，有几位女同事预感到什么，要么走开，要么扭过身去，因为她们的眼里已满是泪水……

第六章

飞往的黎波里

的黎波里，那是一个什么样的城市？那是一个与中国直线距离超过万里的城市，利比亚泛非航空公司开通至北京这条航线还不足三个月，战争之火已经烧红了这个曾经风景如画的地中海城市。

现在，全世界都在聚焦战火纷飞的的黎波里。卡扎菲政权有被颠覆的可能，这让盼望已久的西方世界欣喜若狂。自命不凡的狂人卡扎菲坐在火山口犹不自知，狂妄地叫嚣着，举起屠刀准备对一切企图推翻其“王朝”的反对派施以血腥暴力。的黎波里到处都是新闻，被全世界瞩目。

就在中国派出特别行动小组前往的黎波里几小时前，驻利比亚使馆政务参赞王旭宏、华昱清前往的黎波里机场查看情况。他们到那儿一看，简直不敢相信自己的眼睛，几天前还好端端的一个国际机场，如今乱得像一个路边集市。机场工作人员大半不见踪影，荷枪实弹维持秩序的警察和士兵也失去了控制，数万难民将机场里外堵得水泄不通，到处是杯盘狼藉，垃圾遍地。枪声、喊声、尖叫声、绝望的哭声交织在一起，响彻机场，像是人间地狱。

难民的生命和尊严被肆意践踏，不时有被枪杀、被踩死的难民尸体像垃圾一样，被随意丢在一旁。在这里，人性泯灭；在这里，血泪横流。谁早一点离开，谁就能保住生命。

欧盟等数十国的飞机强行降落着陆，失控的机场跑道上挤满了失去理智的难民，他们不管不顾地疯狂拦截着一架架飞机，想方设法要登机逃命。

的黎波里机场彻底混乱了，惨剧不断发生，有可能还会加剧。现在，中国的特别行动小组必须抵达那里，不管代价有多大！

"你们必须推迟起飞！否则无法在的黎波里机场降落。"前方警告。

"不能再推迟了！必须马上起飞！"国内一次比一次紧急地催促。

"起飞也没有用，降不下来怎么办？"前方这样回答。

"降不下来也要起飞！从北京到的黎波里有十几个小时，飞了再说！"国内强行指令。

"起飞！"23 日 17 时 48 分，北京首都机场的一架专机，在呼啸中冲向云端，飞向那个地狱般混乱的地中海南岸城市……

"当时，偌大的机舱内除了机组人员，只有我们七个人。一上飞机，我就把小组人员召到一起开会。我说现在我们是一个战斗小组，一定要团结一心，然后我宣布了分工。我让曾经在利比亚待过的刘翔同志介绍当地情况。"费明星说，"看得出，接受紧急任务的小组全体人员个个精神饱满，同时也略显紧张。我要求大家先休息，自己跑到飞行员的驾驶舱内，要过机长手中的话筒，与外交部领事司通话。这是我有生以来第一次在飞机上用飞行员的电话通话，觉得很不一般，强烈地感受到此次任务的特殊性。"

"请问，我们到底飞往哪儿？"费明星询问道。

"现在还不能确定。"郭少春说。

"那怎么办呢？"

"等待通知。"

费明星与机长对视了一眼。没有办法，飞吧，往西飞了再说！这是少有的航空飞行任务。这是战斗任务。

回到机舱，费明星看看他的队员，没一个人睡。“怎么都没睡呀？”费明星有些生气，想这样质问，因为保持良好的身体和精神状态很重要。话到嘴边，没说出口，队友们有的在记笔记，有的在思考，他知道大家的心里不平静。身为组长的费明星，此刻的心情比队员们还要紧张和不平静。

“费明星，你是组长，我要叮嘱你两件事：一是到了前方以后，如果遇到一些突发情况，来不及跟国内请示报告，你可以自行处置；二是不用经国内批准，你可以雇用当地的安保力量，怎么雇用、什么时候雇用，全部由你根据前方的情况做决定。明白吗？”

“明白。”

“费明星，我让你带这个工作组对你只有一个要求：你是中国派出的第一架专机，必须在第一时间冲进利比亚。现在情况不明朗，是从马耳他、埃及或是希腊哪个国家进入利比亚，还不能确定。你必须随时跟航空公司保持联系，第一时间冲进利比亚，把当地的情况报回来！明白吗？要不惜一切代价，把情况报回来！听明白了没有？”

“听明白了！”

费明星怎能睡得着！他的耳边不时响起临上机前，黄屏和郭少春跟他“咬耳朵”说的话。字字重似千钧，压得费明星喘不过气来。他心头的压力，外人并不知道，却被他儿子在看电视时发现了。

费明星临出发前在首都机场接受央视记者采访，他说：“我们知道此行使命光荣，责任重大，我们将全力以赴做好工作。”

费明星的儿子在家边看电视，边对料理家务的妈妈说：“哎，爸爸今天可有一点㞞。”

费夫人停下手中的活儿问：“什么意思？”

孩子说：“我看他说话时心里跟没底似的。”

费夫人笑笑没说话，只是意味深长地叹了一口气——那是作为外交官妻子深埋在心中的一份担忧。

此时身在空中的费明星并不知道他家里发生的这一幕。他最为关心的是他们的飞机能否“冲进利比亚”，从哪个地方往里冲。

黄屏司长在临行前一再用“冲”这个字提醒他，让他倍感压力。“冲”意味着什么？置之死地而后生？不管不顾冲锋陷阵，还是冲破险阻取得先机？其中弥漫着强烈的战斗气氛，他不能不紧张。费明星忍不住从飞机舷窗向外看去，除了无边无际的黑暗，什么都没有……

要是天空没有国界多好！要是这个世界没有战争多好！那样我们的飞机想飞哪儿就飞哪儿，想到哪儿降落就可以“冲”向哪儿。世界都是一家人，我们住在地球村，何时能实现世界大同呢？

在利比亚的几万同胞每一分每一秒都处在生与死的边缘，费明星四十五年来第一次感到焦虑和责任重大！他是行动组长，是探路者，是急先锋，身上寄托着大家殷切的希望和期待……

费明星不敢往下想。他再一次跑到机长所在的驾驶舱。

“刚接到地面电话，让我们在雅典机场降落。”机长给费明星带来喜讯。

“太好了！”当费明星把这个消息告诉队员，小伙子们立即兴奋起来。他们知道，雅典与利比亚仅隔一个地中海。

专机在雅典机场刚降落，参赞郑曦原便登上了飞机，与费明星接上头。

“什么时候我们能飞抵的黎波里？”费明星的全部注意力都在这一点上。

“不知道。只能等利比亚方面的消息。”郑曦原当头给了费明星沉重一棒。

“不能快一点？”费明星口气很生硬地冲比他资格要老不少的郑曦原问道。

“这得问卡扎菲了！”郑曦原说。在远隔祖国万里之遥的异国，面对异常严峻的使命和任务，这两位四川老乡失去了往日的亲热劲儿。

费明星无奈地看看郑曦原，只得沉默。心急如焚的费明星他们，现在只能做一件事：等，等利比亚方面的消息。

“好了，可以飞了！”一个多小时后，郑曦原和机长几乎同时对费明星说。

“哥们儿，回国后我到‘川办’好好请你撮一顿！”费明星猛地热烈拥抱住郑曦原说。

郑曦原则重重地拍了拍费明星的肩膀：“千万保重。”

载有中国撤侨第一特别行动小组的专机，呼啸着从雅典机场飞向地中海对岸的的黎波里……

在叙述第一特别行动小组的动向时，时间其实已经跨过了十几个小时。而这期间，利比亚的情况不断出现变化。当日，电视里播出了卡扎菲23分钟的电话采访，他猛烈地抨击他的反对派，称他们是基地组织的帮凶。

“你们是怎么回事？你们这些本·拉登的帮凶是在给我们的孩子洗脑，难道这还不清楚吗？所以，我将毫不留情地打击你们，直到彻底消灭你们！”卡扎菲一副誓死战斗到底的架势。与此同时，班加西的反对派营地大门处，两挺机枪不停地向天空扫射，以示他们根本不怕卡扎菲的恐吓。

2月23日，利比亚的局势全面进入拉锯式的战争状态，执政当局和反对派到底谁厉害还看不出。这正是最要命的时候——对无数在利比亚的外国人来说如此，对中国政府和执行撤侨具体行动方案的中国外交部来说也是如此。

“现在已经是 24 日了！第二架包机必须起飞！”黄屏再三权衡，经请示于 24 日凌晨两点向民航局下达了明确指令。

28 分钟后，载着赴班加西、塞卜哈的第二、第三特别行动小组的第二架专机从北京首都机场起飞，目的地——“未知”。

机长得到的指令是，先向迪拜或开罗方向飞，到时再说。

此时，三个行动小组皆在天空，他们等待着未知命运的安排。利比亚啊，你太让人忧心如焚了！

第七章

国资委在行动

中国是社会主义国家，社会主义国家的体制和体制的优势，曾经被许多人歪曲和讽刺过，而这种歪曲和讽刺的调子有时在我们国内也会发出嗡嗡声。这不奇怪，因为我们强大得太快了，快得让那些一直自以为是世界霸主的国家感到心里不舒服。也因为我们在强大过程中有些方面还欠周到和平衡，使得某些自己人也有心情不畅的时候。

可是有一点连我们的敌对势力都不得不放下高傲的姿态并彻底认输，那就是中国的社会主义制度在关键时候，尤其是做大事、干大事，做成大事、干成大事方面，在世上没有哪国可以匹敌。

往前推几年，那是2008年。那一年北京举办奥运会，想想当时有多少西方势力挑衅和捣乱，后来当他们看到我们美轮美奂的开幕式和圆满成功的全程活动时，全世界所有的乌鸦嘴都闭上了，除了惊叹还是惊叹。

那一年我们的国家也经历了痛苦，那就是“5・12”汶川大地震。面对瞬间出现的天灾，近十万人罹难，数十万人家园破碎，那些仇恨和嫉妒中国强劲发展的敌对势力暗自高兴，以为中国从此一蹶不振。哪想到我们不仅很快就抚平了灾难造成的伤痛，而且以超前三五十年的面貌改观了那些破碎的家园！

社会主义国家的制度和体制得到证明，它属于人民，它为人民的根本利益谋福祉。利比亚大撤离再次证明了这一点。

从 2011 年 2 月 22 日上午国务院应急指挥部成立之时起，最早动员起来的是国字头部门，除了外交部，还有商务部、国资委等十几个部委，所有的行动都在国家统一指挥下同步进行。

无疑，在所有参与行动的单位中国资委身负重任，他们有十几个国字号企业、两万五千余人的队伍在利比亚各地承包项目！

数字之大，分布地之广，遭受的毁灭性打击之严重，连国资委自己在收集信息时都感到吃惊。

“要尽一切力量确保人员和财产的安全，必须发挥国企优势，确保国家撤离计划顺利进行！”22 日当日，国资委副主任黄丹华带着国家应急指挥部的撤离精神回到单位后，国资委在第一时间内成立了自己的应急办公室。下午，在利比亚有项目的十几个央企的头头脑脑都在国资委领到了自己的任务。

“为了保障分散在各地的单位有效组织队伍安全撤离和处理紧急情况，国资委临时决定成立四个区块的前线临时指挥中心，协助使馆和工作组协调本地区的所有国企员工和其他人员撤离事宜。它们是：东部的班加西地区、中部的米苏拉塔地区、西部的利突边境以及南部的塞卜哈地区。分别由中建牵头，负责中交集团、中水电集团等单位 13000 余人的东部撤离任务；由葛洲坝集团牵头，负责西部的 11 家中资公司共 11000 多人的撤离任务；由中交公司牵头，负责中部米苏拉塔地区的中交、中铁、长江岩土公司等单位的 7000 余人的撤离任务；南部地区由中水电集团牵头，负责中土、中建材、中石油、大连国际等单位的 5000 余人的撤离任务。你们都要听从外交部和驻利使馆统一指挥，及时组织好所有中资企业的撤离……大家有没有困难？”

“没有！”

“没有困难是不现实的，但我们是中国的国企，每逢国家和人民有难时，我们总会冲在最前面，宁可牺牲自己，也要保护国家和人民的利益。利比亚大撤离，中国国企将会有巨大损失，这是所在国的政治动荡和战乱所致，属于不可避免的灾难。好在我们的项目大多为承包工程，合同在和项目在固然重要，但我们的人在是第一位的。希望你们安全地把我们所有的人一个不落地全部撤回来！有没有决心？”

“有！”

“好，行动吧！”

国资委的撤离紧急会议上，各企业单位群情振奋，斗志昂扬，让黄丹华等领导备受鼓舞。然而，此次央企在利比亚所遇到的困难远非几句豪言壮语就能解决。复杂而严峻的利比亚局势，加上突如其来的战争冲突和人员的极度分散，平时彼此互通信息少等客观情况，增加了撤离的难度。况且各企业在自己的项目承包过程中，与利方的合同、协议也不尽相同，如今需要在异国他乡，听统一号令，使撤离行动步调一致，这是对在利比亚所有中国央企前所未有的严峻考验。

当时各地的情况是：

那些最先遭受冲击的企业，一夜之间，营地被洗劫，成百上千人的队伍或被赶出营地，正在四处逃亡的途中；或被激烈的武装冲突打散至互不知情的各处，躲藏在弹丸之地。

那些零星的施工点的营地，则完全失去联系，人员生死不知；他们有的因通信突然中断困在荒无人烟的地方，连外面发生了什么事都全然不知。有的小施工队则被好心的当地人抢先救到了自己家里和部落内，像突然从地球上蒸发似的几天不见影踪。

那些远离班加西、远离的黎波里的施工队伍，他们在炎热的沙漠腹地的工地上，听不到枪声，也见不到电视画面上的血腥镜头及卡扎菲与反对派相互之间声嘶力竭的决战誓言。当听到让他们立刻放弃好不容易投标获得的工程项目时，承包头儿不干，梦想到利比亚挣钱回家娶媳妇、为儿子上学挣钱的劳务人员更不干！

工人们抱怨说："啥危险嘛，炸弹轰不到我们头上，子弹飞不到我们这儿，谁让撤，谁就先把我们的工钱和损失付了再说！"没听过枪声的哪知挨枪子的恐怖与害怕！不见棺材不掉眼泪者不是没有，再说中国人和平了几十年，谁见过啥是真正的战争、真正的动荡？

想要保命的人找不到逃命的路，不知危险迫近的人感受不到十万火急。这就是利比亚大撤离面临的困难和问题。欲将万人之心变成统一步调、统一思想、统一意志的一条心，谈何容易！

"我们有党组织！我们有党员队伍！"国资委在危难时刻举起了只有中国才能举起的战斗大旗。这面大旗让世界上想看我们热闹的人感到不可思议！这面大旗使一切与中国友好的国家和人民感到亲切和敬佩。

不要以为利比亚大乱时，我们就没有了利比亚人民的友谊和帮助。

某工地遭暴徒袭击后，当地工友萨拉冒着生命危险，将 19 名被打散的中国工人救进自己的家里，让他们躲藏在自己家的一间小屋内。萨拉的母亲不能与异教的男人生活在一起，便独自在家门口为中国工人守望，一天又一天。中国工人过意不去，执意要走。萨拉紧张得不知所措，担心地说："你们要出去，会被无耻之徒的乱棍打死的！怎么办？"在谁都无法拿出解决办法时，仁慈的穆斯林母亲突然出现在 19 名中国工人面前，只见她双手捂在胸前，真诚地说：看在真主的分上，你们都是我的儿子，你们就安心在我家吧！19位惊慌失措的中国工人一愣之后，扑通跪到地上：妈妈，亲爱的妈妈，我们都是您的儿子！就这样，一道横在异国人、异教人之间的巨大难题以世间最温馨的方式得以解决。

一队正在胡姆斯铁路线基地工作的中铁工人，被困在执政当局的军队和反对派武装之间，断粮断水，这可急坏了当地承包商瓦迪尔。他焦急地说："中国兄弟是来帮助我们的，如果他们没有吃，没有喝，真主不会原谅我们！"第二天，瓦迪尔叫上五位他的同乡，开了一辆卡车，每人端着不知从哪儿弄来的土枪与大刀，随着反对派的车队，冒着卡扎菲军队的火箭炮与狙击手的冷枪，来回在胡姆斯城内的几个食品店抢购粮食与饮用水。当反对派的武装人员问及他们车上的食品为谁运送时，瓦迪尔勇敢地一手举枪，一手振臂高呼："为我们的真主！为我们的自由！"他居然用同样的方法，数次为被困的中国工人送粮送物，直到我驻利比亚使馆派人前来接应，瓦迪尔还把自己和朋友的毛毯分发给每一位中国工人，然后说："我在这儿为你们守着工地，等着你们回来！"

……

这样的故事还有很多很多，因为战乱散落在各个角落甚至丢失于荒漠的沙地里。战乱是利比亚的客观现实，卡扎菲当局与反对派之间进行着生死决战，什么友谊啊、朋友啊，都管不了，顾不上，甚至还不分青红皂白地凌辱和践踏人权，这就是战争和动乱的罪孽。

生命在战乱中显得异常脆弱。自2月17日班加西爆发全面反政府示威后，西方媒体已经在陆续报道。他们的记者通过现场摄像记录了一幕幕外国劳工在逃亡途中的惨剧：的黎波里机场聚集着近十万异国逃亡者，他们中有的人因无证件冲关而遭到枪击，有的人被挤压踩踏身亡，尸体被军警无情地拖出机场扔在野地里；利埃边境的口岸处，几名没有护照的埃及劳工企图冲关，与海关人员发生冲突，结果被军警当场开枪打死；班加西港口的海滩上，那些没证件又没钱的外国劳工为了抢搭开往欧盟某国的最后一班船，不是被船主推下甲板溺水身亡，就是跳进大海因无力追赶撤侨船只而葬身鱼腹；更有甚者，一些阿尔及利亚劳工，既无钱买飞机票回家，又无“真主”前来搭救，于是只身徒步寻找回家的逃亡之路，结果在穿越撒哈拉大沙漠时永远地告别了家人……

干旱炎热的北非大地很少下雨，但2011年2月的中下旬气候异常，不停地下着雨，那是真主和上苍看着人间惨剧所洒下的眼泪，雨水落在沙漠土地上变成了血红颜色，令人心惊胆战。

现在，数万中国公民同在这片血水横流的土地上，他们接下去的命运如何？全世界都在观望，远在万里之外的祖国和亲人在忧心如焚地等待着结果！

国资委的行动目标非常明确和斩钉截铁：全力配合国家撤离行动，确保所有我在利施工单位的人员全部撤离，平安回到祖国！

让一向标榜自己是“人权”救世主的某些国家见鬼去吧！每逢这等需要关切本国人民利益的最紧迫时刻，谁都不敢拿中国人的话来比作自己的行动目标。美国提出派飞机到利比亚接侨，卡扎菲说“不让美国佬进来”；英国首相不愿政府出钱撤侨，直向国民道歉；加拿大派飞机去几天降不下来，最后干脆打道回府……

中国企业和中国公民的大撤离就这样在利比亚全面开始，其战线几乎在利比亚的全境拉开，点和面多达数百个……如何使这些极度分散，先前从未经过特殊考验和周密组织的几万人集中统一行动？外交部和国资委都感到这是空前的难题。

"我们央企是有传统的，而且训练有素。即使有天大的困难，也会听从上级指挥，统一行动的。"国资委副主任黄丹华在谈及央企员工素质时，非常自豪和自信地说，"利比亚事件出来后，我们国资委在落实中央精神时，非常明确地要求各企业单位，先要做好撤离方案，必须服从中央和前线使领馆的指挥，积极能动地发挥央企优势，在具体撤离时单位与单位之间要坚持互相帮助，以大帮小、以小助散的原则。各个单位在撤离时，要坚决做到群众先走，老弱病残先走，民工和最基层的先走，干部后走，党员后走，公司高层后走。这几条一定，队伍就有了主心骨。"

显然这几条都是我们党的传统。关键和紧急时刻，这种传统和优势是可以获得巨大成功效应的。

镜头之一

中土公司驻利总部营地

有一位干练的中年女同志，名叫赵淑华，她是"临时总指挥"。尽管这个职务没有得到组织任命，可同事们从心底里自觉自愿听从她的指挥。17日、18日、19日这几天里，的黎波里的街头越来越乱，赵淑华他们公司和其他驻利中资公司一样，头头儿们都回北京参加各大集团公司的年初工作会议。不想利比亚的战乱偏偏这时突起，群龙无首怎么办？

"咋办？先把家里的粮食和物资备好，他打他的，我们干我们的！走，买粮去！"赵淑华一挥手，第一个登上车子，身后是跟着她的五六个小伙子。他们驾着车，穿梭在的黎波里的大街小巷，见食品店、粮油店就进去，然后拉着满车食品，避开横飞而来的枪弹，躲过示威游行队伍的愤怒声潮，一次次在总部营地进进出出……

“老婆，我刚从中南海出来，中央已经决定要把我们的人全部撤出来！明天我跟刁立民就准备回来……”中土集团副总兼驻利比亚分公司总经理陈志杰从国内打来电话时，赵淑华已经带领小伙子们买回了堆得像小山一样的食品及各种生活物资。

“那你赶紧回来吧！这边使馆也通知我们准备撤了。”赵淑华一边擦着汗，一边回着电话。

“好，一会儿集团总公司还要布置任务，明天我就往回赶。”陈志杰并不知道在他第二天也就是23日上飞机后，我驻利比亚使馆便通知在利各单位：国内已派出首架包机前来的黎波里接人，凡是老弱病残、儿童及女同志一律先撤。

“我不撤！这个时候你们就不要把我当女人了！你们只要记住我一个身份就行，我是共产党员！”营地经理陈献民怎么劝赵淑华都不行，她就这么回答。

“使馆也不同意你留下！”驻利比亚使馆的王旺生大使亲自来电催促。因为暴乱开始之后，妇女留下来后果不堪设想。

“咱中土公司在利比亚有3500多人，如果员工们一听老板把自己的老婆先弄回国了，不更急死他们吗？我要留下，大伙心底兴许踏实一点。”平时非常温顺的赵淑华，这回非常坚决。

“冒昧地问一句：王大使，你夫人走了吗？”赵淑华这回出招很绝。

王大使只得笑，然后说了一句：“她跟你一样不听话了。”

赵淑华这回“不听话”，却让中土公司后来大获好处，数批从前方被劫工地逃到总部营地的员工，在后来的那些天里没有缺吃少穿，是赵淑华让同志们在风雨飘摇中感到了温暖与安心。

陈志杰是唯一一位参加22日的中南海国务院撤侨应急会议的在利央企

前线公司负责人。23日，他带着中央和国资委精神，与公司财务总管刁立民搭乘北京至土耳其首都的飞机，紧接着又从伊斯坦布尔坐航班飞向的黎波里。

陈志杰见到妻子说的第一句话就是："亲爱的，谢谢你。"

"当时机舱内只有五个乘客，三个外国人，加上我们两个中国人。"接受我采访的刁立民先生说，"我们回到公司驻利比亚营地后，发现才离开几天的的黎波里完全变了样。城里到处是枪炮声，我们的总部营地也完全成了'难民营'——几个遭抢工地的人员都在这里避难。他们要吃要睡，如果没有老板夫人提前带领总部同志购物买粮，后果真的非常严重。我和陈总回来一看，真的很感激赵淑华他们事先做的准备工作。"

在紧急召开的动员会上，陈志杰神情坚毅地说："同志们，从现在开始，我们的任务是全力组织好本公司19个大营地、40多个工地的3500多名职工的大撤离，他们中间如果少一个人没回家，我都得跟你们急！我在此申明一下，如果大使馆和兄弟单位需要我们公司伸手援助，谁要是马虎半分钟，想少给吃的，哪怕是少给半袋食品，我也会跟你们急！先问一声我老婆：你说是不是？"

赵淑华拢了一下挡在额上的刘海儿，微笑着冲丈夫说："你回来了，听你的！"她的话让气氛紧张的分公司动员会着实轻松了一下。

"好，你马上备一份我们储粮的清单。"陈志杰朝妻子吩咐完后，对司机说，"我们去一趟使馆……"

经历过海湾战争、具有丰富海外工作经验的陈志杰，以他参加过22日中央会议的特殊身份，在协助我驻利比亚使馆撤侨的战斗中，和他的公司做出了重要贡献。这是后话。

镜头之二

中水电集团东撤惊险一幕

“什么？不是说好了让我们东部的976人一起从海上撤吗？第一批只给600个上船名额？谁定的？”中水电集团利比亚区域党工委书记、总经理贠亮刚刚离开的黎波里机场，他受我驻利比亚使馆委派，办好了国内派往利比亚的第一架专机的入境许可手续。半路上，他接到迈尔季项目经理刘玉飞打来的急电，信号时断时续极不好。

“是负责班加西一带协调的中建……”刘玉飞断断续续地报告说。

“奶奶的！”贠亮心里暗暗骂了一句，这是他最怕的事。一个施工单位，如果不拆散，整队或撤或留，力量都是强大的，要是把1000个人中的多数撤走了，留下的人风险是最大的。可这是命令，是整个大撤离的部署和安排，他能说什么？前来营救的船只有限，想早点撤离的单位和人员又多，谁先走谁后走，听指挥吧。贠亮心里虽有火，却知道大使馆和负责班加西撤离协调工作的中建公司此刻肯定也是焦头烂额。

“告诉我们的人，上级的命令一定要服从。不是分配了600个撤离名额吗？赶紧组织他们迅速向班加西港靠拢。剩下多少人，是376人吗？”贠亮问刘玉飞。

“我想增加四个撤离名额，我这儿有64位泰国、孟加拉国和斯里兰卡籍的公司雇员，我们不能不管他们呀！我想让他们先从海上走。”刘玉飞请示道。

“很好，就这么办！”贠亮说，“我们是中国公司，外籍雇员也应该是我们的人嘛！玉飞，你把要从海上撤离的人员迅速送到指定地点，然后马上回营地，听我消息！”

“是！”

怎么办？这时班加西已经大乱，反对派控制了班加西，卡扎菲的地方政府已从班加西和东部地区撤走，肆无忌惮的卡扎菲扬言要派出空军炸平此地。局势恶化到每一分钟都有可能有人员伤亡的可能，给我方撤离行动带来无法想象的困难。

“现在只有一条路，冲出军事冲突区，向利埃边境撤！”贠亮向北京的中水电集团范集湘总经理报告，他看了一下手表，这个时候北京应该是23日的凌晨3时左右。

范集湘在电话里问：“从迈尔季到埃及边境有多少公里？要走多长时间？”

“大约500公里，大多是沙漠地带。如果按正常情况，坐车四五个小时，可现在这一条线在打仗，我说不准。”贠亮回答得不大自信。

“听说外交部领保中心已经停了那条线的撤离计划……”

“是。我们已经听使馆的同志讲了。”几百条人命，贠亮不敢擅自做主，令他更焦急万分的是，每往后拖一个小时，危险就增加了几成。一旦卡扎菲的飞机往下投炸弹，或者再遇暴徒袭击，后果将是灾难性的……即使这些因素都不存在，害怕和恐慌造成人心不稳，员工闹起来该怎么办？

贠亮在等范集湘的指示。他把手机一直贴在耳边，怎么没有声音？是断线了？他看看，虽然信号弱，但还是有的。

“范总，你在听吗？”贠亮提高声音，他真怕信号什么时候没了。

没有回音。

“范总，范总……”

“在呢！叫什么！”范总说话了。

贠亮赶紧说：“对不起。”

那边又没了声音，贠亮觉得后背在冒冷汗。

“走这条路你有把握吗？”范集湘总算说话了，声音非常凝重。

“有！”贠亮立即回答。

“好。就这么定了！”这回范集湘的声调变高、变清晰了，“有一条：如果这三百多人出了问题，你就准备好两口棺材。”

“有我一口棺材就行了，为什么是两口？”贠亮被范集湘的话弄得有些发蒙。

“我的呀！”范集湘说完，就把手机挂了。

贠亮突然发觉自己的额上在猛流水。是冷汗？他抬头一看，天在下雨，下得有点疯，夹着初春的寒气在下个不停……

见鬼，到利比亚三四年了就没见过雨星儿，这回下他妈的啥雨嘛。贠亮突然想到了那些在枪林弹雨、风雨交加的班加西及其他地区的工友们。

要命！贠亮拿起手机，再次向刘玉飞询问让他最为担心的迈尔季营地，那里有两批往不同方向撤离的人。

“报告贠总，准备从海上撤的604人，已经全部转移到班加西附近的2000套项目营地，只等营救的船到。营地上的这372个人怎么办？大家情绪很不稳定呀！怎么办？贠总，得赶紧拿主意呀！”

“怎么办？你说怎么办呢？”贠亮立即意识到自己不该发火，马上改了口气问，“玉飞，你不是说平时跟当地的部落关系不错吗？能不能从他们那里借点武装？”

“你是想让他们武装护送我们？”

“是这个意思。”

“这……这行吗？国内同意吗？”刘玉飞支支吾吾起来。

“你就别说国内了，眼下我们不是在国外嘛！”贠亮直逼刘玉飞回答正题。

“借长老的武装应该没问题。不过，如果半路遇上老卡的军队咋办？”

刘玉飞提出的问题又让亮暗暗吃了一惊：“那就看你们的运气了！”

“那好！我马上去联系。明天一早队伍出发！”刘玉飞是个干实事的人。

“慢！有一件事你要做，马上在这支队伍里成立临时党支部，以应对万一……”贠亮追加一句后才放下手机。

利比亚当地时间22日晚十一二点钟，迈尔季工地上的零星灯火忽明忽暗，中水电二局迈尔季项目经理、临时党支部书记刘玉飞召集几位骨干开完会，分配完任务后，准备前去找当地的联络官麦收先生。

“怎么，你们不走啦？”匆匆从家里赶来的麦收先生身上还穿着睡衣。他从车上下来，见工地上还有黑压压一片中国人，奇怪地问已同他建立了深厚友情的刘玉飞。

“班加西的船我们上不去了，准备从埃及边境出去。”刘玉飞告诉他。

“不行！贝达和图卜鲁格那边打得比班加西还厉害，你们去后都会被……”麦收一听就急了，他用手在脖子上抹了一下，意思是走埃及边境线，有被枪杀的危险。

“我们只有这条路可走，而且明天必须出境！”刘玉飞随手将两个纸包塞给麦收，“我这儿的372条命都交给你了！”

麦收一看纸包里装的是美元，紧张地直往后跳了几步：“不，不，刘先生，我们是朋友，你们中国人都是我们的朋友，我不能要你们的钱！”他要把钱塞还给刘玉飞，“你们有什么忙我一定帮，不要报酬！”

“这个一定要拿着。请你帮我们找三四十个武装人员，随我们一起到边境。”刘玉飞按住麦收的双手，解释说，“你比我们更熟悉这里的长老，到时候需要这个。”

麦收明白了："那我马上去联络。"他刚要走，见一旁有数名工人正在忙着改装车子，便对刘玉飞说："我去找朋友帮忙，给你们弄面包车来。"

"好，我们做两手准备！"刘玉飞看着麦收消失在夜幕里，立即回头让几个应急指挥小组的负责人分头去告诉所有人员准备天一亮就上路。

"贠总，我们的人都上车了！可以走了吗？"四五个小时后，刘玉飞再次向在的黎波里的贠亮报告，等待中水电集团公司驻利工程最高指挥官的命令。

"天气怎么样？"贠亮在那头说，"的黎波里这边正下着大雨……"

刘玉飞一边抹了把脸上的雨水，一边看了看天说："估计这里的雨不比你们那边小。"

片刻，那头的贠亮瓮声瓮气地说："玉飞，你给我听着，要是有人端着枪堵路不让走，你就命令我们的人，破财免灾，劫匪想拿什么就让他拿！身外之物丢就丢了，回国后我给他们补！集团公司给他们补！千千万万把命保住，比啥都重要！"

"明白。"

"还有一件事，中建公司有九名技术人员，他们没赶上撤往班加西港口的大部队，想跟你们一起走。看看能不能带上他们。"

刘玉飞沉默了。车子是提前按人头租来的，现在多九个人，大家要挤一挤了。关键是有人一听是中建公司的人，就火冒三丈："他们不让我们上轮船，凭什么我们要管他们的人？"

"都是中国人，让他们来吧！"刘玉飞瞪了一眼那位说闲话的工友，这样回答贠亮。

"好。现在你们马上行动！记住，每隔一小时给我报告一次！"

"是！"刘玉飞转过身，看到中建公司的九名技术人员到位后，便朝排列得整整齐齐的 44 辆面包车车队凝视了一眼，然后猛地挥动了一下右胳膊，大吼一声：“出发！”

于是，大地轰鸣，车轮滚滚。蒙蒙春雨中，撤离车队向利埃边境的沙漠驶去……

“每一辆车上，都有一位当地的武装人员为我们押护，他们个个神情威严地端着枪在车前的窗口站着，刺刀露在外面的雨中，闪着道道寒光。往后看去，我们的车队浩浩荡荡。可是我们的前方呢，则传来阵阵枪炮声……其情其景，我一辈子也忘不了。”中水电二局贝达 608 套项目经理杨学良回忆当时的情景。

战争是恐怖的，那是一种生命会随时消失的恐怖，深入骨髓。

中水电公司的撤离车队刚刚离开迈尔季工地不久，就发现路边突然拥出一批利比亚人，武装人员立即举枪瞄准对方，首车的指挥员在对讲机里紧张得连喊着：“坏了！坏了！”车队撤离总指挥刘玉飞一听差点魂飞魄散：“到底出啥事了？快报告！”

“是……是利比亚人在路边……”

“在路边干吗？快说！”刘玉飞急死了，一边命令自己坐的那辆车上的工人趴下，一边催促前面报告情况。

“没事了——是我们的朋友，他们是来欢送我们的，举着标语和旗帜。”前面的对讲机里这样报告。

“嘁！”刘玉飞一下双目紧闭，又突然睁大眼睛，冲车厢内叫了一声，“没事了！起来吧！”

“到……到底出啥事了？”坐起来的工人们纷纷往车窗外望去，原来路的两旁站着不少利比亚人，他们或举着标语，或在向中国车队招手。那些标语里有用中文写的，所以中国人能看得懂：“欢迎你们再来！”“你们是利比亚的朋友！”

虚惊一场的人们顿时情绪轻松和活跃起来，工人们纷纷打开车窗玻璃，向他们熟悉和不熟悉的利比亚朋友招手致意，有人甚至高呼：“我们会回来的——亲爱的穆斯林朋友们！”

我们真的能回来吗？真的想回来吗？车队里的381名中国人，此刻谁也不敢去想这样的问题，他们一心想的是如何逃离战乱四起的地中海南岸，回到自己温暖可爱的祖国。

长长的车队，在暴雨中驶出迈尔季，又过贝达，再经德尔纳，直抵图卜鲁格和坎布特……于当日天黑之前终于到达了利埃边境的萨卢姆小镇。

“贠总！贠总！我们成功啦！我们已经到达了萨卢姆，这里距埃及边境就撒泡尿的工夫！”刘玉飞跑到最前面，踮着双脚往东看了一眼，马上给的黎波里报告道。

不想远在千里之外的顶头上司贠亮不仅没有表扬他，反而劈头盖脸地将其臭骂了一通：“你他妈的怎么回事？你怎么现在才打电话来？你再不打电话来，我就要跳地中海了，知道吗？”

刘玉飞一边笑一边直抱歉：“没有信号，根本打不出去！现在好了，这里可能是埃及来的信号，清楚了吧？”

“别给我废话了。马上组织出境！”贠亮还在生气，不过他的语气变了许多，“喂，一路挨枪子了吗？”

“还好，除了五六次被叫下车检查外，算是顺利吧！”刘玉飞不想把一路上一箩筐提心吊胆事说给老板听，关键是他和他的队伍——381人（包括中建的9人）已经脱离了困境。这比什么都重要！

放下手机的刘玉飞没有想到，在出关时他差点急晕了：381人，无人有出入境证件！

“这怎么行，你们不能过！”利比亚海关人员直摇头。

“我们是逃命到这儿的，护照和身份证都被人抢走了，哪还有什么证嘛！”好不容易撤离至安全地带的中国工人们有些愤怒了。

“这是国际惯例，不是我们想为难你们。”海关人员坚持不放。

人在的黎波里的负亮向驻利比亚使馆汇报后，又将求助电话打到了外交部领保中心。

“我们马上联系驻埃及使馆前方工作组，他们将为你们当中的无证人员办理紧急证件。”领保中心联络组的同志不假思索地回答。

很快，凭着一张简简单单的“回国证明”，中水电的 381 人走出了水深火热、生死难卜的利比亚，成为真正意义上第一批从陆路撤出的整团队伍。

这是北京时间 24 日零时左右。此后，东线从陆路向埃及方向的撤离因利方边境关闭而陷入瘫痪被迫停止。

镜头之三

女将挺身独行打通拉斯杰迪尔通道

拉斯杰迪尔是利比亚与突尼斯边境上的一个口岸，如果不是这场大撤离，此地根本无人知晓。我找遍了利比亚与突尼斯两国各种版本的地图，也没有找到“拉斯杰迪尔”几个字，它实在太小，又处沙漠腹地，是两国边境地区的一个小口岸，平时谁都不想花钱去建设它。突尼斯总统本・阿里当政几十年里和利比亚领导人卡扎菲之间的“兄弟情谊”，是当面一套背后另一套的关系，双方民间来往也不多。利比亚这边还有一排像样的房子算是个边境口岸。突尼斯那边就拉了几道铁丝网，旁边搭了几个草棚子，住着几个边防武装人员和几个盖盖章、查查护照的海关公职人员。

在2011年2月下旬的十几天里，这里却演绎了一场惊心动魄、轰轰烈烈的逃亡大战。这场边境大逃亡中，据说死的人数不亚于利比亚某个中等城市的战争伤亡人数。拉斯杰迪尔的死亡者绝大多数是外国侨民，他们中有的是被当地警察和武装人员打死的，也有饿死冻死的，还有一些死于心脏病突发或是其他疾病。军警同样有伤亡，他们是在与外国侨民的冲突中被打死的。总之，在利比亚战乱的那些日子里，说拉斯杰迪尔口岸是个“死亡之地”一点也不为过。

北京时间22日下午，也就是利比亚当地时间的22日中午，我在利施工单位多数已经接到国内命令他们撤离的通知，知道从埃及陆地边境已无法撤离，唯一的陆路撤离通道只有利比亚和突尼斯边境！

拉斯杰迪尔在这种情形下，一夜之间被中国和世界所关注。

最近的一个中资公司离拉斯杰迪尔只有70多公里，的黎波里到这里也就二三百公里。如果以拉斯杰迪尔为顶点，从东向南转一个90度角，500公里轴长范围内，我中方人员超过万人。这就是说，除去海上和空中营救外，拉斯杰迪尔是中国撤侨行动最理想的地方。

“必须坚决打通拉斯杰迪尔！”中国政府派出的第一个特别行动小组登上飞机的第一时间里，黄屏他们便将很大一部分注意力聚焦于此。

与此同时，国资委应急办公室的指令也到达的黎波里西线的各施工单位。最先遭受当地暴徒攻击、损失最惨重的我祖瓦拉工地上是中水电公司下属中南院的队伍，负责人李勇在22日接到国内撤离指令后，当晚向全体人员进行了战斗动员。

“回家了！总算可以回家了！”已经在自筑的“围城”内抗击了两天两夜的职工们听到撤离的消息，可谓奔走相告，全体出动。这一夜他们无人睡觉，他们有太多的事需要做。一半以上的人参与将公司的各种车辆改装成运人的防暴车，一部分人收拾工地，将那些重要的装备埋的埋，转移的转移，尽可能与当地的业主和长老签订看护协议，另有一批人则被派出去同当地各派武装协商帮助护送事宜……

这一夜，所有人的脸上都没有笑容，只有从内心浮现出的忐忑不安的表情。明天的命运如何？明天能不能走出利比亚？虽然祖瓦拉到边境口岸拉斯杰迪尔仅有70多公里，但这70多公里的地方当时已经成为军队捍卫卡扎菲政权及反政府武装进攻的黎波里的关键地区。在祖瓦拉一带，当地的暴徒和部落武装乘机浑水摸鱼，企图大捞一把，视拥有庞大装备和物资资源的中国公司为他们袭击的主要对象。

中国人处在最危险的境地。

“同志们，我们的队伍真的处在生死关头，现在是考验每一个人的严峻时刻。你们五位，都是火线要求入党的同志，我代表项目区的临时党支部，宣布同意接受你们的入党申请。现在，请你们跟我一起宣誓……”在一辆刚刚改装好的车子前，党支部书记李勇举起右臂，对着一面挂在车厢板上的红色党旗，开始宣誓：

“我志愿加入中国共产党……”

“我志愿加入中国共产党……”

“随时准备为党和人民牺牲一切……”

“随时准备为党和人民牺牲一切……”

“宣誓人：高晓林。”

“宣誓人：倪德祥。”

“宣誓人：吉建福。”

……

高晓林是位女同志，但此刻她与所有准备撤离的女同志一样，早已把一头美丽的秀发剪得跟男人似的，甚至连身上穿的都是男人的衣服。这是行动的需要，女人在战乱时最容易被袭击，当地的暴徒们在实施抢劫和武装袭击中，对待外国女人的行径令人发指。

“同志们，现在你们就是党的人了，所有的誓言，将在撤离行动中接受检验。带上我们的队伍，出发吧！”

天色微白，晨曦刚从雨雾中透出一丝光亮，李勇就向高晓林等下达行动命令。

这是当地时间23日清早，喜欢白天睡大觉的利比亚人似乎被昨夜的种种疯狂拖疲了，正在深睡中做着自己的各种美梦与噩梦。此时，一支由近百部车辆组成的庞大队伍正悄悄地朝利突边境驶去……打头的车上正坐着中南院利比亚公司总经理李勇，他的身边是一位穿着穆斯林衣服的利比亚人。

“怎么没找带枪的给护卫呀？”有人悄声问李勇。

“这是临时的决定。你没注意？我们现在走的这条道通常没人走，这是请的向导……”李勇指指身边的利比亚友人。原来，公司昨晚在制定行动方案时，准备请当地的部落武装帮助，但后来发现不行。70多公里的地段上，已经有好几派势力在角逐，请了谁都有可能带来更多麻烦。于是撤离指挥小组临时改变计划，找了几位当地向导，开辟出一条较为偏僻的路线。

李勇他们想得简单。如此庞大的车队，只要一发动机器，可谓惊天动地，浩浩荡荡，怎能不惊动那些睡梦中都想借动乱和战争之机发横财的心怀鬼胎的歹徒呢？怎能不惊动敌我对峙中的沿途军队和反政府武装呢？于是，“停下！停下！”“检查！检查！”，成了李勇他们70多公里行程中一次次噩梦般的经历。

“中国人？你们中国人是我们的朋友，我们的房子还没有盖好，你们就要走了？”当局的军队拦住他们时，这样盘问。

“中国人？你们中国人为什么到现在还不公开支持我们？你们为什么在联合国投反对票？”这是反政府武装的盘问。

每一次不同的盘问，都伴随着黑洞洞的枪筒子。回答稍有失误，引来的便是“嗒嗒嗒”的子弹。谁见过这等世面？于是车队里有人吓哭了，有的则身不由己地瑟瑟发抖，甚至几小时停不下来……带队的李勇等干部们没有发抖，还有高晓林等党员和预备党员们、共青团员们没有发抖，他们镇静地回答一次次盘问，并且协助向导一次次化险为夷。

如长龙一般的撤离队伍继续艰难地向边境驶去，风格外地大，雨水打湿了沙地，将一车车头颅暴露在外面的中国人浇得湿淋淋的。远处闪动的炮火，近处震耳的枪声，一起提醒着、催促着这支时而迅疾时而缓慢的中国撤离队伍。

“到了！拉斯杰迪尔到了！”向导最先指给李勇看。是到了，李勇看到了眼前那个黑压压的、喧嚷异常的地方——利比亚边境口岸拉斯杰迪尔。

“通知后面的队伍，车停，人不要下！”

“停车，人先不下！”

一声令下，长长的车队整齐地排列在距口岸几百米处，很是庞大和壮观。李勇他们很快发现，比起口岸那里乱哄哄的几万难民人群，他们其实只能算是“一小分支”。

“去探探，看怎么出境。”李勇话音未落，就有几个年轻人冒雨向口岸奔跑。他们的身后，是数不清的伸长脖子在期待的人头，实为一幕少见的奇景！带着寒意的风雨，吹打在他们的一张张脸上，李勇看了很是心酸。不过，很快他就平静了，因为就在他前面不远的地方，横七竖八地躺着无数让人触目惊心的尸体，他们都是逃命的其他国家难民，被扔在堆积如山的垃圾里……

拉斯杰迪尔口岸现在已经是人间地狱，可这才是开始，越来越多的难民正在不停地往这里拥，包括中国人。

“不行啊，李总，我们根本进不去。许多其他国家的难民跟我们一样，都没有带护照，口岸的警察不让出去！”从口岸探情况的人回来报告道。

“要命，我们的护照都是集体保管的。跟他们说说行不行？这都是他们打仗造成的，责任不在我们。”李勇说完，随后又派出几个懂阿拉伯语的小伙子往口岸跑。

“李总，我也去！”高晓林前来请战。

“不行，你是女的，危险。”李勇不同意。

“我在祖瓦拉认识人多，说不定口岸上有我熟悉的人。再说，你看我现在哪一点像女的嘛！”高晓林犟劲上来了。

李勇上下打量了她一番：“好吧，注意安全。”

“没问题。”高晓林像飞燕似的消失在雨中。

拉斯杰迪尔口岸的混乱状态是高晓林没有想到的。她在利比亚工作已经三个年头，用她自己的话说，每年都是300多天待在那里。她在公司负责与当地各种机构联络——“人头熟，走在祖瓦拉街头，许多人认识我。”高晓林凭着这个特殊优势，走进拉斯杰迪尔口岸海关大厅——一间近百平方米的屋子。可就是这么一个小地方，高晓林费了九牛二虎之力才挤到办手续的海关人员面前。

糟糕，没有一个熟面孔！正在焦虑不安时，高晓林突然听到身后有几个中国人的声音，似乎是在吼叫：“为什么不让走？是你们的人把我们的护照抢走的！”

“不让走就是不让走！把没有证件的人都赶出去！”一个头头儿模样的利比亚警察挥动着手枪，用阿拉伯语说着，立即就有一群警察挥舞起警棍，朝那几个想过关的中国人劈头盖脸地砸去……

高晓林痛苦地闭上双眼，她想上前劝阻，可又觉得势单力薄。当她再睁开眼时，见那几个中国人头上已满是鲜血，正被另外的中国同胞扶出海关大厅。

就在此时，大厅里又像涌起一股翻江倒海的巨浪，上百个非洲籍难民冲向出境口，企图借势过关。更多的警察和军人如饿狼般从四面八方扑来，鸣枪的鸣枪，舞警棍的舞警棍，遭受袭击和痛打的难民抱头惨叫，四处逃窜。场面混乱凄惨，让高晓林目瞪口呆，心惊肉跳。

怎么办？看来没证件真的过不了关。“走，我们回去！”高晓林叫上司机，回到了自己的车队那儿，向李勇等领导做了汇报。

“看来只有派人到的黎波里把放在总部的护照取回来，否则谁也过不去！”李勇跟中南院的几位负责人这么商定。从边境到的黎波里近300公里，几乎全线都处在当局军队与反对派的混战中，去一趟可谓九死一生，这么危险，派谁去呢？

“我去！”

“还有我！”

李勇一看，是与高晓林一起火线入党的倪德祥和吉建福两个年轻人，心头一阵热乎。

“来。”李勇一手搭着一人的肩，将这两个年轻人拉到一边，以少有的语气叮嘱道：“你们都看到了，咱院里近800人，能不能出去，全靠你俩了！”

“李总放心，就是上刀山下火海，我们也要把护照安全取回来！”倪德祥和吉建福保证道。

“这话我爱听！”李勇用力地拍了拍俩小伙子的肩膀说，“一句话，只要不把命搭上，其他的法子都可以用！”说着，他让管钱的财务拿来几包现金，分别塞给倪德祥和吉建福。

“分着放，更安全！”李勇让高晓林帮两个出征勇士仔细检查了“装备”，然后将他们送上车子。为了保险，李勇派了两位与中方关系非常不错的利比亚籍司机同往。

这是一次漫长的等待。李勇几乎每10分钟要看一次表，每10分钟要望一眼的黎波里的方向……

联络的信号时断时续，多少次李勇气得把手机摔在地上，然后又换了同事的手机再打。通了，可一会儿又断了……一旁的高晓林把这一切都看在眼里，她知道此刻领导心急如焚。

“我们还能不能回家了呀？”

“快让我们下车吧！”

“我要憋死了，我不想活了……”

车队开始躁动，有人无缘无故地哭喊起来，有人干脆从车上跳下来，在沙地里疯跑。

“快抓住他！”

“你们别闹了！”

无论李勇等干部如何跑前跑后做工作，队伍依然处在随时爆发骚乱的状态。

“看，他们回来啦！”突然，一辆打着灯的车子朝李勇他们的车队疾驶而来。高晓林第一个认出是倪德祥、吉建福回来了！

“拿到护照了没有？”

“拿到了！都在包里……”倪德祥一边喘着大气，一边和吉建福卸下肩上的两只大布包。

“是护照！”高晓林眼疾手快地打开包，拿出一大把护照，奋力地在工友们面前摇晃起来。

“拿到了。”

“我们有护照啦！”

工友们顿时欢呼起来。

“小高，先去关卡探路试试看。”李勇吩咐道。

“要得！”高晓林平时就像个假小子，性格活泼，办事果断，这回她可是用上了。

“不行，还是不能放你们！”利比亚海关人员翻来覆去地看着一堆中华人民共和国护照，然后毫无表情地扔还给了高晓林。

“为什么？”高晓林高叫了一声，眼泪一下夺眶而出，“你们不是故意为难我们吧？我们中国人不远万里来到你们利比亚，给你们盖房子、修铁路，哪一点我们做错了？哪一件我们不是在为你们服务？你们怎么能这样对待我们呀！你们……”

利比亚海关人员被高晓林的哭喊感动了，终于说出了真实原因：“你们的护照没办出境签证手续！”

“我的天！”高晓林差点没晕倒，可不是嘛！

“可……可这能怪我们吗？”高晓林突然反应过来，追着一个海关负责人说，“你们办签证的人都不知跑到哪儿去了，难道这也要我们负责吗？”

“这个我们不管。我们是边境海关人员，你们要出境，就必须有签证手续。这不仅是对你们中国人，所有想出去的人我们一视同仁。”那个海关负责人冷漠地说了一句后，扬长而去。

“你们怎么不讲理啊！”高晓林跺着脚叫喊。

没有人跟她讲理，更没有人理会她。高晓林流下两行委屈的泪水、愤怒的泪水。在地狱般的拉斯杰迪尔，眼泪和鲜血算什么呢？委屈和愤怒一点用都没有。

“小高，怎么样了？过得去吗？”手机不停地响起，是李勇在催问。

高晓林立马清醒过来，用衣袖抹了一把泪，答道：“还不行。”

“什么问题？”

“他们说我们的护照没办出境签证。”

“奶奶的，亏他们想得出！我们上哪儿去签狗屁证！”李勇在骂人，“他们的领导人老卡整天像缩头乌龟东躲西藏，我们到哪儿去找政府部门办签证！”

这是事实，是明摆着的事儿，可口岸的海关人员从国家利益出发，需要逃难者出示相关的出境手续也算是忠于职守。问题是这个当口，应该变通一下，利比亚全民都在打仗，每一分、每一秒都会把无辜的外国人卷入其中，轻者财物被洗劫，重者丢了性命。换了谁都会怒火冲天，破口大骂。

高晓林虽是个女子，但她也想骂，骂那些手持冲锋枪的军人，骂那些不干人事的海关人员，骂利比亚这个国家——要不是你们自己人跟自己人打起来，我们这些背井离乡来为你们修铁路、盖房子的中国人，凭什么受这等惊吓与屈辱呢？

骂能解决问题吗？只能让人失去理智和头脑。

“李总，我看出点名堂，这里放不放人关键是当官的说了算，只要做通他们的工作，我们就有希望。我想去闯一闯他们的‘阎王殿’！”高晓林向李勇请求。

“行吗？”李勇有些不放心。

“试试吧。”高晓林心里也没有多少底，但试总比不试要强。

“可你是个女的……”

“都什么时候了，哪还有什么女的男的！把事办成就是硬道理！”高晓林为了让领导心里踏实一些，口气很硬。

面对波涛汹涌的人海和一群无头苍蝇一般的乱象，高晓林毅然决然地背起包，挤进臭气熏天的人群，往海关头头儿办公的地方走去。

“站住！”几支冷冰冰的枪筒顶着高晓林的鼻子。

“我是来找你们的头头儿的。”高晓林神情自若地微笑着，手里晃着印有中华人民共和国国徽的护照。

枪口从她的鼻子处移向她挎着的包。

高晓林迅速反应过来，随即从肩上卸下挎包，拉开拉链，故意露出一些美元现钞。她抬起头时，见几个持枪士兵的眼睛在放光。

“给！”高晓林是有备而来。

黑洞洞的枪口不再对着她，换成了微笑的“请”。

高晓林见到了海关关长。她知道见当官的，必须讲道理，必须让对方明白道理，必须让对方在道理面前理亏。她滔滔不绝地来回讲为什么中国人的护照没有办签证手续，为什么他们就应该可以凭护照出境。道理对方是明白了，但心里明白嘴上装糊涂。你装糊涂我就再给你讲明白，一次不行两次，两次不行再讲第三、第四次……直到你没办法再装糊涂。

其实对方早就明白，问题是他们内心现在也很纠结，纠结得他们冒火。他们也恨卡扎菲——治理国家几十年了，弄得一团糟；对于反对派，他们同样痛恨，担心局势乱下去会丢了海关这份好工作，担心家里人没办法再过安宁日子。

高晓林像个心理学家，帮着海关关长解开心头的纠结，推心置腹地讲中国人的难处，讲他们的思乡之情，讲利比亚人和他们之间兄弟般的友情，讲得口干舌燥，热泪盈眶。高晓林的神情时而愉悦，时而真诚，时而伤感，深深打动了海关关长，他哭了，说：“中国人好，是朋友。好了，我同意了，你们可以走了！”

高晓林一听心都快跳出来了！她不动声色，一边平静自然地道谢，一边拉开背包的拉链，从里面拿出一沓美元递过去……

道理说通，钱给到位，事情就好办了。高晓林的护照上被盖了三个章，这三个章不是所有的人都能盖得到的，它可以使高晓林随时进出利比亚，她是当时唯一可以自由进出利比亚海关的普通中国人，享受着外交官的待遇。

高晓林成了拉斯杰迪尔口岸上的“独行侠”，为日后营救中国同胞提供了力所能及的帮助。

“把所有人的护照集中起来，交给小高他们。”李勇吩咐各小组负责人，迅速集中了全体人员的证件，交给高晓林等人去办出境手续。

高晓林背的还是她那个挎包，但感觉分量很不一样，这事关 800 名同事的身家性命和前途命运，这牵系着他们身后几千甚至几万亲人家属的殷切期盼。

与高晓林同行的还有两个小伙子，他们此番行动是要到三个部门完备手续。手续并不太麻烦，但每个地方都要盖那么多章，可不是轻松的事。此时已是 24 日凌晨两点多，利比亚拉斯杰迪尔口岸疲惫不堪的值班人员一个个无精打采，没责任心的就去睡觉了，往往是进了门找不到人，要么就挂出“暂停不办”的告示。

“求求帮个忙。”高晓林的沉稳耐心发挥了作用。

利比亚人有的可恨，但更多的利比亚人是可爱的。他们一旦答应了你，就会非常热情地帮助你。几个警察满头大汗地帮着高晓林盖章。“我的胳膊都抬不起来了！”他们一边流汗，一边笑着说“你们是中国人，我们很友好”之类的话。

移民、通关、出境安全三个部门的手续全部办完。

现在唯一的目标就是把人组织好，走出利比亚！

怎么走呢？口岸里里外外早已人满为患，挤得水泄不通，高晓林他们的队伍以单个排列得三四百米长，想一次性过关的可能性基本不存在。

李勇等人看到现场的状况忧心忡忡，他们担心会出问题。所有难民都归心似箭，假如他们看见利比亚人放中国人过关，却拦阻他们不让走，几万人一旦闹起来，谁都走不了。

分析完这种可能性后，大家顿时冒出一身冷汗。李勇建议："最好给我们单独放行的'绿色通道'。"主意虽好，可利比亚口岸的工作人员同意不同意呢？

"再去试试吧！"高晓林说。

"李总，你们先把队伍组织好，每50人左右一队，排好后等我消息再行动！"高晓林说完，又跑步折回口岸。

"大家注意了——下车后每50人一队排好，我们马上要出境了！"李勇的手下纷纷行动起来。这会儿中国工人们动作之快，行动之统一，好像都是经过军队式的训练。这完全可以理解，因为他们盼望离开生死之地的心情太迫切了，他们现在的行动从某种意义上讲，都有些机械式的，而此时李勇他们所希望的也正是这种效果，否则会出大事，即使出小事也会引发大事！

此时此刻，像邱少云伏在草丛里任凭烈火烧也要遵守纪律一样的理念，在每一个到达拉斯杰迪尔口岸的中水电中南院的同志心目中一样坚定。

等待吧，等待逃离苦难与要命的利比亚！等待吧，等待早一刻回家拥抱自己的亲人……李勇的队伍排列得整整齐齐，甚至一动不动，只有一双双眼睛在闪动，闪动中有泪水的光芒。

"行了！他们同意为我们专门开辟一条特别通道。"高晓林再次回来，报告一个好消息，“但有个条件，每一次通关必须在 10 分钟之内完成，海关人员说否则他们无法保证海关大厅的秩序。”高晓林补充了一句关键的话。

“我先带第一方队出去！”高晓林现在完全成了一个“突击连连长”。“李总，第一方队的人需要调整一下，相对要精干一些的，这样会给利方海关留下好印象，下面我们就好走了！”她对李勇建议道。

“好主意！”李勇立即采纳，“马上行动！”排列的队伍里迅速做了若干调整。

第一方队加高晓林等几个“先遣队员”共 54 人组织完毕。

“可以出发了！”李勇看了看自己的工友和同事们说。

高晓林没有说话，一挥手，自己走在最前面。迎接她的是雨中的沉沉夜色，她知道前面是一场未知的特殊战斗。她听到身后不停有“跟上”“快跟上”的悄悄说话声，她觉得那也是对她下达的无声命令：高晓林啊，你得把我们带出去！

高晓林的步伐从来没有如此坚定而有力！

到了，一队整齐有序的中国人到了海关大厅。其他成千上万的外国侨民还没有反应过来，只见拉斯杰迪尔口岸的安检口，一群荷枪实弹的军警迅速列队排成两行，中间让出仅可通行一人的通道。

那一瞬间，高晓林让所有准备通关的同事们拿出护照：“翻到空白页，再举起来。”这个动作是她临时加的，目的是在通关时让海关人员盖章更加便捷。

“走！”高晓林在获得海关人员点头首肯之后，立即发出命令。

安检开始。

“1……2……3……4……”

第一批 54 人全部通过！

高晓林见最后一个人盖章走出安检通道后，又迅速带领队伍朝前走——那是口岸第二道关口：移民关卡。

所有动作依旧，全部通过！

依然是高晓林带队，走向最后一道关口——出境海关。

“快！”

“李总！我们全部通过啦！”高晓林激动地看着自己的第一批队伍顺利通过三道关卡后，一边指挥同胞们往突尼斯方向奔跑，一边用手机向李勇汇报。

“我们出关啦！”

“我们成功啦！”

这首批 54 名同胞激动得边跑边喊，像从地狱逃出来获得重生一般，又是欢呼又是跳跃地向前奔跑。

雨水、泪水交织在他们的脸上，把几天来所有焦虑、痛苦、恐惧的表情全都换成了一张张幸福、快乐、兴奋的笑脸。

最高兴的自然是高晓林了，也不知她哪来的劲头，竟然从最后一个又跑到最前面去了……

“快走——前面有我们的人！”她高喊着指挥队伍向前。

“快看呀，我们的国旗！”突然，高晓林看到了突尼斯闸口有一面鲜艳的五星红旗在迎风招展，在向她和同胞们招手致意。

那一刻，高晓林疯了，所有从利比亚撤离出来的中国人疯了！

“国旗！”

“我们的国旗！”

无法想象当时我们的同胞看到自己国家国旗时的心情。“这种心情在平时，在国内是体会不到的。”那次大撤离中的许多人都这么对我说。

高晓林说，她的双脚踏进突尼斯土地时，她的腿都软了，对面有两个人迎上前搀着她，一左一右架着她走，但她的双手却伸向了那面迎风飘扬的国旗……

“当我抓起国旗的那一刻，我哭了，哭得很伤心……像孩子见了母亲那样，似乎有倒不完的苦水，泪水里既有幸福也有伤心。许多走出利比亚的同胞都和我一样，过去抚摸国旗，心情久久不能平静。”

……

“同志，你们是哪个单位的？”

“那边口岸的情况怎么样？”

前来迎接高晓林他们的是我驻突尼斯使馆的武官秘书王一川和新华社记者老康。“我们已经在这儿等你们十几个小时了，使馆一直在焦急地等着口岸的情况，快说说。”

“我们是中水电的……”高晓林刚开口，突然她背后响起一阵枪声，是从拉斯杰迪尔口岸传来的。

“不好！一定出事了！”高晓林猛地扒开挡在她面前的王一川和老康，拼命地向利比亚方向奔跑，一边跑，一边口里喊：“拜托你们把我们的民工带回家！”

雨，不停地打在高晓林的脸上，像子弹一样打得生疼，可高晓林觉得这些子弹般的雨点是打在她心上……她的心揪得发紧，快喘不过气来。

她不知道自己是怎么跑回拉斯杰迪尔的——从突尼斯边境闸口到利比亚边境口岸约两公里路程。

才十几分钟时间，眼前的拉斯杰迪尔口岸的情况让高晓林直想哭，可眼泪能顶什么用？她领第一批人员过境后，第二批人员正在过关，突然队伍里拥进一群陌生面孔，他们也是中国人，这一下乱套了！一边是整整齐齐排队进入关口的中水电员工，另一边是不知哪个单位的中国人，他们之间争吵起来，互不相让。

这一幕让利比亚口岸的海关人员和军警发现了，他们不知发生了什么事，见有人在关口争执，立即鸣枪。这一鸣枪不要紧，海关大厅内外哭声喊声混杂在一起，顿时一片大乱。

此时，军警们不得不用枪说话。子弹如鞭炮一样又脆又闷地乱响，惊得手无寸铁的难民们四处逃窜。

骚动好不容易平息，但那条专为中国人开通的特别通道被无情地关闭。

“不能开了！是你们不遵守纪律。”拉斯杰迪尔的最高长官——那位上校先生面带愠色地冲高晓林说。

“是我们的错！是我们不该乱来！可你知道他们也都是中国人，他们也都有自己的妻子、孩子，他们也想回家呀……”高晓林一听人家这么说，不知哪来的委屈，她再也无法控制自己的情绪，号啕大哭起来。

在利比亚高晓林的泪水特别多。“我平时不会哭，同事们说我是个泪腺不发达的女人。可不知怎么搞的，那天我在利比亚人面前哭得完完全全是个女人了！”高晓林事后这么说。

硬汉子通常见不得哭鼻子的女人。上校先生被眼前这个中国女人的眼泪感动了：“OK！ OK！你们可以通行了！”

“真的？”高晓林立即停止了哭，怀疑地看着利比亚人。

“真的，我们去重新给你们开通特别通道。”利比亚上校对中国女人说，“但你们必须保持秩序！”

“行！保证！”高晓林带着振奋人心的消息回到自己的队伍前。她向李勇总经理建议，为了确保秩序，派六个身强力壮的人帮助利方海关人员维持出关队伍的秩序。

“可以。”

队伍里迅速出来六名精干的汉子跟在高晓林的后面，现在要做的是清理有可能混入他们出关队伍的另一个单位的同胞。其实这是难事，手心手背都是肉啊！

高晓林的双腿突然被几个中国人抱住，他们跪在地上乞求她：“救救我们！”“带我们一起出关吧！我们也是中国人呀！”

高晓林的心一下又酸又软：是啊，他们也是我的同胞，也是中国人呀！她的心碎了……

不能心碎，更不能心软。高晓林及时清醒过来，理了理思绪，俯下身子把几位跪在地上的同胞扶起，对他们说：“好的，好的，你们快起来，我一定会带你们出境的！可你们刚才插队的行为绝对不能再出现了，如果再发生，我们谁也出不去了！那时将会有很多中国人死在这里，你们说是不是？”

高晓林的话那些中国同胞听懂了，他们开始自觉地退让到一旁。

“快！快快快！”特别通道重新开启。高晓林单位的人员排成六个方队，每个方队分成 50 人一批，开始一个接一个地通过关口……一直到当地时间凌晨 4 时半，中南院 798 人全部走出拉斯杰迪尔口岸。

值得一提的是，在高晓林和中南院的其他同志帮助下，另一个中资公司的 400 名员工也顺利过关。

这一夜，高晓林在利突边境的两公里之间，共来回了 23 次。“除第一次我送同胞到突尼斯边境的闸口外，后来的 20 多次我不敢再送到王武官跟前了，我知道他们不会再放我回来的，可我哪放得下心。我知道我的作用，我已经跟拉斯杰迪尔口岸的利方人员混熟了，他们对我放心，他们也需要我协助他们工作，但我知道想出境的中国同胞更需要我。所以每带出一批人，让他们看到突尼斯闸口边那面五星红旗时，我就赶紧折回，重新带一批人……”

“请向这位中南院的女同志致敬！”黄屏和郭少春从王旺生大使那里获知，中南院已经自行组织1000多名同胞打通利突边境撤离通道，极为振奋。他们更是敬佩高晓林的行为。

这是24日凌晨的事儿。天仍未亮，高晓林送别昨晚滞留在拉斯杰迪尔口岸的中国同胞后，并没有跟着自己单位的同事转车到安全的突尼斯机场，而是整整衣衫，重新回到拉斯杰迪尔口岸。因为她知道，接下来在此过关的中国同胞人数还会更多，天亮后的利比亚到底会是什么样，谁也无法预料……

肯定更加严酷。

国资委的其他数十个施工单位都按照国家应急指挥部的命令，向班加西、米苏拉塔、的黎波里、拉斯杰迪尔和南部中心城市塞卜哈等地集结……

30000余中国人的大撤离才刚刚开始。

第八章

激战班加西

如果不是利比亚反对派发动的“革命”，我想许多中国人与我一样，对那个名叫班加西的城市一无所知。而如今不管是在利比亚，还是在全世界，班加西这座城市已经家喻户晓。

班加西距首都的黎波里 1000 多公里，是利比亚的第二大城市。它和的黎波里一东一西，好像是守护利比亚苏尔特湾的两位卫士。

1969 年，时为陆军中尉的卡扎菲用一场不流血的政变结束了伊德里斯王朝，从此执政 42 年。卡扎菲算是个老牌“非洲之王”了。他过度重视自己的部落、地盘和“革命圣地”，毫不犹豫地剥削与他对立的班加西地区，为日后埋下祸根。

2011 年 2 月 17 日，动荡之火在利比亚熊熊燃起。班加西的街头，每天都有一群群穿长衫的老人、着套头衫的年轻人、拿着旗帜的少年，他们全都朝着同一个目的地行进，行色匆匆地走向与卡扎菲政权决一死战的战场。无数手持土枪、冲锋枪的人，他们开着不知从哪个地方抢来的皮卡车或是小轿车——连各种各样的人力车也不甘落后，上面装满水瓶和子弹，向反对派输送给养。他们中间一些人，一边跪拜祈祷，一边向镇压他们的军队扔石块与自制的燃烧弹。

相比之下，卡扎菲的军队和安保人员是相当现代化的全副武装，坦克和装甲车开向城中的时候，阿尔法赛等有经验的工程师冲上前去，在大桥上浇满了汽油，才阻止了一场坦克进入班加西城中央的血腥清洗。

19 日和 20 日两天是保卫这座城市的关键时刻，卡扎菲发誓要炸平班加西，他在这个城市的军事基地卡提巴一直在发挥作用。班加西人知道，要保卫他们的孩子和家人，就必须拔掉这个“肉刺”。开始班加西人用游行的方式向军事基地挺进，结果是无数人被无情的子弹扫射而倒下，后来他们改用石块和自制的燃烧弹回击，结果仍然是无数人倒在血泊之中。

卡扎菲的卡提巴军事基地虽然四面楚歌，却仍然在负隅顽抗，不停地发射呼啸而出的子弹与炮火。眼看着自己的熟人或是亲人一个个倒下，一个名叫迈赫迪的邮局职员，做出了一个让人震撼的举动，他开着装满炸药的汽车，径直撞向军事基地的围墙……

一声巨响之后，卡扎菲在班加西固若金汤的最后军事基地开始摇摇欲坠，后来一个接一个的迈赫迪式的班加西英雄出现在军事基地门口，他们舍生忘死的大无畏精神让忠于卡扎菲的军人震撼，他们不愿再为卡扎菲卖命，反戈一击，加入反对派阵营。

班加西是利比亚的东部重镇，颇有些军事才能的卡扎菲不甘心将这座城市拱手让给反对他的人，于是派出了大量忠于他的情报人员和外籍雇佣军人，一次次潜入班加西搞破坏。20 日之后班加西大街小巷的枪声和爆炸声此起彼伏，越来越多。混乱的局面让人分不清敌我，当地百姓苦不堪言，在此打工的外国公民也深受其害，中国劳务人员则是其中主要的受害者。

在国内我们不觉得自己富有，但在世界许多地方中国人已被当作新兴的富有者，尤其是在非洲大地。任何一场暴乱，富有者总是沦为袭击的主要对象。

班加西是最早陷入战乱的城市。自2月18日起，以班加西为中心的东部地区，中国公司上万人除了少数一两批通过埃及边境撤离之外，其余的人员都得从班加西港撤出。

班加西港能成为撤离港口吗？国内应急指挥部一次次在协调和询问，前方人员的回答总是含糊其词。事实上谁也无法确定，因为那里已经是战场。在飞弹和枪炮下，没有安全可言。再说，谁知道港口还有没有人在管理？没有人管理的港口等于是死港。

几十年前，这里曾是“二战”的战场，出现过一场无谓的牺牲：一队盟军原本准备在此登陆歼敌，由于找不到熟悉港口情况的当地人，贸然入了港口，结果数小时后，德军飞机袭击此地，几百名盟军官兵便毫无声息地葬身在这片海滩上……

现在，卡扎菲和反对派都明白，班加西的生与死，皆在港口。只是他们此刻忙于城内的攻守战，暂时谁都顾不上港口。

“抓紧每一分每一秒时间，全速向班加西港挺进！”外交部领保中心发出指令——不能再等了。

我驻希腊使馆租用的三艘大型邮轮，先后于当地时间22日晚7时和12时，分别从希腊帕特雷港和雅典出发，全速向利比亚方向进发，他们首站目的地就是班加西。

行驶在最前面的是“希腊精神”号。驻希腊使馆的陈夏兴主任是这艘邮轮上的接应负责人，也是海上三艘接应船的总协调和指挥者。经过大约14个小时的全速前进，“希腊精神”号进入利比亚的苏尔特海湾。

“邮轮船长和我们都是第一次到利比亚，对港口既不熟悉，更不了解战时岸上的情况。说实在的，从希腊的帕特雷港驶出之后，在海上的14小时里，我设想了到达利比亚海域后的各种情形。我们的邮轮会不会遭受大炮或是飞机的猛烈攻击？岸上成千上万的同胞是否惊慌失措地呼喊‘救命’？我们该怎么办？电影中枪林弹雨的画面不断地浮现，弄得我很紧张。谁知到了那里之后，第一眼所看到的情景，与想象中的完全不一样……”事后，陈夏兴接受我采访时说。

经过风浪不定的地中海，“希腊精神”号和“奥林匹克冠军”号于当地时间23日上午9时许进入利比亚海域，通过望远镜能清楚地看见班加西港。

“陈，你要接的人在哪儿呀？”船长尼库斯在驾驶室里用话筒催问陈夏兴，后者正在船舱里忙碌着，为上船的同胞做着准备。

“到了吗？”陈夏兴一听，赶紧三步并作两步地直奔驾驶室，抢过望远镜，迅速往岸上望去，只见拍岸的海浪，依稀的一团团烟雾，老陈心想，远处可能在打仗……除此之外，码头上似乎什么都没有。

这是怎么回事？陈夏兴急出一身冷汗。“是不是开错地方了？”他问船长尼库斯。

尼库斯摇摇头，确定地说：“这儿就是班加西。”他指指船上的海事卫星地图，上面清清楚楚、明明白白地标着班加西，“希腊精神”号的位置与之重叠在一起。

陈夏兴真急了，马上一把抢过船长尼库斯手中的话机，向对岸的郑曦原质问道：“你们火急火燎让我们开到这里，怎么一个人都没有啊？”

“这……这怎么可能呢？”郑曦原被陈夏兴的责问搞糊涂了，立即转问国内的黄屏到底是怎么回事。

“郑参赞，你先别急！船到了就好。人马上会到，我们正在协调相关单位，让他们马上向班加西港集结。你通知邮轮尽快进港。”黄屏让联络组的同志通知郑曦原。

陈夏兴接到郑曦原的回话后，才明白是怎么回事。“我们的人很快会在港口集结，请马上做好进港准备。”陈夏兴对船长尼库斯说。

尼库斯船长立即让大副呼叫班加西港务局，申请“希腊精神”号和“奥林匹克冠军”号马上靠港载人。但是呼叫机那头冷冰冰的拒绝口吻不容商量，两艘船被要求在离港口一海里处等候。

这是一个令船上所有人都备感失落的突发局面。班加西是反对派军队的老巢，局势动荡中，原本简单的事情都变得难以操作。班加西港务局值班人员的回答总是简单而机械：“请原地等候，祝你们好运。”

“没有进港许可和领航员，我们的邮轮是无法进港的！”尼库斯不停地耸肩说。

“进港许可和领航员？”陈夏兴不懂。他想，难道这港口也像飞机场一样需要进港许可和领航员？

“对，船只进港，必须获得进港许可，并由专门的领航员引导才行，否则船只是不允许进港的。”尼库斯明确告诉陈夏兴，“尤其是外国船只进入，必须得到利比亚港务人员的同意，否则我们是绝对不能进港的。这是国际海运惯例。更何况现在是战时，如果我们擅自进港，他们可以视为是侵犯行为，就可以……”船长用手指朝陈夏兴的头上“砰”地做了一个开枪的动作。

“这个我不懂，你应该解决！”陈夏兴哪懂海事法则，他是国家派来接人的，他才不管这些！

尼库斯瞪了瞪眼珠子，最后还是很无奈地嘀咕了一声“你是老板”后，立即让助手想法与岸上的港务部门联系。结果，“他们都去打仗了，找不到人”。

班加西真的不可救药，数番联系的结果都令人失望。

“再想办法！”陈夏兴没招，只能把难题扔给船长尼库斯。转过头，陈夏兴又跟驻希腊使馆联系。

“怎么搞的？我们的船到了，可岸上一个人也没有呀！班加西这边也没有人在帮忙办理船只的进港许可啊！”郑曦原的电话再次打到国内。这时外交部领保中心几十部电话都不够用，即使前方的电话打进来也要费很大劲。

“马上……我们马上会组织队伍往岸边集结！”领保中心联络组的朱家耀终于跟郑曦原说上话，这样回答他。朱家耀是刚刚晋升的领保中心副主任，他是第一天过来报到，以为简单谈谈工作就可以回家，没想到立马被黄屏扣下，被推到了风口浪尖。

“怎么样？”陈夏兴的电话又打到郑曦原那里。

“国内正在与前方联系，你们暂时在海面待命，并随时做好进港准备。”

只能如此了。

“我们分头联系。”陈夏兴刚与船长尼库斯说完话，随行的中资公司接应人员张辰珏这时摇摇晃晃地走过来，他指着海面说：“我们的船……”

“哪儿？”陈夏兴赶紧往海面上望去，“是啊！是我们中国的船！”他看到不远处有一艘挂着中国国旗的大货船。

“这边还有呢。”张辰珏指向另一个方向。

啊，好几艘呀！陈夏兴有些兴奋，那一刻，他知道自己在班加西并非是孤军作战。

通过望远镜，陈夏兴发现狂风巨浪的海面上竟然有好多艘中国船只！它们是“中远青岛”轮、“新秦皇岛”轮、“新福州”轮、“天杨峰”轮和“天福河”轮……

“了不起，咱中国真是了不起啊！”陈夏兴的心头顿时涌起一股热流。在与这些中方船只联系过程中，陈夏兴获得了很多信息，这些船只是国资委下属的货运船，他们都先于陈夏兴到达这片海域，执行着同样的任务——撤侨！

“我们是货船，没办法进港，所以只能在此待命。”友船告诉陈夏兴。

“上面命令我们，即使接不到人，也要把国旗高高挂起，让岸上的同胞看到希望，看到祖国就在他们身边！”另一艘船的船长这么说。

对啊，这才是重要的！危急之际，一面国旗能让处在绝望之中的同胞稳定情绪，坚信胜利！陈夏兴这时才明白国内如此调动千军万马到班加西的一片苦心和周到安排。

其实，这些国字号远洋货船，他们后来虽然大多没有直接参与接应撤离同胞到自己船上，但他们所做的贡献不可低估。尤其是他们以最快的速度第一时间抵达指定海域，在海面上高高地扬起一面面五星红旗，对稳定岸上同胞的情绪起了至关重要的作用。

现在，我们还是将镜头移到陈夏兴最关心的“要接应的人到底在哪里”上吧。

是啊，船到了，我们的人都在哪儿呢？这也是黄屏和郭少春最关心的问题。

“中交集团！中交！请报告你们在班加西的队伍的具体方位。”

“我是中交集团！我们在班加西的队伍主要集结在原营地待命！其余分散的队伍也正在向班加西附近靠拢……”

“现在命令你们马上组织队伍向班加西港口进发，那里已经有两艘邮轮在等待。请着手准备组织你们公司人员登船，同时协助组织其他中资公司人员尽快撤离！不得有误！”

“是！我们马上行动！”

中交集团总部接到外交部领保中心的指令后，立即通知到了正在班加西的所属四公局利比亚总项目部党委书记杨跃民。

“马上执行！”杨跃民等待这个命令已经好几天了。这些日子，身为前方总负责人的他，时刻都在为手下 2198 名职工的生命安全捏着一把汗。在集团公司的领导下，杨跃民他们公司是在班加西最早意识到利比亚可能出现大乱，准备工作做得比较充分的单位之一。

2 月 18 日，杨跃民意识到班加西的形势恶化，随时可能引发大乱，在请示国内后首先启动了安全应急预案，一方面组织人员贮备生活淡水、油料和粮食等战备物资，另一方面将公司重要的文件、批复图纸向项目公司的生活基地转移。20 日，他们又根据当地日趋恶化的形势，迅速启动了公司自救方案，果断组织施工人员撤离施工现场、办公区和作业区，并将七个项目部、四个工地的所有人员收缩到两个生活营地。

“100 人一个巡逻小组，每三个巡逻小组组成一个联队，每个营区由三个联队、九个小队，日夜巡逻。每个巡逻队员必须佩戴安全帽，配发木棒和钢棍。巡逻人员三班轮流值班，确保营地安全！听明白了没有？”杨跃民采用军事编制，将自救措施落实到每个环节。40 多名妇女也被组织起来，成立宣传队，到处张贴标语横幅，鼓励员工勇敢地站出来参与自救。

中交四公局的措施极为有效。20 日、21 日，暴徒数十次企图进入营地抢劫和施暴，结果都被团结一心、同仇敌忾的中交四公局员工们挡了回去。

杨跃民他们的中交四公局营地因此也成为班加西地区我中国公民最为坚固的营地和撤离大本营。

“通知相关单位，让他们马上向港口集结上船！”这是杨跃民作为班加西地区的撤离指挥发出的第一道“撤离令”。

“为什么最先上船的人里没有我们？”营地突然有人嚷嚷起来。

“是啊，我们把自己的粮食和水都分给了他们，却又让他们先上船，这不公平！”

近一个星期来苦苦等待，盼望逃脱战火的员工们听说第一批上船撤离的竟然不是他们，难免紧张和愤怒起来。

“因为我们是中交集团的人。我们人多有力量！其他中方单位人少又分散，他们比我们危险，所以应该让他们先撤！”杨跃民把道理一说，全公司上下再没人说一句牢骚话了。

“让兄弟单位先撤！”中交公司四公局的营地里，这一通知迅速被传到每一个人耳朵里。

这事传到中水电驻利公司负亮那里，让这位七尺汉子感动了一番。“虽然现在我们近千人要分为两批撤离，但这也是人家把最先登船的名额让给了我们，请你和前方员工说明白。我们必须抓紧时间，将首批 604 名撤离人员安全护送到港口，不得出现任何差错！”负亮把这一指令传到班加西附近营地的前方指挥那里。

此时，他又想起当初刘玉飞他们得知登船名额时的情景——

“总算可以走啦！”

“我们有救了！”

中水电迈尔季营地上的中国员工听到这一消息全都欢呼起来。这支近千人的队伍太不容易了，他们已经在战火纷飞的弹丸绝地孤军奋斗了四五天时间！尤其是原先在斯蒂哈姆瑞施工营地的三四百人，他们的营地被暴徒们彻底地洗劫，在荒无人烟的沙漠里度过了不堪回首的三天三夜。

“上级给的第一批登船撤离人数是 600 名，这样就必须有 376 人另辟撤离路线。”刚刚还在喜悦之中的中水电迈尔季营地，一下又陷入了痛苦之中。

怎么办？让谁先走？

最后商量的结果是，让受难最多的斯蒂哈姆瑞营地的员工和妇女及随队家属子女先走。“64 名泰国、斯里兰卡和孟加拉籍员工也必须带走！”刘玉飞对斯蒂哈姆瑞项目中方经理宗成月说。

“那是必须的。”宗成月点点头，突然想起一件重要的事，“我们还有 12 位伤员在班加西医院呢！”

刘玉飞镇静地说：“这事我已经让项目部的阿语翻译李世杰找他的利比亚朋友帮忙，他们也随船撤离。”

“玉飞兄，你呢？你跟哪队行动？”宗成月悄悄问了一声刘玉飞。

“我？自然跟大部队一起到班加西。”刘玉飞朝宗成月神秘地一笑，然后补充道，“不过我是送你们到那儿附近的营地，再回来带其余的人闯出利比亚！”

“刘总，你是好样的！”宗成月猛地张开双臂，紧紧地将刘玉飞抱住，两行热泪淌在对方的衣袖上。

刘玉飞一动不动地挺立在那里，他的眼睛有些潮润，他看到营地外即将分开撤离的两支队伍那难舍难分的情景，大家似乎都在为对方担心……现场仿佛是一次生离死别。

是啊，谁能保证前往班加西搭船的人就一定会平安无事？

那些留下来的人需要穿越沙漠和数个战区，危机四伏，他们能活着出去吗？

不知道，谁也不知道。但此刻所有中国员工只知道一件事：他们的祖国正在不惜一切代价搭救他们走出利比亚。

通往班加西的各条道路早已被破坏得千疮百孔，面目全非。刘玉飞和迈尔季营地的全体班子成员，分两批组织队伍，将 604 人（其中有几名是中途由使馆委托他们收留的其他单位同胞）安全转移到班加西港口附近的一处营地，听候上船命令。

“那三个多小时里，我们从露宿营地出发，在风雨交加的黑夜里走到班加西，这个过程如噩梦一般。大伙当时就盼着早点到码头，早点上船，至于一路上有多少子弹从头顶飞过，衣衫被雨水淋透冷得瑟瑟发抖，都忘在脑后。到了班加西港口附近后，我们虽然又饿又冷，但好像也不在乎，心里想的就是什么时候登船。”有位工友记录了当时的情景。

眼下真正着急的是外交部的黄屏、郭少春他们，几千人的撤离队伍已经全线向战火之中的班加西集结，船也到了海边，可该靠岸的靠不上岸，该上船的上不了船，这不是要命嘛！

前方的同胞并不知道他们的头上还悬着另一把要命的利剑——此刻的联合国总部正在召开有关如何对付卡扎菲镇压反抗民众的闭门会议。以美、英、法为代表的西方世界已经渐渐对卡扎菲失去耐心了，他们正在酝酿全面对付卡扎菲的方案……这样的结果毫无疑问将会把利比亚推向全面的战争。那个时候，谁还能出得来呀！

中央、外交部、国资委……全国人民都在为我在利同胞的命运焦虑和担忧！

“你是中交四公局的杨跃民书记吗？我是外交部应急中心的郭少春，现在有一件特别紧急的事，需要你们前方立即想法解决……”正在班加西附近营地组织兄弟单位向港口集结的杨跃民突然接到国内的紧急指令，要其单位迅速在几小时之内打通班加西港口的关系，接应停泊在海面上的两艘邮轮和即将到达的另一艘邮轮进港。

“我马上去办！”杨跃民二话没说，立刻带着一名翻译，登上一辆由当地司机驾驶的小车直奔班加西……

“避开打仗的地方，走其他路看看，有没有适合我们大部队行动的路线。”一路上，杨跃民边指挥司机穿过一条条崎岖弯曲的小道，边侦察沿途战况。

港口到了。平时几百人工作的港务码头，此刻只剩下几个看守人员。“卡扎菲杀死了我们的人，大家都去战斗了！”那些留在码头上的利比亚人也都手持冲锋枪，随时准备上前线。

“我们是中国人，现在我们的船就在海面上，需要进港接我们的同胞，请帮帮忙。”杨跃民通过司机，好不容易找到一个管事的港务人员。

“这里的权力已经不归政府，我不敢做主。”那人摇头，表示帮不上忙，“你最好找这里的长老。”

“长老住在哪里？”

“就在城里。”

杨跃民倒吸了一口冷气，班加西城里还有谁敢进去？可不进能拿到进港的通行证吗？

“走！进城去！”杨跃民一挥手，让司机往城里开。

“太危险了！城里都是反对派呀！”司机不干。

“你怕什么？你不是也恨卡扎菲吗？”杨跃民急了，两眼瞪圆了跟司机说。只见他从车里拿起一块红布，“哗”地撕下一块，麻利地扎在司机右臂上：“你这不也成了革命的政府反对派吗？走！找长老去！”

系上红袖带的司机猛地来了精神，一脚狠狠地踩下油门，小车飞驰着穿过一条条大街小巷……

“请长老帮助我们。”一座穆斯林建筑里，杨跃民深深地弯下身子，恳切地对正在祷告的一位部落长老说，翻译和司机则将车上的几箱食品往这位长老家里搬。

“你们是好人，帮助我们建房修路，真主应当保佑你们。”长老一边合掌祈祷，一边口中念念有词。

“你去找他就行。”长老把一张写着一个电话号码的小纸条交给杨跃民。

“谢谢！谢谢您的帮助。”杨跃民带着这张纸条，找到了另一位长老的儿子。

进港的许可证终于拿到。

黄屏、郭少春他们得知这一消息是在北京时间 23 日半夜 11 时 30 分左右。

“立即通知海面的船只进港！”

此时班加西已近傍晚，天色渐黑的海面上风浪大作。身在“希腊精神”号的陈夏兴，此刻产生了一种错觉：在帕特雷港上船时觉得“希腊精神”号像艘航母，现在则变得又小又差劲——简直就是一条摇摇晃晃的小舢板！

“陈，我们通过国际海事旅游的关系，说服班加西港务局方面，他们已经同意我们的两艘船进港载人了！”船长尼库斯说。

“你怎么不早说啊？！”陈夏兴一高兴，一拳打在尼库斯的左肩膀。为了获得这个许可，陈夏兴急白了几缕头发。

“不过老板，对方有个条件。”尼库斯的表情有些不爽。

“什么条件？尽管说来。”

尼库斯做了一个数钱的动作。

“多少？”陈夏兴问。

“每条船进港费 21000 美元。”

“21000 美元？可以接受。”陈夏兴沉思了一下，他纳闷怎么出了个零头，“那 1000 美元是不是你们要的？”

尼库斯有些脸红地道：“不是，是中间人提出的。”

陈夏兴笑了，心想，只要能让船进港，保证我同胞上船，小钱算不了什么！

“我同意！”陈夏兴很爽快地说。

“他们要现金，而且马上要付，付完了就可以来人领我们进港。”尼库斯的眼睛盯着他现在的“中国老板”——陈夏兴。

“现在就要？我哪来那么多现金！”陈夏兴一听，眼睛瞪圆了！他看看一旁站着的张辰珏，意思是说你带钱了没有？张辰珏可怜兮兮地朝老陈摇摇头。

陈夏兴脑门上的青筋一下暴了出来，他下意识地摸了摸身上的口袋，其实不用摸他也知道自己只带了一千多欧元。怎么办？他一个电话打到郑曦原参赞那儿。

“你得马上想办法，否则我们进不了港！”陈夏兴有些赖皮了。

“我就是乘飞机过去，也得花几个小时才能到你船上呀！”郑曦原告诉陈夏兴，“你不会找船长借一借？估计他们应该带现金的。”

“我凭什么向人家借呀？”陈夏兴感觉为难。

“签个借条，就说我们政府一定连利息一起还他。”

“人家相信我陈夏兴的签字吗？”

“怎么不信，你老陈大单子都签了，这区区几万美元就不敢签了？签吧！签完后马上组织进港接人！”郑曦原说。

“你……你小子害我不浅啊！”陈夏兴简直要跳起来了，他隔海大骂郑曦原，说回去再找他好好算账！

“哈哈……陈兄，你不要生气！放心好了，只管签！你身后有咱们强大的祖国！”郑曦原说完这一句就把电话挂了。

也只能是这样。现在进港救同胞是最要紧的事！陈夏兴提起精神，走到尼库斯船长面前说：“我身边暂时没带钱，请船长先生帮着垫付一下。尼库斯先生，你尽管放心，我现在是代表中国政府向你借钱，有我的签字，就能兑现！”

尼库斯眨眨眼睛，看看陈夏兴，又看看一边的张辰珏，能信他俩吗？他有些怀疑。不信他俩，又能怎么办呢？

“好吧！我们得签一个借款协议。”尼库斯无奈地拿过一张纸。

“没问题。”这回陈夏兴的手没有发抖，而且字也签得特别潇洒。他是海上接应组组长，进港三条船的费用都是他一手签的：63000 美元。

钱不是万能的，但没有钱是万万不能的。战争状态下，现金很管用，但光有钱还不一定全能办成事。陈夏兴在此次撤侨任务中的体会是，现在富强起来的中国有钱很重要，没有这一条许多事办起来都费劲，但中国靠的不光是有钱，更重要的是它自身的民族精神。

但是，又一个戏剧性的突发局面出现了。港务局那边通知说，港口现在没有领航员。于是又一轮揪心的苦等开始了。陈夏兴和船长担心，天黑后客轮将无法进港，这意味着撤离人员要到明天才有可能登船。

当地时间 17 时 40 分，领航员得知这边有几万美元的生意后，终于出现了。

“呜——”汽笛一声长鸣，“希腊精神”号和“奥林匹克冠军”号相继出现在班加西港，沉稳地停泊下来。其他几艘中国货轮则被告知，由于吃水过深而无法靠泊。

“我的天！这些人是从哪儿冒出来的呀？！”当陈夏兴再次往岸上看时，他的头一下发蒙了，黑压压的几千人像蚂蚁似的拥在码头上。邮轮尚未停稳，人群就开始骚动起来，哭声叫声震天动地……

接下来的一幕同样棘手。班加西港口的管理人员要求先进行海事检验。陷入混乱的港口实际上已经没有专业海事官员，登船的利比亚人一看就是刚刚夺权的“造反派”。他们用带法语腔调的英语问了一些不着边际的问题，希腊船长见多识广，及时给他们端上了热气腾腾的咖啡，还有巧克力和饼干。利方人员神情温和了下来，大家亲热地交谈了起来。原来这里从来没有停过这么漂亮的豪华邮轮，他们觉得十分稀奇，好多人都想上船看看。一拨又一拨的班加西人开始登船检验。很明显，很多所谓的“港口管理人员”把自己的家人包括孩子都带上了船。船长深谙“来的都是客”的道理，一一把他们请进自己的专用餐厅款待。

在此后将近两个小时的所谓“进港船检”过程中，接护人员和船长、大副等一直在刻意逢迎着这些不懂也不讲规矩的不速之客。大家想法高度一致，再难缠也总比海盗好对付，当务之急是尽快履行完手续，让港区内的中国撤离人员尽快登船。

当地时间19时30分许，在耗尽船上所有的烟酒香水等礼品储备后，两艘船终于获准打开舱门载客了。

“亲爱的同胞们，我们是中国政府派来接应你们的，请你们放心，所有的中国人都可以上船，现在请大家遵守秩序，准备登船……”陈夏兴一边通过船长室的广播向码头喊话，一边告诉船长：先留好100个舱位，让那些受伤的人和年长体弱者用；备足食品，登船后立即开餐。

“上船啦！”

“让我们上船啦！”

人群迅速地朝邮轮冲去，如海潮汹涌。“这样不行，会出危险的！”陈夏兴、张辰珏，甚至连尼库斯船长都没有见过这种场面。

“我下去，找他们的领导协调，不然非出大事不可！”陈夏兴让船长放下舷梯，自己第一个跑到了岸头。“你们谁是头儿？”陈夏兴在人群里喊道。

“我是，我是中水电的项目经理。”有人走到陈夏兴跟前。

陈夏兴立即自我介绍："我是中国驻希腊大使馆派来接应你们的陈夏兴主任，现在我要求你们单位把人组织好，只有这样才可能让大家尽快上船。另外要告诉所有的人，咱们政府已经派了三艘邮轮到班加西，所有的中国同胞都可以登船离开这里，所以大家用不着抢。告诉同胞们，我们每一个人都要平安回家！"

"明白！"中资企业的项目负责人立即在现场承担起了组织和维持秩序的责任。

"中水电的请到这儿集合！"

"连云港的在这儿。"

"江苏南通三建的过来……"

一支支不同地区的队伍迅速在码头有序地排列成队，他们的排头是一面面鲜红的五星国旗……这阵势，让陈夏兴眼眶一热：中国人真了不起！

"上吧！"陈夏兴一声令下。

"哗啦啦——"两千余人一拥而上，将"希腊精神"号上上下下占了个满满当当！

"他们不能上！"船长尼库斯带着几个船员，突然出现在舱口，组成一道人墙，将中水电驻利公司的 64 名泰国籍、孟加拉籍和斯里兰卡籍员工死死地挡在舱外，"我们有协议，这条船只准运你们中国人！"

"可他们是我们公司的雇员！"中水电的领队不干了，冲陈夏兴说。如果不把这些泰国、孟加拉、斯里兰卡籍雇员带上，他们十有八九就可能死在这里，谁能负得起这种责任？"我们负责不了，你陈主任负得了吗？"

陈夏兴被逼得无计可施。这边船长尼库斯坚决不让上，说："如果让他们上了船，一旦他们到了希腊不愿离开，成为难民，我的政府就会取消我的航海资格，我们不仅会失业，而且还要坐牢！"那头中资公司的领导再三地陈述："在这种情况下，如果光是我们中国人自己走了，留下了雇用的外籍劳工，一旦他们出了问题，损害的不仅是中资公司在海外的声誉，更是我们国家的形象！"

"郑参赞，你说什么好事偏偏都给我赶上了！快告诉我怎么处理！"陈夏兴硬着头皮又将电话打到正在雅典值班的郑曦原参赞那里。

"别急，老陈，我马上与希腊外交部联系，他们的意见才是关键……"不等陈夏兴把话说完，使馆的电话已经挂了。

"怎么回事？还不让上啊？"中资公司的人催魂似的一遍又一遍问陈夏兴。

可怜的陈夏兴此刻像个受气包，不是被自己人臭骂，就是被尼库斯船长翻白眼。

"怎么样了？"陈夏兴唯一能做的就是时不时给让他"恨透了的小子"郑曦原打电话。

"正在联系……"半个小时里，郑曦原至少这样回答了五次以上。

"快点吧，郑少爷，我求求你了！再不处理，要出人命啦！"陈夏兴不是在吓唬郑曦原。听说船长不让中国人以外的其他国家的人上船，一个孟加拉籍员工死死抓着缆绳就是不放，希腊船员急了，狠命用脚踢，挥鞭子抽，那孟加拉人就是不松手。"推下去！推到海里喂鱼！"如果不是现场的中国人劝阻，希腊船员们真干得出来。

陈夏兴受不了这种场面，他想劝阻船长和希腊船员，可人家就是不松口。"放他们上船，等于让我自杀！"尼库斯铁青着脸这样说。

"他们是我们公司的雇员，如果他们不能上船，我们也不走了！"这边没消停，那边已经上船的中资公司的人嚷嚷开了。

"我说同胞们，你们就别添乱了好不好？"陈夏兴赶紧又去安抚那些嚷嚷的人。干了几十年外交工作，这等苦差事陈夏兴从来就不曾遇见过。现在他是“希腊精神”号两千多人撤离队伍的总接应人，是船上、码头五六千人的现场总指挥，出了任何事情，陈夏兴都得担起来。他可不想在还有100天就退休的关键时刻毁了自己的“一世英名”。

“郑参赞，郑老弟，郑少爷，你到底联系得怎么样了？我真扛不住了，我的天！”陈夏兴再次给郑曦原打电话时都不知说什么好。

“咋，子弹真在你头上飞了？”雅典那边，郑曦原半真半假地这样问。

“我宁可一颗子弹飞来把我报销得了！”陈夏兴没处发牢骚，只能对着同事稍稍赌气。

“告诉你，希腊政府已经同意了，只要孟加拉、斯里兰卡和泰国政府出面担保他们这些人不在希腊停留，他们就可以同我们中国同胞一起上你们的船。你告诉现场的孟加拉人、泰国人和斯里兰卡人，让他们暂时等一等，他们的国家正在与希腊外交部协调。”郑曦原在电话里这么说。

“你总算给老哥做了一件好事！回到雅典我请你上馆子。”陈夏兴这回感激起来。

没多久，船长尼库斯接了一个电话，那是希腊政府传给他的指令：可以让孟加拉、泰国和斯里兰卡人上船。

一场风波总算平息。

这样，陈夏兴他们的“希腊精神”号接收了2100名中国同胞（另有64名外籍雇员）上船，成为首批从海上撤离的队伍……

海上撤侨战幕如此拉开。它曲折而激烈，它磅礴而壮丽，它动魄而惊心。它还有许多我们想象不到的事。

沈健与陈夏兴各负责一条邮轮，他上的是“奥林匹克冠军”号，与陈夏兴的那条“希腊精神”号前后脚出发。

从22日下午接受任务到上船，沈健只有一个半小时的准备时间，连看一眼正在雅典读书的妻子和发烧多日的幼女都不行，时间实在太紧了。这是一个刚刚建立不久的和美家庭，妻子漂亮，女儿可爱。

上海外国语大学毕业的沈健，因为学的是希腊语专业，所以一到我驻希腊大使馆就成了“宝贝”。年轻漂亮的妻子跟随他来到雅典，边学习边操持自己的小家。平时小两口工作、学习都很忙，还要照看幼女。

撤侨任务下来后，沈健深知利比亚局势变幻莫测，心里放不下妻女，担心自己有什么三长两短，所以临上船前，他给妻子打了手机说：“亲爱的，我要去班加西撤侨。”妻子只在电话里“嗯”了一声，其他什么话都没有，这让沈健心里空荡荡的。他原本想，如果妻子听说他要去班加西，担忧或是惊恐的话，他会好好安慰她一番。

沈健就是怀着这样的心情离开雅典的，离开牵挂着的妻女。沈健是第一次登船走海路，停泊在码头的“奥林匹克冠军”号看上去庞大而雄伟，可一出海，尤其遇上地中海少有的飓风恶浪之后，如一叶小舟。

一路上心里空荡荡的沈健，遭受着邮轮剧烈颠簸的折腾。十几个小时后，当沈健从感觉生不如死的舱底来到甲板，看到岸头人山人海的撤离同胞在那里又哭又喊，争先恐后地抢着要上船的情景时，他什么都忘了，仿佛一下恢复了元气和力量。他“噌”地跳到邮轮的一个门舱高处，挥动着国旗，手中持着喇叭高声喊道：“同胞们，要相信祖国，相信祖国不会放弃你们中间的每一个人！请你们有秩序地排队上船，我们一定会把你们带回家的！请相信我，相信祖国……”

“希腊精神”号率先关闭舱门离港后，人群一下子全跑到“奥林匹克冠军”号这边来，原先的两条长龙变成了四条，而且慢慢地散开，有连成一片的趋势。沈健挤下狭窄的舷梯，走入情绪开始不稳的人群中呼喊："党和政府一定会带走每一位公民，四艘中国货轮就在港口外面，明天一早还会有客轮进港……"

就在这时，港区下起了小雨，乌黑的天空暗示，很快滂沱大雨就会倾盆而下。沈健把安抚工作留给中资公司的领队们，跑去找船长"网开一面"。船长是个性情中人，他说："我这条船标准载客量是1600人，船上只有1800件救生衣，根据欧盟规定，即使是最危急的时刻，最大限度也只能放宽至2100人。"沈健告诉他，船舱里加上外面的暴雨中淋着的肯定不止2100人，一定要把他们都带走，多留一天就多一分危险。船长沉思片刻后，应允带走港区内每一个中国人，但要求中方必须承担由此产生的一切风险。

沈健把电话打到了郑曦原参赞手上。郑参赞立即请示国内，说班加西下起了倾盆大雨，但希腊船长坚持按照欧盟法律规定载运我方人员，将会有好几百人滞留雨中，而且形势也在恶化，处境十分危险。是不是坚持要求希腊船长放人上船，由中方承担一切风险责任？

黄屏觉得这个问题十分棘手，赶紧冲进了宋涛副部长的办公室。半小时后，驻希腊使馆接到国内指示：班加西码头上的中方人员全部上船，一个不留。

沈健马上将这一消息通过扩音器发出。他欣慰地发现，话音刚落，方才还是一片混乱的场面就静了下来，人们开始完全按照沈健的要求，一队一队自觉有序地排列上船，直到岸上的每一个同胞都上船为止。最终，船超载近800人。

这个夜晚，是宋涛人生中最漫长难挨的一夜……然而，此时此刻，他必须做出这样的决定：你们出港吧！

天又黑下来时，等待一天的电话终于打进来了。

“到了，他们到克里特了。”听到前方的报告，宋涛一下瘫倒在沙发上。

我们需要把镜头拉回到班加西，拉回到开船那一刻的沈健这边。

“我从来没有想到自己还有那么大的号召力！那一刻，我真的感到‘祖国’二字在同胞心目中的分量！”沈健后来把这一幕讲给了他的妻子房敏洁听，妻子也为自己的丈夫有过这段经历而感动。撤侨一年之后，沈健回上海探亲时，又把令他自豪的这一幕说给同学们听，让他惊愕的是，那些同学听沈健满怀深情地重复了那段“请相信我”“请相信祖国”的话后，竟然一个个捧腹大笑。笑过之后，他们嘲讽沈健“太雷人了”。对此，沈健至今仍感郁闷，他不明白为什么今天那些生活在太平盛世中的人们竟然会对“祖国”有一种不信任感。沈健这份带着纯真的郁闷，其实正是我们今天需要进行爱国主义教育的原因之一。

我深切而强烈地知道，所有参与和经历利比亚撤侨过程的人，他们对“祖国”的理解则是完全不同的，他们这种不同的理解和感受才是13亿人民中的主流。沈健其实用不着为那些嘲笑而郁闷，因为那些嘲笑者如同吃了太多蜜汁，甜得不知何为甜了，他们甚至已经忘却了为什么他们能吃到那么香甜的蜜汁。

哲人说过，生在幸福美满之中而不知为什么幸福美满的人，其结果只会是悲惨的，而只有懂得珍惜幸福美满的人才会获得真正的幸福美满。

沈健看到自己的同胞一个个登上船，美美地吃上意大利面条，伸展开四肢躺在豪华邮轮的一张张干净温馨的床铺上，鼾声如雷的情景时，他感到了幸福，感到了自己的价值，感到了一种前所未有的责任和使命，那便是他心底一直在掂量的“国家”二字。

年轻的外交官第一次深切和强烈地体会到了老一代外交官常挂在嘴上的那句“我们是国家的代表”的真实含义。

为这，沈健感觉到自己似乎变成了国家的化身，他完全忘了什么是疲劳，像一个久经沙场的军人，转达国内和使馆的慰问，召集船上中资公司领队维持好船上秩序，分配下一步行动任务；他像一个饱经风雨的长者，确保每一位伤员和女同胞住进船舱，让每一位饥饿了几天的同胞吃饱吃好；他又像一个慈爱而刚健的父亲，鼓励和安抚那些惊魂失神的同胞勇敢起来，耐心解答撤离人员的所有疑虑；他又像一个细心的母亲，走到沉睡之中的同胞身边给他们盖好被子，系好舱帘……

他自己吐得五脏出窍，却要一处处督促希腊船员为同胞迅速擦洗甲板，抹掉污秽；他自己几十个小时没有合眼，却时而走进厨舱查看饮食供给，时而协助船上医护人员救治伤员；他自己已几天没与妻子娇女通一个电话，却兴高采烈地为一个又一个同胞拨通远在祖国的亲人的手机和座机……

此时，班加西港成功完成第一役4000余人的撤离任务。这印证了以海路作为撤离行动主线这一决策的正确性。整个大撤离行动中，5艘次中国货轮、1艘次中国军舰、11艘次外国邮轮总共撤离了18187人，占到了撤离人员总数的一半多。然而，此时更多的同胞从各个营地和工地正在向时局越发危急的班加西港集结……

啊，班加西，你能否给无辜的生灵多一点安宁的时间？可卡扎菲说：“那些已经把灵魂和肉体全都卖给西方世界的人，必定在我的机枪和炸弹下面获得报应。”而反对派则用更多的土制武器和“友国”给予的肩扛式反坦克导弹回击卡扎菲。班加西因此而随时可能陷入更残酷的血腥之中。

“你们现在有多少人？赶快往港口靠拢！”

“对，如果不在这两天从海上撤离，你们还能往哪儿走啊？想跳海游过地中海？”

“不，没有其他路可走，往东往西都在打仗，往炮火里钻会是什么结果？”

“撤！”

“撤往港口去！”

两艘船走了，后续的船正在进港。

4000 人走了，更多人在战火烧身的危急时刻更想早一分钟离开班加西！

“使馆！使馆！我的人到港口了，怎么不见船啊？”

“他们已经几天没吃没喝，跑了几百里路。如果再等下去，我无法保证他们不出事！赶紧来救救我们呀！”

班加西港口的陆岸上，又一次出现人涌如潮的场景。那些望海而不见船影的人，有的在绝望中呼号，有的则因寒冷、饥饿倒下……这情形，急死了工友，更急坏了领头的。于是一个个救助的电话打到我驻利使馆，打到外交部……

“那么多人一齐挤到港口，如不能及时安排撤离，危险太大！”

班加西的紧急情况再次惊动中南海。

“如果人一下都拥到港口，又不能全都及时上船撤离，势必会引发骚乱。再说，一旦卡扎菲的军队扔炸弹和封锁港口，后果将不堪设想！”

“应当立即改变战术，采取‘蓄水池’的办法：将一部分马上要登船的人往港口靠，其余准备撤离的后续队伍安置在港口附近，保持一定的距离。这样，如果港口已知船只到达，就立即组织他们向港口靠，并迅速上船。”

“对，‘蓄水池’撤离办法好！”

又一个不眠之夜。国务院应急总指挥张德江、国务委员戴秉国等中央领导及时给前方做出了“蓄水池”撤离战术指令，在最短的时间里传达到利比亚，传达到班加西……

说起“蓄水池”，可追溯张德江副总理主政广东期间。当时，他为了解决年年春运数以万计的农民工滞留火车站的难题，想出了一个叫作“蓄水池”的办法：首先腾空广州火车站附近的大型体育场馆，让所有等待乘车返乡的农民工先在那里集中安置，再根据火车运力安排，组织整队的农民工有序前往火车站乘车。这样既确保了农民工能够平安回家过年，又维护了车站秩序，避免了因为混乱可能引发的群体性事件。副总理也许不曾想到，“蓄水池”之法竟然会用在利比亚大撤侨战役之中。

雨中的夜幕下。

班加西市郊的中建 20000 套住宅项目营地，灯火零星，忽暗忽明，这里现在是中国撤侨利比亚东部前线的临时指挥部。他们所承担的责任非同寻常，既要保证自己几千人的人身安全，还要组织好撤离行动，协调好整个东部地区中方人员的撤离工作。

“你们那里现在已经集结了多少人？”

“加上我们自己的人已经差不多有五千多了！”

“好，‘奥林匹克冠军’号和‘希腊精神’号刚刚搭载 4000 余人离开港口，向克里特岛撤离，他们还会来一次班加西。几小时后，另一艘从希腊过来的邮轮即将到港，你们要全力组织好周边的中资单位人员撤离。同时要千万注意，据我们收到的情报，卡扎菲军队将对班加西城有一次新的军事报复行动，所以我们在码头上的人不能集结太多，每次上船的人数和时间一定要掌握好，必须确保所有人员的安全！”

“明白。”

中建前方临时指挥部与外交部黄屏、郭少春他们领保中心的联系始终处在高频率之中。

“你是中水电的樊总吗？今晚安排你们的人上船，请你们务必尽快组织好，提前两小时在港口集结。”这是临时指挥部向兄弟单位发出的指令。

一处沙漠中的隐蔽营地里，疲于奔命的中水电余部刚刚歇脚，就接到上面的通知，群情立即振奋起来。

“我是樊总！我们的人将按照指令准时到达港口！”

“好。祝你们一路顺风！”

刚刚接到撤离指令的樊总又拿起手机，向他分散在五六个地方的员工小分队——都是些被暴徒冲击分散的队伍——发出集合通知。可是信号断断续续，无法联系上所有单位，这让樊总焦急万分。

“小朱，你怎么才回电呀？把我快急死了！你那边的人员怎么样了？上面已经让我们撤了，你们迅速往我们这边靠拢，然后我们一起向港口方向走……”樊总好不容易与属下小朱联系上。

小朱是公司某工地的负责人，他在营地惨遭暴徒袭击后，带着一支队伍躲避到当地供应商艾门家。小朱还有一个更重要的任务：公司让他利用熟悉班加西情况的优势，争取联系到一批车辆，以便公司在紧急撤离时使用。

班加西已经打得分不清谁是敌，谁是友，谁是中间冒出来的第三方（数千监狱犯人被放出来），形形色色的人都冲上街头，横扫商店，抢劫外国人驻地……现今，到哪儿找车去？几乎所有的卡车、轿车甚至三轮车都被反对派拉去，当作抵抗卡扎菲军队的“战斗武装”。

“无论如何，我们是朋友，你得想法！我们还要回来帮助你们建设家园，这个忙你一定要帮！”小朱聪明机智，又精通阿拉伯语，他刚刚拐弯抹角找到当地的旅游公司老板，将樊总交代的车辆落实好，正躲在艾门家的一个墙角里续写前一天的日记……

此时是 23 日晚上，外面的枪声断断续续，躲藏在艾门家的同胞在疲惫中深睡着。小朱借着一丝昏黄的灯光，翻了翻前几天的日记。

2011年2月20日

班加西已经乱了三天。今天暴乱终于波及工地来了。下午总包召开会议，讲撤离计划，艾门答应提供车辆和仓库的支持。下午我去工地后面的一处仓库认路，路上亲眼见到了一车暴徒劫持当地车辆，可怕！

听说班加西市的军队武器库被民众哄抢，同时由于狱警逃跑，监狱里的几千犯人冲出高墙，流窜到社会上来。傍晚时分，整体警戒。晚饭后不久，一伙暴徒就窜进搅拌站，持枪抢走两辆小车，人心惶惶至极。考虑到搅拌站人员过少，我和冯铸江觉得撤到砖厂为好。

到砖厂后，又是一波冲击。整晚这里还算平静，但总包和各项目被抢、被打、被赶、被冲击的消息不断传来。总包失守，青岛公司流血冲突，土木被烧。望着远近各处熊熊的火光和浓烟，听着四周各样的叫喊、咆哮声，挨到了近黎明时，整晚心惊胆战，人生中最长的一个黑夜终于要过去了。

搅拌站被抢后写在工作服上的日记：2011.2.20　下午开会，商量可能撤离。晚间阿人开始进入工地抢车。搅（搅拌站）两辆车被抢走，人和砖、木门厂合一处，人心惶惶。害怕手机被抢，特把重要联络人电话写下来。

2011年2月21日

一大早，暴乱、抢夺一晚的人群疲惫地“满载而归”。我们终于有松口气的时间。紧急联系艾门，大车来拉人，我和小冯开砖厂的车去三号门接应。可是昨晚为了阻止暴徒，将所有的道路切断，车头已无法进入。掉头绕道进料口的大门，又有几辆阿拉伯人小车阻拦，无奈艾门拉走总包一部分人员，我们在枪声中赶往土木，接出他们那儿的五个女生；之后到一号地天津公司拉出总包林姐，门口一位保护工地的阿拉伯人不知我们身份，用冲锋枪朝我们轿车上方鸣空一枪，接着枪口指向车子风挡玻璃，我立即刹车，下车解释才获准进入。

下午我从云峰路口单独走路进去接出实验室孙主任两口子，路遇三辆面包车匪徒，被AK47指在胸口和背部盘问，后骗他们说我父亲在内，专门来接人，匪徒才稍稍通融。傍晚时分，艾门和弟弟胡赛因又开车，两次接出砖厂翻译马金苹两口子，总共十个人一起住到了艾门家。患难见真情，才松口小气，感谢艾门和他弟弟胡赛因。

今天在外面见到了班加西现状。满目疮痍，一片浓烟，残破不堪。为了接人，被AK47指了四次，手枪指了两次。终于狗屎运般地顺利返回。我的精神和意志在崩溃中成长着。主啊！

傍晚时分，不放心搅拌站和砖厂的弟兄们，打电话给冯铸江询问情况，并提醒注意晚间可能会有飞机来班市轰炸。冯说已带领工人躲进砌筑好的楼梯里。害怕他们饮食后勤不足，想要外出给他们送些去，小冯说暂时还好，晚上就别来了。夜间持续宵禁，便没外出。

2011年2月22日

暴乱第六天。昨晚住在艾门家，本已心静，可午夜11时30

分，听到大门口两声枪响，声音之大，瞬间惊醒。随后旁边他家别墅里传来小孩的啼哭声，大人的吵架声，接着又是四发AK47的连响，几秒后是来复枪的一声闷响，枪枪在门口响起。所有人的神经都绷到了最紧处。立即叫醒所有人，让女孩和孙叔叔躲在洗手间对门的小黑屋里，我和杨立本摸到大厅门口听情况，大气不敢出一下。

不一会儿，我们睡觉的大厅门口传来急切的敲门声，心都提到了嗓子眼。我摸到门口，屏住呼吸，隔着木门听外面的声音，敲门声在继续，喊开门，伴有很多人嘈杂的对话声，可一直没有叫我的名字，所以我还是贴在门上，屏住呼吸。几分钟后他们见没有回应，找来钥匙开门，当钥匙插入锁孔的那一刻，我都能听见我的心脏结冰的声音。

当门刚被推开一条缝时，我想，管他妈的，大不了就这么着了，身后还有那么多女生和老人在房间里，不能熊了。我身子往门口一挡，把住大门，用手电一照，才发现原来是艾门的小舅子乌萨马他们。

乌萨马进门后安慰了我们，解释说卡扎菲派来两架飞机轰炸班加西，结果飞行员违抗命令，叛逃到了马耳他。他们为了表示高兴，所以鸣枪庆贺。他们家的六个男人整晚都全副武装守卫，叫我们放心安睡。我的妈呀，有事儿或没事儿，高兴或是愤怒都在门口打几枪，这是什么习俗？谁受得了啊，我都快崩溃了。

一到下午，全是好消息传来。艾门家人回来，告诉说现在班加西市民已自发组织人民委员会，维护治安，守卫外国公司的安全。公司的一、二号工地也传来消息，证实确有当地人持枪在门口保护我们。傍晚时分开始能打通国际长途，第一个给在英国的媳妇儿打，接着是妈爸，报了平安，开心！

萨米回来带回两把AK47，说是拿刀从乍得雇佣军手里抢回的，并说此枪沾满了利比亚人的鲜血，一帮人拿着枪把玩了半天，气氛更加轻松。

晚上林姐给总包打电话，得到要撤离的消息。据说明天12点轮船来接，让5点到港口集合。今天收到总包短信慰问，说咱们张局不顾危险和疲惫正和大使馆一起与国内不间断地联系，协商撤侨的相关办法。胡锦涛主席和温家宝总理已指示国务院立即组织专项撤侨小组，安排撤侨事务，已和中国民航局、联合国共同协商了。更加开心！

女生那边群情激动，已近疯狂。我和杨外出给大家买水和干粮。这个时候还不能激动，带着一帮子女人、老弱，自己得像个男人一样挺住啊。

凌晨4点多，樊总打来电话，说他们刚开完会，决定明天开始撤离。他要求我和艾门联系，寻找一批运输车辆，负责将所有工人安全送到班加西港口。樊总的语气听得出来很着急，五六十岁的白发老人了，三天三夜没有合过眼，被暴徒从这儿撵到那儿，又从那儿躲到这儿，同时还要关心各个项目的现况。在张局跟国内联系好撤侨事宜后，这会儿他还要协调各项目部门有序安全地撤离。想到这儿，都替他担心。

樊总最后一句话说："小朱，车辆这个事就交给你了。"说得很轻，但我的心里此刻却开始翻滚起来。我明白，这是涉及大家能否安全、顺利撤离到港口的问题，要是无法到达港口，就没法坐船撤离利比亚。瞬间心里沉甸甸的，这么重大的责任第一次压在我的身上，是男人我就得把它挑起来啊。

……

战争！这就是战争状态下的平民生活！小朱正在感叹之中，准备拿笔续写日记，樊总催促他执行撤离任务的指令也到了。

“我们要上船啦！同胞们，起来行动吧！”小朱立即收拾好日记本，叫醒沉睡中的工友。主人艾门帮着中国人收拾行李，又去准备车辆。

“快！我已经跟朋友说好，他们已经同意我们穿过战区封锁线，可是只给15分钟时间，请你们动作快些。”从外面赶回的艾门火急火燎地对小朱他们说。

“全体上车！”躲在艾门家的10名中国男女同胞以最快速度登车，开始向班加西码头进发。一路上他们运气不错，那些持枪的反对派们还时不时地举手表示致意，小朱能听懂他们有人说的话：“班加西欢迎中国朋友们回来！”

“中建！中建！我是外交部，现在通知你们，我驻马耳他使馆租借的意大利籍‘罗马’号邮轮将在几小时后抵达班加西港口，请你们迅速组织队伍上船……”

中建营地再次接到国内指令，已经等待数日的员工们一听要登船了，异常兴奋，一个个忙碌起来，有的已经提前攀上了车。

“中建！中建！有新的情况，我们刚刚与宁波华丰公司联系上，这个公司大约有近千人已经在沙漠里辗转三天了！他们的处境十分艰难，我们建议让他们先上‘罗马’号，请你们抓紧做出撤离调整！”这时，国内发来新的紧急指令。

“应该让兄弟单位先走！”

“对，我们是央企，又是组织指挥单位，我们最后走！”临时总指挥部当机立断。

“什么？我们不走了？让给其他单位了？”员工们顿时骚动起来。

“大家安静，是这样的……”中建公司临时指挥部领导及时把各项目经理找来，详细解释事由。

“这是应该的。我们同意晚撤。”

“没问题，我们最后一个走！”

经理们表现出的高尚风格，让临时指挥部领导十分感动：“好，回去做员工们的思想工作，关键时刻，我们中建人要拿出中建精神来！”

队伍很快恢复了平静。

“华丰！华丰！你们现在在哪个方位？在靠近苏卢格的沙漠里？到班加西估计要三个多小时？好，现在通知你们，迅速组织队伍向班加西港进发，然后登船撤离。在港口我们有人在那儿迎候你们！”临时指挥部向身处沙漠地带的华丰公司发出通知。

“走了！我们总算有希望啦！”宁波华丰建设（利比亚）有限公司副总经理兼总工程师倪永曹接到让他们撤离的指令后，热泪盈眶。当他把这个消息告诉横七竖八躺在沙漠里的936名员工时，所有的人都痛哭起来，那是喜极而泣的欢畅之声。那哭声中，还有一个特别清脆的婴儿啼哭声。他是华丰青年员工周凯的小公子，才出生不足20天。

小男婴是2月6日在当地艾季达比亚市医院呱呱降生的，没几天这里就动荡起来。父亲周凯的公司被暴徒抢劫一空，周凯随公司逃至沙漠，好在小婴儿和母亲被一名善良的利籍司机接到自己的家躲起来，并得到精心照料。

现在，这位最小的中国小侨民加入了撤离大军。他的啼哭声让所有中国同胞感到一种别样的生机和希望。

“出发！”由九辆大卡车组成的华丰“沙漠逃亡队”终于带着生的希望，走出沙漠，向班加西港口进军。一路上，华丰人可是大开眼界，一串串火龙般的机枪子弹在他们头顶飞越而过，一辆辆各式各样的武装车辆从他们身边呼啸着来回奔驰，当地控诉卡扎菲罪行的万人游行队伍几度堵在他们的前面高喊着“杀杀杀”……

“这可是真打仗呀！”

平时胆大过人的项目经理邢印胜走在车队的最前头，但这回他也是冷汗湿衫。

到了！班加西到了！

到了！港口到了！

可接我们的船在哪儿？

陆续从车上下来的华丰人瞅着海边，没见到他们熟悉的中国船只，只有一艘几层楼高的外国豪华邮轮停靠在码头上，于是就紧张起来，议论纷纷。

“同胞们，我们是中国政府派来接你们的，现在请大家排队上船！”突然，那艘大邮轮上一个中国人拿着喇叭在高喊。

“啊，是我们的船！”

“是我们国家派来接我们的船！”

华丰人顿时欢呼起来。

也不知华丰的领队倪永曹是怎么变戏法似的从包里抽出一团绸布，只见他顺风一甩，那布上“祖国万岁”四个大字一下让在场的所有中国人都激动起来，大家齐声高喊起来：“祖国万岁！”“中国万岁！”

其情其景，让人热血沸腾。

“谢谢，谢谢祖国！”倪永曹见刚才那位用高音喇叭喊话的中国人下船后向他走来时，忙三步并作两步地上前握住对方的手，连声说道。

“你就是华丰的倪总吧？我是驻马耳他使馆派来接你们的，请大家上船吧！”说话的正是我驻马耳他使馆商务参赞刘美崑。

令倪永曹没有想到的是，来接他们的人竟然是位两鬓斑白的老同志，后来才知道刘参赞患有高血压，他是主动请战而来的。从罗马到班加西，历经30多个小时，不是第一次坐海船的老刘也被风浪折腾得几番死去活来。

华丰人再一次感动得流泪。

“你们能平安回家，我比什么都高兴！快上船吧！”精疲力竭的老刘一手扶着船舷，一手挥动着让同胞们上船。看到同胞们有序地走上邮轮那一刻，这位老外交官几天来第一次露出了笑脸。最让他乐开了花的是，那个躺在母亲怀里的小男婴竟然冲他这位第一次见面的“老爷爷”咯咯直笑……

在班加西受苦最多、忍饥挨饿时间最长的华丰人现在是最幸福的人，他们没有想到祖国派来接他们回家的竟然是超级国际豪华邮轮。华丰人多数是农民工，他们中间没有一个人坐过如此漂亮、舒适的大邮轮。刚刚上船，刘参赞他们就已经把一盆盆香喷喷的意大利面条送到了面前。周凯的小公子享受的待遇更好，他和父母住在最宽敞的单间，“老爷爷”刘美崑参赞竟然还为他准备了许多奶粉和尿不湿！

两天后，这位名叫“周懿轩”的小同胞，获得了我驻马耳他大使张克远及其夫人亲自为他临时制作的盖有中华人民共和国国徽印章的出生证明。我们的小公民有了这张“特别护照”，于是也有了上岸马耳他和回到自己祖国的通行权利。这是后话。

岸上的人实在太多，除了华丰人，还有其他单位的中方人员。“上！快上！”不一会儿，“罗马”号的额定载员已经超过。船长张开双臂，瞪着大眼睛，冲刘美崑说：“不能上了，如果再允许这些人上船的话，我将受到起诉！这是我们意大利法律规定的。”

刘美崑一下愣住了，他看到华丰后面的中水电公司郑国震、袁海忠带队的100多人被挡在了岸头。“他们是一个公司的，就让他们上吧！”刘美崑向船长求情。

船长摇头，态度非常坚决。

“你把卫星电话借我用一下。”刘美崑向张克远大使请求：“船长不让超载的一百多人上船，怎么办？”

“法律？他面对的只是法律起诉，我们的人如果留下来，随时要面对的是死亡和受伤！”

刘美崑把张大使的话转述给船长。“我只执行我们国家的法律！”船长仍然清楚地这样告诉刘美崑。

“好吧。你先等着……”张克远听完刘美崑的报告，立即与意大利驻马耳他使馆联系，希望他们的政府出于人道考虑，让另外的100多人上船。

欧洲人办事比较刻板，但中国外交官平时与他们建立的友谊这时起了作用。“好吧，我马上跟政府联系……”

“之后的几小时里，我们是最难受的。当时大多数人已经上船了，但因超载的100多人无法登船，船只能留在班加西港。在船上，可以清晰地听到城内的枪声，能看到不断的炮火。天下着雨，风又大，真是又怕又冷。还算好，船长暂时同意淋雨的100多人上船避雨，但就是不同意起航，只能等。一直到第二天早晨，张大使来电，说意大利政府已经同意‘罗马’号超载驶往马耳他，一旦出事故，责任由中国方面负责。我赶紧告诉船长，但船长说他没有接到自己政府的指令。当时我真急了，就在这时，船长突然笑眯眯地对我说，可以开船了。原来他刚刚接到国内的指令，允许他根据现场情况处理载员数量。真是阿弥陀佛，我们总算可以离开班加西了！”刘美崑后来这样回忆说。

老天太不作美，利比亚战局乱，老天也在这些日子连连作乱。飓风卷着大雨，搅得地中海翻天覆地，五六层楼高的大邮轮，竟然在海里被风浪刮得倾斜七八米！

刚刚驶出班加西，“罗马”号船长一口一个“No”地对被摇晃得摔倒在舱底的刘美崑说，这样糟糕的天气他的船不敢前往马耳他。

“你要回去？你让我们2000多人都去挨枪子和炮弹？是枪子和炮弹厉害还是风浪厉害？”刘美崑瞪着一双东方人的小眼睛问船长。

“那就继续前进吧。”船长瓮声瓮气道。

“罗马”号在风浪中继续前行，以为在豪华邮轮上可以美美享受的中国同胞这回尝足了另一种“特殊待遇”：一次次从床铺上摔下，一次次站起来又一次次倒下；刚吐完一次，接茬再吐，一直吐到清水黄胆汁出来，还忍不住要吐……

还有一个难题：“罗马”号是临时被租来为中国撤侨所用，船员有限，物资有限，现在几千人上船，每一次开饭就成了大问题。刘美崑和助手李昊忙得马不停蹄。为了确保人人有饭吃，他们不但要和意大利船员们十几小时开足马力连续下厨，还要组织船上的同胞轮流吃饭。第一拨人吃完早饭该吃午饭了，最后一拨人连早饭还没轮到呢。

要命的是，一拨人进入餐厅刚刚端上餐具，突然一阵剧烈颠簸，所有的人连盆带托盘全都撒在舱板上，一片狼藉。饿极的同胞中，有人干脆卧在舱板上用手胡乱抓饭抓菜往嘴里塞。刘美崑看在眼里，觉得又心疼又好笑。

猛地，刘美崑脑子里闪出一个主意。他想，如果蹲下的话，是否可以降低重心，不容易摔倒？他大喊道："各位，全体注意了，大家听我口令，蹲下！"

餐厅内，几百号人真的动作一致，全体蹲下。

蹲下后的就餐者发现，尽管船在颠簸，他们托着的饭菜盘仍在手上，于是大家又美美地吃起来，任凭大船左摇右晃。

"刘，你们中国人行！我们意大利人做不到！"这一幕让意大利籍船长和他的船员们又惊又叹。

刘美崑满心欢畅地笑了，他心头的真切感受是，我们中国同胞太可爱了！他为自己的同胞感到自豪。

经过二十几个小时漫长而剧烈的颠簸，"罗马"号出现在岛国马耳他的港口。这一时刻，对张克远大使所领导的我驻马耳他大使馆来说，简直就像一次不知盼望了多少年才来临的欢庆盛会。

"都去！能去的都去！"张大使携夫人张淑凤及留守之外的所有人到了码头。在这支欢迎同胞从利比亚战火中成功撤离的队伍里，有一个扎着小辫的女孩特别引人注目，她叫娜娜，是使馆年轻外交官金松宝的宝贝女儿。

金松宝原定于3月初离任回国，当利比亚撤侨任务下达到使馆时，他回国的机票都已买好。张大使接到国内指令后，觉得使馆人手实在太少，便希望金松宝多留些日子再走。"听组织安排。"金松宝就这样留了下来。

当使馆派遣前方的邮轮驶往班加西接人时，后方我驻马耳他使馆早已忙得不可开交。一个仅有十来人的"微型使馆"，一下子要接待和迎送5000多名同胞，需要办理各种手续和证件，金松宝夫妇已经几天没有合眼。听说第一船自班加西来的同胞马上就要进港了，夫妻俩异常高兴："娜娜，你也要去，我们全家都去接叔叔阿姨喽！”女儿听到爸爸妈妈这么一说，高兴得举起手就往外跑……

“好日子！真是天公作美啊！”港口码头上，“罗马”号还没有出现在海平线时，张克远大使已经早早地带着使馆人员和许多当地华侨来到码头。一面特意制作的巨型五星红旗由五人拉着四个角，高高地扬起在岸头——那五个人中就有金松宝的女儿娜娜。小娜娜一只手扯紧着大红旗的一角，另一只手举着一面小国旗，她的一双明亮的大眼睛一直盯着海面，突然高喊起来：“船，船来啦！船船来啦！”

“哈，娜娜眼尖，接同胞的邮轮真的来啦！”

“来啦！”码头上顿时欢呼起来，张克远夫妇、金松宝一家……他们都在欢呼，都在流泪，那份激动就像见到了久别的亲人。欢迎队伍里，还有马耳他的外交部部长等马方重要官员。

“罗马”号离港口越来越近，岸头那面鲜艳的五星红旗已经被看得清清楚楚。“国旗！”“我们的国旗！”不知谁最先喊了一声，于是整个“罗马”号沸腾了！同胞们全都从舱间奔向甲板，他们争相想早一眼看到飘扬在岸头的那面国旗……

500米……300米……离岸的距离越来越近，那面巨大的格外鲜艳的五星红旗已经清清楚楚地跃入了大家的瞳仁里。甲板上方才还是一片喧哗，此刻许多人反而不再说话了，渐渐听到有人在抽泣，随后突然有人哇哇大哭起来。这一哭不要紧，它像放了闸门一般，甲板上顿时响起此起彼伏的号啕痛哭声，犹如海潮起伏……啊，那是绝望中看到希望的哭声，那是从死亡之路折回复活的泪泣，那是久别亲人后回家的幸福之泪。让热泪在亲人面前倾情流淌吧！流个够！

“来，兄弟姐妹们，别光知道流泪，快把我们的国旗也扬起来！”说话的是华丰公司的倪永曹，只见他又一次像变戏法似的从身后扬出一面同样很大很大的五星红旗。

“国旗！”

“国旗！”

此刻，岸头和海上，两面中华人民共和国国旗相映在蔚蓝色的天空和大海之间，相互呼应。顿时，在地中海上，一片“祖国万岁”“中国万岁”的欢呼声响彻云霄，并在海面上逆风飞扬，它激动了所有在场的中国人，也激动了当地的马耳他人。

“了不起！真是一个了不起的民族！”马耳他外交部部长在张克远大使面前不停地竖大拇指。他还特意向刘美崑参赞表示感谢，因为“罗马”号顺便带回了几十名马耳他在利比亚需要撤离的侨民。

其实这样激动人心的场面，在希腊的克里特岛上演的时间还要早出几十小时。陈夏兴他们的“奥林匹克冠军”号和“希腊精神”号两艘大型邮轮满载首批从海上撤离的4370名同胞出现在克里特岛时，那种场面自然更加激动人心，当时不仅国内高度关注，而且世界都在看着中国的撤侨行动。

同一天，英国首相在电视里很抱歉地在向国内民众解释，他们国家无力组织从利比亚撤离英国公民，希望他们自行想办法离开战乱区。

当时在西方人的眼里，中国不可能在短期内完成组织好几万人撤离的行动，所以当第一批4000多人从利比亚圆满撤离到希腊领土时，一向另眼看待中国的西方国家大多都傻眼了。

2月24日，美国外交关系委员会网站发表了中东问题专家艾略特·阿伯拉姆斯题为《谁是超级大国？来自利比亚的教训》的文章，文中写道：“中国人不多饶舌，而是用实力向卡扎菲政权明确表示，不会容忍把任何中国公民置于险境。我们应该学习中国的做法，运用船只和飞机，采取明确可见的措施，显示我们的实力。美国需要向北京学习如何当一个超级大国，这真让人沮丧。”据称，利比亚拒绝批准美国派包机撤侨，美方改为租船救人，虽然船只抵达当地接载了 285 人，但因风高浪急，这些人滞留港口两天仍未能起程。

当地时间 24 日下午两点多，“奥林匹克冠军”号和“希腊精神”号出现在克里特岛，罗林泉大使率使馆全体前方工作人员早已在那里翘首以待。在场的除了中国记者，还有很多外国媒体。欢迎人群中最多的要数当地的希腊人，他们中间还有一位重量级人物，他便是克里特岛省长安纳武塔基斯先生。

省长先生这一天似乎比罗林泉大使他们还要兴奋。这之前，希腊总理帕潘德里欧专门拨通了他的电话，仔细询问迎接中国朋友的相关准备情况，要求他和克里特地方政府全力以赴，周密布置，一定要把希腊人民对中国人民的真诚友谊传达给每一位登上克里特岛的中国人。“我一定要把总理先生和我们国家对中国人民的这份友谊带给你们。”安纳武塔基斯先生再三对罗林泉大使说。他亲自在码头上与一位位上岸的中国撤侨亲切握手，并口中念念有词地说着并不标准的中文“欢迎”二字。码头上停着救护车，希腊医生和护士急匆匆地迎向艰难下船的伤病员。舷梯口上还有几位美丽的希腊姑娘，她们是志愿者，手里举着面包和矿泉水，给每位下船的中国人分发一份，把克里特的微笑送给他们。

“当时的场面在我几十年的外交生涯中也是少有的。那一天早上开始，一直到中午时分，天气还非常不好，下了一场大雨，岛上的气温显得比较低。开始我们有些担心，怕同胞下船时冻着了，可就在邮轮到达港口前，天气突然变得风和日丽。我们更加高兴。也许这叫天助中国撤侨行动吧！”罗林泉大使事后说。

“是罗大使吗？现在前方情况越来越紧张，望你们迅速安置好已抵达的同胞之后，立即命令‘希腊精神’号和‘奥林匹克冠军’号返回班加西，那里还有数千人正等候撤离，越快越好。”欢迎的仪式尚在进行之中，国内的指令又下达到罗林泉大使耳里。

“明白。已抵达的两艘邮轮在完成补给后，傍晚左右将先后出发，目的地班加西！”罗林泉回答。

“曦原，我这边实在太少人手了。尤其是现在已经来了这么多同胞，明天又有两三千人到，需要跟克里特岛当地各部门联系的事堆积如山。我想把精通希语的沈健同志留下，陈夏兴同志说他还可以去一次班加西，这样你得安排另一位同志随船走。你那边有人吗？”忙得不亦乐乎的罗林泉大使跟正在雅典守摊的二把手、政务参赞郑曦原商量。

“听您的，我立即把政治处主任刘威和经商参处窦爱东调派前方。不过，他俩走后，我这边基本就在唱空城计了。大使，我这边真的再也抽不出人了。你不知道，国内所有来去的海陆空许可，我们使馆全都摊上了。我们还要直接负责三条大船在海上撤离行动的全部任务，这会儿国内派出的第二、第三特别行动小组的入境许可还没办下来，部里又把协调任务给了咱。负责联络的老梁这几天腰椎间盘突出的病又发作了，站不起来。他是蹲在床头，一边一个电话，一头给希腊方面打，一头接国内的指令通知，说下地尿尿的时间都没有。”郑曦原说了一大堆让罗林泉大使堵心的理由，“要不这样吧，我看你那里有一个人，让她换下沈健……”

“谁？”罗林泉自己想不出他身边还有谁适合随船去更加危险的班加西了。

“让李方惠去吧。”

郑曦原说这个人时很平淡，罗林泉则嚷了起来："不行，她是个女的！亏你想得出，把自己的老婆都押上去了！"

李方惠是郑曦原的夫人，北京市办奥运时，从外交部借调过去，在新闻宣传部当处长，因表现出色获得北京市颁发的"三八红旗奖章"，关键时刻能够顶住事。但让女同志进入战区，承担了一定的风险。罗大使沉吟了。郑曦原叮了一句："她是中国领事，应该往前冲。"听到这句话，罗大使同意了。他问郑曦原："想明白了？"

"想明白了！你告诉她，是使馆，是组织决定让她去班加西的。"郑曦原一口官腔。

罗林泉笑了："我才不做这个得罪人的事儿呢。一会儿我就去对小李说：'是你家老公的意见。'可以吗？"

"没关系。就这么说吧。"

邮轮第二次赴班加西的任务就这样落在陈夏兴和李方惠身上。

李方惠接到罗大使的命令时向大使敬了个礼，说："保证完成任务。"此前四小时，她与罗大使的夫人乔力以及使馆其他同志刚刚将"希腊精神"号的 2000 多名中国公民编队上岸验名通关。她从来没有比此时对"2000"这个数有更直观的认识。2000 人，每 50 人一个组，像军团一样源源不断走出船舱，光是走出来就花了四个小时。这一壮观的景象引起希腊媒体的极大兴趣，他们终于有机会亲眼看到什么是世界第一人口大国了。

李方惠与刚刚赶到的第二特别行动小组会合，这个小组由外交部领保中心副主任李春林带队，成员包括商务部、公安部、安全部、国资委和外交部共八名帅气小伙，统称为"八大金刚"加一个"阿庆嫂"，与他们同行的还有中央电视台的两名记者。

毕竟此次任务非同一般，由于利比亚处在战乱状态，妇女去其实是很不合适的。“战争里没有女人”，郑曦原用这句话解释自己的决定。正在克里特岛参与前方接待任务的妻子接受赴班加西任务后，郑曦原在电话里特意叮嘱她，随船去的有国内新闻记者，她就别露面了，把镜头留给那些为撤侨做出贡献的前方干部和群众，或多留给船长他们。作为全船的总指挥，她的任务必须完成好！

“任务完成好了，我跟罗大使说，使馆给你庆功！”郑曦原说。“少来！我只求你一件事，如果我‘光荣’了，你就趁年轻再找个漂亮妞；如果没‘光荣’，回来后就陪我半年去美容，我得把在地中海被风吹黑的皮肤整过来！”妻子说。“这没问题！就是罗大使不给假，我也要偷着陪你去！”丈夫特慷慨地说道。

夫妻俩就是这样在电话里道别的。

就在李方惠坐上“奥林匹克冠军”号邮轮随陈夏兴的“希腊精神”号前后脚重返班加西途中，满载2898名同胞的“韦尼泽洛斯”号在地中海与他们相遇。

“韦尼泽洛斯”号是艘慢船，载运量却很大，所以走得相对要慢些。因为海路走的时间长，我驻希腊使馆的三等秘书李鹏一路上吃的苦头也是最多的。罗大使告诉我，李鹏的表现令他十分感动，小伙子自始至终没有说一个“苦”字，出色地完成任务，将2898名同胞安全地带出了班加西。

当“韦尼泽洛斯”号到达克里特岛伊拉克利翁港时，罗林泉大使和使馆前方工作人员及克里特岛副省长库基亚达基斯照例早早在码头上冒雨迎候。船未停稳，甲板上已经传出震耳欲聋的“祖国万岁”“感谢政府”的欢呼声。

当一名拄着简易自制拐杖的中年工人走出船舱时，罗林泉大使赶忙上前搀扶并慰问。这中年汉子顿时热泪横流，说自己在利比亚被歹徒打伤后，是祖国救了他的性命，现在又将他安置到安全地方。他边流泪边说：“一辈子都不会忘记国家的恩情！”

这位中国工人更不会想到，他不仅能够死里逃生出来，而且一上岸，便发现祖国的亲人将他和先后到达的一万余名“逃亡者”，统统都安置到了一个天堂般的好地方。这里的树绿得亮光光，像要滴出油似的;这里的房子、街道，红白相映，格外分明。“这个海边小镇太美了，全跟画似的，我看了咋这么熟悉，好像在啥地方见过！”这位工人用手机拍了几张照片发给正在上海外国语大学上学的女儿。

“爸，你太幸福了！那是欧洲闻名、世界著名的旅游胜地——克里特岛啊！我们家里贴的许多风景壁纸，就是你现在待的地方，是我做梦都想去的地方呀！”女儿惊喜万分的回话，让这位中国工人咯咯地乐出了声：“难怪我觉得像回家了似的！”

是的，这是祖国特意为他和那些从战乱中逃出来的同胞们安排的临时中转站——美丽如画的希腊克里特岛。

第九章

“的黎波里，我来啦！”

现在是什么时间？当地时间 24 日零点刚过。

此刻谁最着急？

利比亚东部临时指挥部的中建最着急，班加西岸边少说还有五六千人没着落，他们在等待的后面接应的几艘邮轮还不知啥时出现在海面上……暴雨和枪弹同时在袭击他们，每一刻生命都在悬着。他们不着急不行。

东边，我驻埃及使馆也在着急，已经从利比亚边境过去的 800 余名同胞，现在正在亚历山大港口飞机场等候国内民航飞机来接，但一路经过的几个国家的通行许可证还没有着落。埃及政府已经给了很大面子，原先说好中国撤离人员从边境上接到机场后，直接上中国飞机回国，不在埃境停留。照这样下去，中国自己的飞机迟迟不到，意味着中国撤离人员就得在埃境长时间停留，问题就会发生变化，这属于“外交事件”，如何处理？“埃及各地白天尚不安宁，夜间又要宵禁，我们近千人在人家土地上，不好办呀！”我驻埃及使馆不能不诉苦。

西边，我驻突尼斯使馆同样在着急，他们那里同样已经有近千人从利比亚过境，回国的飞机还没有着落。估计再过一天，从利比亚边境口岸拉斯杰迪尔过境到突尼斯的同胞人数将达到三四千人。“突尼斯的边境小机场，平时只能飞一两个航班两三百名乘客，我们一下滞留三四千人，甚至更多。如果国内的飞机晚来一天，我们压力太大！”我驻突尼斯使馆报告说。

利比亚南部临时指挥部更急，到现在为止，他们这里的五六千人唯一的撤离通道就是天上了。假如天上不来飞机，他们只能困在卡扎菲军队和反对派武装最后决战的地方，处境不堪设想……

但是，最着急的还是深陷最严重危机的利比亚首都的黎波里我驻利比亚使馆的王旺生大使。

“我们需要同所有的中资机构和中方在利比亚工作人员落实情况，还要动员他们及时撤离，向附近撤离地点集结，安排何时走，一次走多少人，等等。现在光滞留在的黎波里机场的男男女女、老老少少就有几百名，他们已经在那里待了三天三夜，没吃没喝的，再不走会出大事的！”

“包机到底啥时候到啊？”王旺生大使让手下的人问了国内几十次，自己至少也催问了几十次。

“快了！就快了！”国内郭少春他们一次次这样回答他们。

前方在骂国内的领保中心。

“我去骂谁？”黄屏浓眉紧锁，颇为无奈地冲郭少春说。

前方需要的一切也都是国内正在全力组织和处理的事。民航局、国资委、商务部……皆在全力协调处理之中。可是，可是对黄屏他们来说，现在最需要的是得到前方的指挥主动权。上百个撤离单位，几万的撤离人员，分散在面积达几百平方公里的地方，相互之间从来不曾有过密切联系和协调，通信处在全面瘫痪状态，形势一天比一天紧张，西方诸国正在步步紧逼，要跟卡扎菲玩一把“绝杀”……在这般形势下，肩负国家撤离任务的外交部领保中心比火烧眉毛还急！

“眉毛烧了算啥，哥们儿、姐们儿快被烧身焚心啦！”唐立、张洋和朱家耀三位副主任说。

“战斗能否取胜，对指挥员来说，取决于心中对整个战局情势的了解和把握。做到心中有数，才能正确地指挥，才能争取战斗的胜利。”黄屏此刻心里比谁都着急的是，他掌握的利比亚境内的情况十分有限！

通信不畅是主要问题。断断续续、零零碎碎报来的情况需要分析、筛滤，而且信息重复、多头、出入极大，所有这些直接影响着国内领保中心的整体指挥与安排。因此外交部和黄屏、郭少春他们把向前方派遣工作组看得特别重要——事实上这也是整个撤离战役中最为关键的一步。

可是飞向利比亚的两架包机、三个特别行动小组至今还全都悬在空中……

“吉机长，你们快到了吧？”此时是北京时间 24 日凌晨 6 时左右，郭少春再一次直接同 CCA060 航班机长吉学勇通话。

“还有两个小时就能到达了。”吉学勇回答。

中国国航 CCA060 专机现在正处地中海上空。一个多小时后，开始从万米高空俯冲而下……地中海南岸已经在飞机航仪里呈现。

“报告，现在机外的气温为零下 23 摄氏度，的黎波里地面机场的风速为每小时 70 公里，有大雨……”70 公里的风速等于 8 级大风，通常这是个不能降落的危险风速。

吉学勇看看仪表，又往机舱外瞅了一眼，然后将手中的握杆再次握紧。“地面给我们的降落时间有限，现在我们做好紧急迫降准备……”他镇静地向机组发出指令。

CCA060 专机瞄准机场跑道，开始迎风俯冲……

“不好！前面的跑道上有个庞大的移动物！”吉学勇一声惊叫，机组人员的目光不约而同投向跑道上。可不是嘛，只见一个方形的物体随风滚动着，正向专机下降的跑道方向移动着，移动着……吉学勇一把握紧方向杆，滑行的机身微微转向，小心翼翼地避开那个移动着的物体。

“是个集装箱。”

好险哪！吉学勇抹了一下额上的汗珠，向外张望了一眼，这就是的黎波里？外面黑乎乎的，没有地面人员来接应，没有通信信号。吉学勇拿出国内为他事先准备的利比亚制式手机与中国使馆联系，结果根本打不通。

“我们下去！”费明星他们行动了！

乘务长张奇峰帮助他们打开机舱门，突然一阵狂风，将费明星等人吹得七倒八歪。

的黎波里给了中国特别行动小组的小伙子们一个下马威。好在不是机枪子弹，而是飓风和雨水袭击。

费明星直起身，重新站到舱门口。怎么没人来管他们呢？他思忖着。依照国际惯例，飞机一落机场，舱门一开，地面人员便会上前给飞机接下机的舷梯，还有工作人员前来核对人数等程序。

利比亚的黎波里机场搞特殊不走这些程序？

“砰！砰砰砰！”突然，不远处几道细细的火光在黑暗的雨夜里闪动。

“是枪声吗？”有人问。机上所有的人都把耳朵竖了起来。

有人答：“估计是。”

这就是的黎波里。啊，的黎波里，我们来了——中国政府的撤侨工作组来了！

费明星等小伙子的心头一下坚定了起来。

“没人管我们，我们就自己下！”费明星早已等不及履行前线指挥员的职责了。

“我跟刘翔先下吧！”李玥请求道。他是领事司认证处副处长，自然是费明星这组的得力干将。

“行，先到候机楼里看看情况，尽快找到我们的人。”费明星表示同意，并让他们带上一部卫星电话。

“报告司长，我们已经到达目的地。”费明星看着李玥、刘翔下去，心里却异常担心。他回头打开另一部卫星电话，在舱门口拨通了国内的电话。北京时间此时正好是 24 日早上 8 时，的黎波里时间应为凌晨两点左右。

“太好了！你们的任务，一是马上与使馆王旺生大使他们取得联系，二是把滞留在机场的二百多名同胞送上飞机……”两天来心急如焚的黄屏接到费明星的来电，顿时振奋起来。现在，国内总算可以及时了解前方情况并直接指挥撤侨。

李玥和刘翔带着沉重的卫星电话直奔候机楼，一看情形就傻眼了。人山人海的现场，混乱至极，各式各样的人都在等候乘机，可是机场工作人员不知到哪儿去了，只有武装的军警在那里维持秩序。想逃离此地的各国侨民似乎并不在乎军警的阻挠，不停地想往机场里面冲，如此举动，换来的是一阵阵令人恐惧的怒骂声和“砰砰”的示警枪声。

两人不敢在候机楼里待着，便想走出去碰碰运气，看能不能租辆车子到使馆。从国内出发时，李玥他们得知我驻利比亚使馆距的黎波里机场也就一二十分钟的车程。

“你们是国内来的工作组吗？”正在李玥、刘翔四处张望时，一个急匆匆的中国人过来问。

“是，你是……”

“我是使馆的政务参赞王旭宏。”

“哎呀，是你啊，老王！我们都急死了，半天也联系不上你们呀！”李玥一把搂住王旭宏说，“我们一起来的人还没下飞机呢！”

王旭宏一听便说：“那我先进去把他们接出来。”王旭宏哪能想到平时几分钟的事，这回他用了一个多小时才办成。这让费明星他们整整在飞机上待了近两个小时。

“我们的人在哪儿？我去看看。”费明星一到候机楼，第一件事就是想看看自己的同胞——他知道他们已经在机场待了三天三夜。“这个鬼地方，待一天烦死，待两天臭死，待三天想吊死都找不着地方！”接应的王旭宏指着挤得里三层外三层的候机大厅，对费明星一行说。大使馆于 21 日开始就在这儿准备送一批同胞出去，可就是出不去。现在在机场有两三百人，多数是妇女和儿童。

“你带我去跟机场的人说说，我要带我们的同胞马上离开这儿。”费明星提出。

“只能试试看。”王旭宏说他这几天几乎天天来跟机场的人说，希望他们安排中国人离开，但没一次是成功的。

费明星不懂阿拉伯语，见王旭宏叽里咕噜跟机场管理人员说了半天没什么效果，便把王旭宏拉到一边说：“你当翻译，我去试试。”

于是费明星走到一位官员模样的利比亚人面前，说：“我是中国政府派到这儿来接人的，希望你们帮个忙。”利比亚人只管摇头，并不答应。费明星又说：“我们接人是为了他们的生命安全，这是因为你们国内发生了状况，所以我们才这样做的。”

费明星为了赢得对方的好感，便编了一个故事，说他家乡四川的人一讲起非洲，就会说非洲是中国的朋友。“既然我们中国与你们是朋友，朋友帮朋友，你们让我们的人上我们派来的飞机吧。”“朋友”似乎友好了一些，但坚持认为机场已经管制，所有飞机都不能飞行了。

“那我们不是刚刚才飞进来的嘛！”费明星说。

“你们是进来，他们要出去就不行。”

活见鬼！费明星心里骂了一句，脸上却仍然笑眯眯地说：“问题是我们的人已经在机场几天了，他们都是妇女和儿童，再不走，他们会有安全问题。”

“这个……这个我们也管不了。”

利比亚确实乱极了，乱到他们对自己国家的事都不知如何处置。

“能让我去看看我们的同胞吗？”费明星提出。

利比亚人答应了。他看到费明星还带了两个人，便伸手阻止：“只能去一个。”利比亚人态度很坚决，看到费明星肩上挎着照相机，便使劲摆手，一把抢了过去说：“这个不行！”

无奈，费明星只好空手随一个利比亚人向机场候机楼的一侧走去。在一个较偏的角落里，费明星看到横七竖八躺了一地的中国妇女和儿童，以及一些年岁显大的中国男子。

费明星的出现，令他们一阵骚动。“各位同胞，你们辛苦了！”不想费明星的一句开场白，顿时让现场哭哭啼啼起来，许多妇女甚至有些情绪失控。

“大家听我说，听我说，我是国内派来的工作组组长，我给你们带来了党、政府和全国人民的问候！你们的亲人也在家里等待着你们。我们还带来一架包机，是专门来接你们回去的！”

现场的哭声即刻变成了掌声和欢呼声。

“是不是现在就走？”

“走啦！”

“别急！大家别急！”费明星嘴里说着，额上却一下淌出了汗珠，“飞机到底什么时候走，我们使馆正在和机场协调，请大家相信，你们很快就能回家了！”

又是雷鸣一样的欢呼。

“走！你必须走了！”几个利比亚人对费明星生气了，他们又扯又拉地将他赶到了刚才的候机大厅。在这里，费明星见到了王旭宏和李玥、刘翔等同机的六名队员。

“把机场的事交给我们！你们上使馆去吧。”王旭宏见费明星不放心，便这样说。

到使馆的路并不算远，但费明星一行看了看王旭宏的小车，便知道这趟路绝对不好走。王旭宏车子后窗玻璃已被子弹打碎，两边的车门显然被硬器敲砸过。再看看机场外的道路上，一队队利比亚军人个个荷枪实弹，眼睛警惕地盯着每一个来来去去的人。“他们怕反对派的人混进的黎波里来，也害怕外国派间谍和特种兵到这儿，所以我们行动必须小心点，尽量表现出很光明正大的样子。”王旭宏说。

“我们本来就是光明正大来接自己的同胞。”工作组的队员们又生气又无奈地挤进王参赞和华为公司派来的小车里。一路上，与他们迎面而过的是一队队卡扎菲的军队。费明星和队员们真正强烈地感受到了战争的恐怖气氛。

“到使馆时，已经天亮。王旺生大使和使馆同志为我们备了热汤热饭，他们尽量表现出一副轻松的样子，可我心里有些痛，他们一个个脸色阴沉，难看极了！”费明星在接受我采访时说。

费明星虽然能够想象王旺生大使和驻利使馆的工作人员这一个星期来是怎么度过的，但如果不是亲身经历，感受不会如此强烈。在西方力量的支持下，反对派势力迅速崛起，这时候中国坚持的尊重国家主权和领土完整的外交方针，受到了最严峻的考验。这是王旺生大使最苦恼与无奈的时刻：当利比亚整个局势日益动荡，当局政府岌岌可危时，你还必须与之打交道和表态。

利比亚局势动荡的背后，有一只巨大的无形之手，那就是以美法为代表的西方世界。南斯拉夫事件中的中国使馆被美国强盗式地袭击，至今清晰地留在我们记忆中，王旺生和他的使馆同事不会想不起中国外交史上这少有的惨烈一幕。

“没有，我们真的没有感到特别惊慌和紧张，一直按照国内的指示，始终坚守在使馆。”王旺生只差十几个月就要退休了，就要永远离开他工作了一辈子的外交岗位。在采访他之前，我想象着这位大使一定有许许多多苦水向我倒，可是我竟然没有听到他的一句牢骚话。

在利比亚撤侨前后，国内有不少对他和大使馆的非议，比如说，他们事先对利比亚局势缺乏准确把握和预测，对在利中资企业和中方人员的情况了解太少，等等。王旺生听后十分淡定地笑笑说，从突尼斯动荡开始，他们就已经警惕和动员起来。当时他们就向国内报告了针对这一地区的看法：执政者长期以来搞独裁，下层民众诉求得不到合理解决，早晚将引发国家动荡。这些意见对我国日后处理中东、北非地区的外交事务起了积极作用。

对于在利中资企业和中方人员，大使馆了解的情况与实际确实有很大出入，这也是后来加大撤离工作难度的一个突出问题。

“中国对外开放后，尤其是近几年，国内企业和普通公民在‘走出去’方面的动作比过去大大加大，渠道也多种多样。比如，在利中资企业，有的是直接投标进去的，有的是通过搭乘外国公司进去的，有的甚至是转承包第三国、第四方才进去的。这导致了我们官方估算的在利人数与实际人数有很大出入。利比亚时局一乱，中资企业、中方人员都来找我们使馆，都希望使馆帮助他们解决困难，使馆工作人员全力以赴，扶危济困。我们问心无愧，认真履行了国家赋予的职责。”王旺生大使说。

在王旺生大使身上，有一种可贵的精神和心态：任何时候，听不出他的急躁，听不出他的埋怨，听不出他的情绪，听不出他的夸张，实实在在，平静始终，机智大度……这不就是一个职业外交家的素质和国家大使的典型形象吗？

我听到许多关于王旺生大使和使馆工作人员在大撤离前后的感人故事。

当国家决定撤离后，使馆通知到某中资企业时，对方拒绝接受撤离命令，理由是他们公司在利的承包工程有十几个亿的金额，且项目已近收尾阶段。“如果现在走了，我们损失太大！”公司负责人这么说。

“撤离是国家的命令，你的手下有上千人，他们的生命更重要。”王旺生说。

“人的生命固然重要，但国家利益我必须捍卫！”公司负责人态度坚定，仿佛只有他是国家利益的守护者。

“你要相信，只要利比亚主权在，只要我们使馆在，我们就不会放弃中国在利比亚的利益。”王旺生回答。

“那我服从你的指令，我们同意撤！”这位公司负责人终于答应。第二天，公司派人来到使馆，找到王旺生大使，说光有口头的承诺不行，大使馆还得给他们公司做后盾。他们的项目工地人一走，所有设备和东西都没有人管了，请使馆出面帮助他们跟当地武装或长老联系联系，争取请对方保护好公司的项目工地，以便利比亚日后稳定时再回来完成项目。

“这没问题，你们放心撤就是了。”王旺生痛快答应。

后来王旺生大使派武官和参赞数次冒死穿越炮火连连的战乱区，跟当地长老商谈，请他们看护中国公司施工工地，并签订相关协议。这类事王旺生大使和大使馆做了不计其数。试想一下，当一个个中资公司的撤离人员大举离开施工现场，甩下追赶他们的暴徒和躲避子弹炮火之时，王旺生大使和使馆工作人员却与撤离人员逆向而行，去那些最危险的工地找武装力量或长老们谈判，求取对方出面保护中方公司利益。这是何等的精神？这样的事，王旺生大使自己说不清做过多少件，使馆也没有记录过，他们只告诉我一句话："这都是使馆的义务。"

我知道这义务是要用生命去履行的。

那批滞留在的黎波里的人员以妇女、儿童为主，其中有十几名年轻妇女是前面提到过的女留学生。在她们遭受暴徒围攻的紧急时刻，使馆人员挺身相救；她们决定撤离时，校方坚持"要走就放弃学籍"的态度，为此，王旺生大使多次出面与校方交涉，直到校方最后同意我留学生撤离，同意保留她们的学籍。

在的黎波里，除中资企业外有一批以私人名义来投资的中方人员，他们大多是开饭馆或办旅行社的。撤离的指令下来后，这些人不愿离开，他们担心自己的小本经营泡汤，也有人怀着看看再说的侥幸心理，消极对待撤离。

王旺生大使只得派人去做工作，去一次不行，就去两次，实在动员不了，王旺生大使还得亲自出面。"都在打仗，你生意何来？"王旺生对中国小老板说。

"赚不了钱，也不能血本无归。"小老板回道。

"命要紧还是钱要紧？"

"两者都要紧，眼看投资就要泡汤了，人想办法毕竟还能活着。"

"人能不能活下来，今天说了不算，明天、后天你能保证就活得下来？"

"怕啥，你王大使不也在这儿待着吗？"

王旺生大使只能苦笑："我是代表国家，只要政府没有撤使馆的命令，我就得做到人在使馆在。你不一样，你的钱和你的命是你自己的。"

小老板开始对大使肃然起敬："那……我们跟你一起走！"

王旺生又笑："我是大使，即使利比亚口岸海关全关了，他们还得放我出去。你不一样，到那时你就出不去了。"

小老板一想，说："对，还是听你的，我们撤！"

王大使和大使馆在利比亚撤侨过程中，除了指挥成千上万人的国企大队伍，还要做一些分散的不知从哪个地方突然冒出来的个体户和自由散居中国公民工作。

首批准备从的黎波里撤离的人员，原计划在 21 日、22 日就要走的，但一直联系不上飞机，后来国内决定直接派包机来接应。可利比亚航空当局处在混乱之中，连人都找不到，办中国飞机出入港的许可证难住了王旺生大使他们。好不容易拐弯抹角找到利比亚官方人员，人家说："你们中国跟我们友好，干吗要撤？"王大使他们说："你们这儿乱了，不安全。"人家满不在乎地说："不会乱，子弹飞不到你们中国朋友的头上。"那人刚说完，就被不知哪儿来的子弹打掉了他的下巴，血流如注。王旺生他们拿到的中国飞机在的黎波里机场的出入港许可证都能闻到血腥味……

战乱时的大使是最难当的。

23 日，在听说国内派出的飞机已经从北京起飞后，王旺生大使就和使馆人员清点滞留机场的第一批准备回家的中方人员，以便飞机上能坐多少人就走多少人。就在这一天的凌晨时分，王大使还没有起床，使馆工作人员在迷雾中看到一个蓬头垢面的中国人摇摇晃晃地向使馆走来。他身上只穿着一件短袖衫，手里拿着一个塑料袋。他说他在一个日本企业工作，老板不放他走，所以连回国的工资都不给他，他的相机也被收走了，只给了他一瓶矿泉水和一个面包。“我走了四天四夜，我想回家，我想只有找到我们中国的使馆我才能回家……”这位黄先生到利比亚才十几天时间，人生地不熟，他说他能走到大使馆，要归功于他平时爱好摄影。“那天我从使馆办证后，在去那个日本公司的一路上，沿途拍了不少照片。我这次亡命逃难，就凭这些照片上的路标和街景。”黄先生哆嗦着从塑料袋里拿出几张照片，这是他的救命稻草。

“你们是我的救命恩人！”为照顾受尽苦难的黄先生，使馆破例在第一架，也是唯一一架直接到利比亚接侨的包机起飞时，安排他与其他 222 名中国妇女和儿童一起离开的黎波里。

“再见了，的黎波里！”

“别了，战乱的利比亚！”

北京时间 24 日 13 时 30 分（当地时间 24 日上午 7 时 30 分左右），的黎波里机场突然响起“请中国乘客马上登机”的广播，已在候机楼等待三昼夜的 200 多名中国妇女和孩子及部分老年男子，激动得热泪盈眶。他们纷纷拎起随身行李，走向出境口。

“中国人走了！”

“中国人多幸运！”

几万人拥成一团的大厅内，又是一阵不小的骚动，各国侨民用无比羡慕的目光看着中国人从死亡线上离开……

25 分钟后，CCA060 航班迎来瞬间露出的一片晴空，腾空而起，朝着东方古国飞去。

“各位同胞，大家好！欢迎乘坐中国国际航空公司的包机。我是机长吉学勇，现在我和机组全体人员，向你们表示祝贺，祝贺你们胜利回家！希望国航的这次飞行能将祖国的温暖传递给你们，祝大家旅途愉快！”

机长吉学勇通过机舱内的广播刚说完这番话，机舱内便爆起一片欢呼声。

“我们回家啦！”

“感谢国航！”

“祖国万岁！”

此刻，地面上的王旺生大使对费明星说：“向国内报告吧，CCA060包机已载223名同胞从的黎波里起飞……”

“黄司！我是费明星，现在向你报告……”

第十章

利突边境，上演万人方队……

“费明星啊费明星，部里派你带队冲向火线是干什么的？利突边境现在有上万同胞出不去，你好意思闭着双眼睡安逸觉？起来！立即出发！”费明星惊出一身冷汗，“噌”地从地板上跳起来。

“黄司，我没睡！郭司，我真的没睡！”费明星瞪大眼睛，四周寻觅黄屏司长和郭少春副司长……人呢？他们没在我身边嘛！费明星揉揉眼，明白自己是在做梦。

“费明星！费明星！回话！回话！”卫星电话里传来的真是黄屏司长的声音！

“黄司，有何指示？”费明星迅速用卫星电话请示国内。

“现在你们在哪儿？”黄屏问。

“在使馆。”费明星一边接电话，一边见身边的几位队友像几年没睡过觉似的，东倒西歪地躺在地板上，便用脚一个个踢醒他们。

“利突边境和米苏拉塔都很吃紧，这两个地方的撤离一线，你小组全权负责。出了事，我向你问罪！”黄屏的口气很凶，凶得很像巴顿将军。他顿了顿，很快又换了种口吻：“你也一定要平安回来！把你的小组成员都平安带回来！无论谁出了事，我都饶不了你！”费明星听了这话，心里既沉重又温暖。

费明星他们到达的黎波里后，由于王旺生大使不同意他们马上到前线去，无奈之下他们只好等着使馆下达可行的通知。“也就眯瞪了一两个小时，这不，国内的紧急指令就把大家全叫醒了！”李玥其实没睡，他悄悄地用QQ跟国内的领保中心同事发了上面的这句话。

这一天，费明星着急死了，他想出去到的黎波里街头看看局势，王旺生大使不让他去，说是外面乱得很，要出去也必须坐他的车。可他的车随他忙着跟当地各中资企业和利比亚政府部门及相关人士联络千头万绪的事情，根本没有一点空闲工夫给费明星他们用。下午费明星主动与东部班加西、中部米苏拉塔及南部塞卜哈的中方前线临时指挥部取得联系，得知中部的米苏拉塔形势相当紧张，便又想连夜去那儿。

“那里在打仗，我要对你们的生命负责！再说，我们的武官在那儿，眼前的事由他处理。”王旺生还不松口。

“我们不是来吃干饭的！”血气方刚的费明星哪受得了这般束缚。

“这样吧，今晚你们先到武官处去住下，等候我的出发通知。”王旺生大使考虑了一下说。

这一夜费明星和队员们虽有地方落脚，但每时每刻都心急如焚。好不容易盼到天明，但大使馆依然没有下达允许他们出发的通知。

“不行，我们必须行动了！我们是国内派来的工作组，得对撤离全局负责。”费明星在请示国内和征得王旺生的同意后决定，小组一分为三，由他带懂阿拉伯语的宗宇、公安部出入境管理局的林先昱和使馆的李庆生，负责去利突边境打通那个地方万人撤离通道；再派李玥和商务部的郭虎到米苏拉塔；剩下的队员留在使馆帮助协调和联络。

谁心里都清楚，前往利突边境和米苏拉塔的两支小分队，等于是往死里冲，那两条路线从 23 日起，已经完全处在混乱之中。当时，卡扎菲和反对派都想控制对首都的黎波里形成直接威胁的胡姆斯和扎维耶，而这两个城市及其周边，是费明星他们两个小分队必经之地，此番征程，凶多吉少。

临行前，费明星命令小分队成员把从国内带来的全部装备都武装在身上，什么防弹衣、头盔、警棍……没有当过兵的年轻外交官们颇有些新奇感，仿佛有了真正军人的样儿。

“不行，头盔不能戴。你这一戴人家不知你是哪个派的，弄不好子弹先朝你飞来。”王旺生大使不建议他们戴头盔。

“警棍也太显眼，你一带它，反而让对方感觉你有袭击他的可能。这也不要带了。”王旺生大使又说。

“防弹衣最好穿在里面，不能露在外面。”

刚刚全副武装的小伙子们全被王旺生大使卸了个光，有些泄气。“这样反而更安全。”大家最后觉得王旺生大使的意见是对的：我们既然是为人道与和平而来，就要让激烈打仗的双方理解，最好以平民与和平的方式出现。

费明星拿出从国内带来的两面国旗，自己留了一面，同时给了李玥一面。“关键时刻，它比什么都重要。”他说。

第一特别行动小组要分开出发了！作为组长，费明星神情变得异常凝重，他看了看从一架飞机上出来的队友，他们的表情也异常凝重。“同志们，现在我讲几句话……还是像在飞机上说的，如果我们几个人出发了却没能回得了家，但两三万同胞能够平安回家，那我们就没什么可遗憾的了，因为祖国和人民会永远记着我们的。请牢记我们的任务！”费明星用简短的话做了战前动员。

“我们七个人合个影吧！省得到时……”有人提议，但大家对视了一下，没人响应。合影没有照，他们只是相互拥抱了一下，那是无声的、生离死别的拥抱！

“出发！”费明星带队上车。他的小分队最先行动，共四辆车，其中有两辆是中资公司的随行车。费明星雇的是两个利比亚司机，他们相对熟悉路况，并且能应对路途上的突发事件。

车子启动的那一刻，的黎波里城内突然响起连续的巨大爆炸声，显然是反对派所为，政府军立即无目标地回击，于是枪声响成一片……

“我们绕道而行。”坐在副驾驶座位上的费明星对利籍司机说。从的黎波里到利突边境口岸拉斯杰迪尔路程并不远，近300公里，中间经过扎维耶、塞卜拉泰和祖瓦拉，而这三个城市则是反对派在控制班加西之后，从西线围攻首都的黎波里的主要阵地。卡扎菲自然清楚，东部的班加西失控后，他已经等于断了一只左胳膊，如果西线这几个城市再失去，那么好比他的右胳膊也被砍断。

因此从24日起，扎维耶、塞卜拉泰和祖瓦拉的争夺战到了白热化的程度，而从这一条路逃向突尼斯的难民也是最多的。当东部的利埃边境关闭后，西线的利突边境就成了唯一一条可以从陆路撤离的通道，几十万各国难民纷纷拥向拉斯杰迪尔口岸，使得这一小口岸基本处于瘫痪状态。

究其原因，除了它无法一下接纳这么多的人员出境外，更重要的是口岸海关人员大多数是外籍雇员，他们早就逃之夭夭了，留守在那里的只有少数利籍职员和大批军警。口岸的混乱可想而知，然而想从这里走出去的中国公民有万人之多！

形势十分严峻。国内领保中心最为担心的就是这多达万人的同胞被困在这东不着村、西不着店的沙漠之地，后果将不堪设想！

泰山之担，现在压在费明星他们肩头。

小分队刚出的黎波里不到10公里，突然大路中央出现一队持枪军人，远远地在挥手。

“像是卡扎菲的军队。靠过去。”费明星轻声命令司机。

哪知司机做了一个与费明星命令相反的动作，猛地刹车停住。

“为什么？”费明星的心一下提到了嗓子眼。

“我不敢过去。他们会把我们当成班加西派来的……”司机吓得已经在打哆嗦。

“你这样不更容易被他们怀疑吗？”费明星觉得司机思维有问题。

“不行。我不敢。”司机坚持道。

费明星无奈，只得带着队友宗宇从车子里下来。他想这样也好，可以让前面的军人看到他们是中国人。

“中国人，你们到哪儿？干什么去？”当费明星往前走时，那些持枪的军人远远喝问道，示意费明星他们把手举到头顶。

“我们是中国政府派来的外交人员，到拉斯杰迪尔口岸去帮助我们的人撤离。”费明星边说边让宗宇翻译，并且亮出护照。

军人们并没有放松警惕，枪口一直对准费明星他们。验明身份后，进行搜身，费明星很聪明，离车时有意把手机塞在座位底下不易被找到的旮旯里，但宗宇的手机却被没收了。

宗宇有些急了：“这个我有用！”

费明星赶紧使眼色：让他们拿去吧。

第一关并没有将费明星他们怎么样，但他们却损失了三部手机、一部照相机。这也足够要命的，不管是小分队，还是随行的中资公司人员，没有手机等于聋了耳朵。最引人注目的是那部卫星电话，利方军人没有见过这机枪似的玩意儿，非要没收，费明星极力坚持道：“我们是中国政府派来你们这儿撤侨的，如果没了它，我们就无法与国内联系，也没法及时通过我们的使馆与你们政府有关部门取得联系。”军人们听了费明星的话似乎觉得有些道理，眼睛却盯上了车上的一箱箱物品。

费明星心领神会：“搬！让他们搬几箱！”

这算是第一道关。可就是第一道关下来，帮费明星开车的两个利籍司机开始不停地嘀咕起来，说他们不敢顺着大路走了。费明星也看到，军人们在盘查他们几个中国人时，有军人拿着枪，直接对着两个利籍司机的头，叽里咕噜问了一大通，那口气就像是查问间谍似的。

费明星想了想，觉得司机的话也有道理，绕道走可能会少一些盘查的关卡。于是，四辆车避开大路，由司机引领，时而穿梭在村庄与沙漠荒野之间，时而越过城镇偏僻的非干线公路。小分队哪里知道，这些地方其实同样是反对派武装和当地准军事部队厮杀之地。

“趴下！趴下！”

“我们是中国外交官！”

“叫你趴下！”

“听我们向你解释……”

“闭嘴！闭嘴！”

在一个小城路口，一队准武装人员见费明星他们的车队过来，上前不分青红皂白将车上所有的人拉下来，然后用枪命令他们一个个举起双手，俯卧在地。费明星想开口告诉对方自己的身份，人家根本不予理会，一顿吆喝之后，又在车上抄了个底朝天。有个头头儿模样的人一把揪起费明星问：“干什么的？”

“我们是中国外交官，去拉斯杰迪尔，那里有我们的中国公民需要帮助出境。”费明星说。

“那里不能去！”

“为什么？”

“没有‘为什么’，那边在战斗，你们中国人不能去。”

费明星从对方的口气中品出一些味道：对方在怀疑我们中国人的立场。利比亚动乱初期，由于中国政府在联合国投了弃权票，使得利比亚国内的一些反对派势力认为中国偏袒卡扎菲政权。这种误会在当时确实存在。

“请你们相信，我们中国政府从来不会干涉你们国家的内部事务。我们尊重你们国家的主权和人民意愿，同样也希望你们尊重我们的权利。现在你们的国家在打仗，我们那些前来帮助你们盖房修路的公民无法工作了，他们要通过拉斯杰迪尔口岸回国，我们前去帮助他们过境，这就是我们往那边去的全部目的。”费明星严正陈词。

准武装人员用拳头捅捅费明星和其他队员的背心，他们知道是防弹衣。“脱下来，留给我们吧。”这个要求是否算对方某种回应？费明星等相互使了下眼色，有队员说，给吧，不给走不了啦！

“先别忙着脱。”费明星用眼色制止，“要给也是我给。”战友们的安全是费明星心头另一个重要职责。

“是这样。”费明星换了一种口气，向纠缠他的准武装人员解释，“你们知道，我们是政府派出来的人，所有身上的装备，在国内时都有签字，是不能丢失的。如果要其他的东西，你们可以挑。”

又是一番折腾，车上再次被搜刮走一批物品。

“这样下去，我们到口岸差不多只剩下裤头和背心了！”队员们沮丧地调侃起来。

“只要能活着到边境，即使被扒光了也算是一种经历吧！”费明星一面鼓励战友，一面指示大家收拢一些密藏的现金：“后面的关口，恐怕得靠这些‘武器’了！”

“如果用这个‘武器’能保全我们的性命，那就阿弥陀佛了！”车上的人说。

前面就是扎维耶了！费明星他们远远就听到了城内激烈的枪声，通往扎维耶的大大小小道路上，奔走着各式各样逃命的人群，混杂其中的武装人员不时开着乱枪，其情其景，令人恐惧。

“费，你能放我回家吗？”利籍司机突然一脚踩住刹车，把车停在路边，哭丧着脸乞求费明星，“我有老婆和四个孩子，他们希望我活着回去……”

要命！这是费明星最担心和忌讳的事之一。不是离开了雇员他费明星不能开车，而是有利比亚人在车上，一路与利方各种人员沟通起来必然好处多多。费明星看看两个司机，皱了皱眉头，然后和蔼可亲地道：“我知道你们担心生命安全，这能理解。不过我们现在确实需要你们的帮助，因为在你们利比亚边境上有我们上万人过不了境。他们原先是来帮助你们盖房子、修路的，他们家里也都有老婆和孩子，他们也想回家跟家人团聚，可现在就是因为出不去，面临被你们的人乱枪打死的危险。一万多人啊！这一万多人都是你们的朋友，是来为你们建设家园的中国朋友……我们就想请你们帮帮忙，把我们送到边境，事后你们就回家。行不行？”

司机沉默。

“那好吧，如果你们一定要回去，就把这个带给你们的家人……”费明星掏出两沓现金，分别交给利籍司机。

“我们上车吧。”费明星朝自己的队友挥挥手。

“费，等等，我们去！我们愿意跟中国朋友一起到拉斯杰迪尔！”两名利籍司机改变了主意。

费明星笑了，高兴地腾出驾驶座。车队继续向扎维耶挺进……

“嗒嗒……”不知从哪儿突然响起一阵猛烈的枪声。“趴下！”“趴下！”费明星一个骨碌，从车子里翻滚出来，然后摔倒在路旁的一条浅沟里。他伏在地上，见车上的其余几人学着他的样子，全都连滚带摔地贴地伏在沟里。

“回国后有人问我，子弹从头顶飞过是什么感觉，我告诉他们，啥感觉都没有。因为那一瞬，我们的脑袋里都是空的，啥都不知道了！”费明星后来经常对熟人这么说。

过了一阵，枪声消失，子弹不再从头顶飞过了。费明星拢了拢头发，把尘土拂掉，想竭力表现得镇静，但他发现自己说话时舌根有些硬。再看看大家，一个个脸色铁青。什么叫恐怖？这是真正的体验。

好一阵子车上死一般地沉默，没有一个人说话，只有隆隆的发动机轰鸣声，长龙般的飞尘在车后被甩得远远的……

前面又是一个关卡。几十名警察见费明星他们的车队过来，一拥而上，举着冲锋枪、短枪，不问一句话，像赶鸭子似的将费明星一队人赶到一个角落。“完了，这伙人是要对我们下手了！”有人轻声说。再看两个利籍司机的裤裆全都尿湿了。

“死也要死个明白。”费明星让宗宇跟着他，跑到一个头头儿模样的警察身边，先是套近乎，再是聊天。

“你们最好不要出声了！”那警察头目狠狠地瞪了费明星一眼。

小命真的要交代了？费明星把嘴紧闭上，上牙咬着下唇，心想，就这么完了？自己完了不要紧，边境上一万多名同胞怎么办？不行，临死前至少还得争取一下。

“你看我们……”费明星刚张嘴，那个警察头目就用手做了一个“No”的动作，说：“现在外面在戒严，你们不能行动！”

原来如此！费明星一下瘫在地上。他回头示意同伴："你们还站着干吗？就地休息吧！"

"不杀我们啦？"队员们欢呼起来。

"没人想杀我们，是他们在戒严……"费明星觉得自己的后背一下变得冰凉冰凉的，像淋了一场雨。

"从的黎波里到拉斯杰迪尔口岸，我们绕了500多公里，走了整整8个小时，前后经过50多个关卡。这期间，每一次经历，都可以写成一部小说的惊险片段，用'惊心动魄''生死考验''彻底崩溃'这样的词来形容当时的情景，我看一点不过分。总之，到过最后几关时，我们的神经基本上麻木了，要剐要毙，随他们办，只要放行就成！"费明星后来在给我讲述这段经历时，连续用了几个"不堪回首"来形容。

其实，费明星他们遇到的惊险和困难才刚刚开始。

"怎么回事？他们为什么出不去？"一路上，因费明星对拉斯杰迪尔口岸的情况不是很清楚，自然满是疑问。

等到了拉斯杰迪尔口岸，费明星才知道什么叫乱七八糟，什么叫乱象丛生。一个边境小口岸，四周是一望无际的沙漠，几间房子周围，聚集了准备出境的各国难民，有几万人之多。海关大厅里早已挤得水泄不通，口岸附近的几块足球场那么大的沙漠地上簇拥着坐满了人，在他们身边，是小山一样的垃圾堆。

口岸建筑的门框和栏杆不是破碎就是断裂，持枪的军警在人群中来回穿梭，一旦发现可疑者，上前就是一阵拳打脚踢，若有反抗者或逃跑者，必定被无情地击毙……这就是拉斯杰迪尔。费明星找到几个中国工人问利比亚方面为何不放行。

"我们没有证，他们就不放我们！"中国工人有气无力地说。

“你们来这儿几天了？共有多少人？”

“两天三夜了，有500多人。”

“有生病的吗？”

“有，前一天夜里下暴雨，他得病了。”有人指指地上躺着的人说。

费明星过去俯下身子，拍了拍躺着的工人，顺手在他额头上一摸：“可能发烧了！”

不能这样下去！必须尽快想法让他们出境。费明星一下感到问题的严重，因为除了这里的数百名中国工人，整个西部地区还有近万人正在向拉斯杰迪尔口岸集结，他们将同样面临无证出不去的问题。

正当费明星想着如何应对眼前的困境时，突然他发现一群又一群的中国工人带着惊喜的脸，向他奔拥过来。他以为出了什么事，心头一阵紧张，他们要干什么？但他马上就发现，工人们并没有扑向他，而是绕过了他……

费明星回头一看，哟，原来是宗宇把他们带的那面五星红旗高高地举了起来。

“我们来人了！”

“我们有救了！”

中国工人们围着国旗，转啊转，说啊说，有的甚至高唱起来，好像见了久别的亲人，好像冬日里看到了太阳……费明星感动了，国旗、国家，对那些在海外遭受苦难的同胞们来说精神慰藉是如此之大，他们对其热爱和依恋的情感是如此强烈，这样的感动也许只有在海外才能真切体会，才会珍惜其分量！费明星的眼眶一下湿润起来。

“来，把它高高地竖起来！”工人们真的有办法，也不知是谁，三下两下就把宗宇手中的国旗用一根杆子挑起，高高地竖在那片沙地上，于是四周原本零散坐着的中国同胞们纷纷围在了国旗跟前，有人在哭泣，更多的人在凝视它……这一幕让费明星牢牢地印在了脑海之中。

“同志，你们是国内派来的工作组吗？我是中南院的，这里口岸的情况我比较熟悉，你们需要我时尽管吩咐！”一位年轻的女同志意气风发地主动过来向费明星请战。

“请问你的大名？”

“我叫高晓林，是森林的林。”

费明星笑了，心想，真是一位很有男性化风格的女同志。“晓林同志，刚才我到口岸上与利方人员交涉时，发现他们对我们的态度很不友好，你知道是怎么回事吗？”

高晓林将费明星拉到一边，轻声说：“是我们这队人白天想过关，可身上又没证件，于是跟利方海关人员顶起牛来。生气的中国工人把口岸的门给踢坏了，这样利方人员对我们中国人的态度也发生了变化。”

原来如此！

费明星沉默片刻，叫上宗宇，出现在那几个利方头目面前。他把自己的名片递上，陈述自己是中国政府派到此地的工作组组长，对方爱答不理地瞥了一眼名片，说了一句不冷不热的话：“我管不了这事，你们去找头儿。”

辗转了三个来回，费明星总算知道口岸上最大的头目是利比亚军队的一位“司令”。

“不行，他们没有证件，我们不能放行。”那位司令很傲慢地回答费明星。

这可怎么办？费明星只好回到工人们待的地方，拿起卫星电话向国内请示道：“黄司，碰到难题了……看来得找利方高层来帮我们做口岸工作了！”

“好的，我们马上处理。”

……

“王大使，请你想法与利比亚方面联系……”

“明白。”

北京和的黎波里的外交专线在黄屏与王旺生大使之间频频连通。

半小时过去，王旺生大使告诉费明星，利方外交部副部长答应帮忙跟拉斯杰迪尔口岸的负责人通话。

好消息！费明星精神一振。

可又过了一个小时，口岸方面仍然没有动静，那位司令的态度仍然很生硬和冷淡。

“王大使，能把那位副部长的电话给我一下吗？我想直接跟他通话。”费明星等不及了。拉斯杰迪尔口岸上，每一个小时都会增加几百几千逃难者，秩序越来越乱，军警却在随意开枪伤人，饥饿、寒冷、绝望之中的中国工人们的情绪也在不断激化，随时有可能爆发无法抑制的恶果。

“可以。”王大使很快让利方的外交部副部长跟费明星通上话。

“我们正在跟拉斯杰迪尔口岸联系。”那位副部长很热情地告诉费明星。

费明星觉得时机基本成熟，于是他又一次出现在那司令面前：“长官，我们的人没有护照并非他们不想带，也不是没有，护照有的放在你们移民局，有的被当地的坏蛋抢走了。这是没有办法的事，如果我们的人不离开这里，也会给你们带来很多麻烦。”

说着，他拿出一份国内郭少春他们传来的“回国证”，这是为那些因特殊原因失去护照的海外中国公民特别制作的证件，上面用英文写着中国人姓名并盖有中华人民共和国外交部印章。“您看，我们可以用这样的回国证替代他们的护照，在其他国家我们曾经用过。”

那司令瞅了一眼，然后把证件还给费明星，冷冷道：“不行！”

奶奶的！费明星气得直想骂，但他还是强压怒气，赔着笑脸继续解释，讲理。

“想走可以，第一，你要把回国证明改了，上面的英文要改成阿拉伯文。”那司令开口了，“第二，必须贴上每个人自己的照片；第三，照片上要盖你们大使馆的章。”

费明星一听就傻了，眼下这个时候，能搞得定这三样东西吗？

“搞不定你就不要来找我。”那司令的口气很强硬。

这回费明星知道不能再跟对方硬了：“好吧，我们一定按照长官的意见办！”

说完这话，费明星自己先犯起愁来：“荒漠野地，到哪儿去给那么多人照相啊？”

“我们可以帮你们照啊！”这回司令反倒热情起来。

“是吗？”这是费明星没料到的。

不一会儿，司令真的把照相的人找来了。费明星很高兴，可仔细一看，又跳了起来，那人用的是数码相机，照完了到哪儿去冲洗照片呀？

“祖瓦拉有冲洗照片的商店！”照相的利比亚人说。

天哪！祖瓦拉现在去得了吗？即使去成了，那洗照片的商店还在吗？再说就算这些问题都不存在，可等照完冲洗好再送到这里要多少时间呀？

“快的话，两天就办到了！”照相的利比亚人说。

“两天？还要两天？”费明星眼珠都要瞪裂了。

“一定要贴照片？”

“一定！”

“不贴行不行？”

“一定不行！”

费明星不用动嘴，盯着司令，用眼神跟他交流。司令不动声色，眼神傲慢，一副居高临下的神态。

明白了，他是想假公济私赚点零花钱！费明星不再跟司令讲道理，他知道对方要什么了。

“准备照片吧！我们就按他们的意思办！”费明星对中国工人们说。

照片问题解决了！

英文改阿文怎么办？

“喂喂，谁懂阿拉伯文？”费明星问大伙。

“我懂。”

“我行。”

“好，就你们几个，跟着我们的小宗。他怎么写，你们就照猫画虎。”

现在只剩下大使馆的印章了。有人说，这不难解决，用肥皂或是萝卜刻一个章就行啦！费明星一瞪眼：“胡闹，丢人现眼都丢到非洲来了！”

是啊，章怎么解决？费明星作难了，世界各国的海关人员可以不通识各国的文字，辨别不清出入境人员的面孔，但对每个国家的印章是必须要熟记的，也就是说哪个国家的国徽是什么样，他们都烙在脑子里，这是海关人员的职业要求。

费明星无可奈何，只好给的黎波里的大使馆打电话。他看了一下表，是当地时间半夜一点多。电话打过去，是大使夫人接的：“费组长，大使出去办急事了，没在使馆。”

费明星内心一阵感动，王大使都是58岁的人了，还在没日没夜地工作！

“这边有几百人出不去，他们没有证件，海关不放他们走，非要盖使馆的章。我估计这种情况还会有，我想派人回去取一下使馆的章。”

“哎呀，这我可做不了主。”大使夫人说。尽管她也是使馆的工作人员。

“使馆的章只有一个呀！”她补充说明。

“嫂子，人家并没有说一定要使馆的章。既然没有说，我们就拿个使馆其他什么部门的章用一下。”

“明白了。我马上找。”大使夫人回答。

费明星立即派人前往的黎波里。“抄近路，越快越好。最好在天亮前返回这里。”他叮嘱道。

“明白。”取章的人走后，费明星马上着手让宗宇和高晓林等与口岸海关方面联系，争取让他们给予中国工人出境方便。

一阵寒风刮来，费明星打了一个冷战，下意识地将里外衣服紧紧裹了一下。可当他把目光转向坐在地上的那些同胞时，心里一阵紧缩，外面太冷了，他们又几天没吃饭，这样下去怎么行呢。

“绝不能在非战斗情况下减员！这一条适用于你们工作组的成员，也适用于所有撤离的同胞！”黄屏司长临别时说的话，突然在费明星耳边回响。

费明星看看露宿在沙地里的同胞，心头一阵酸痛。这些有家有室的同胞，不远万里来到非洲，本来是想给家里挣几个钱的，没想到现在却露宿荒野，身无分文！如果明天再走不了，病倒一片该怎么办呢？想到这里，费明星心头顿时紧张起来。

“让在的中资公司先垫钱，我签字，以后还他们。快去给工人们买点吃的！另外，看看附近店里能否弄到毛毯什么的，大伙不能这样在野地里睡觉嘛！”

“我去。”宗宇主动请战。

办事利索的宗宇很快把这些搞定。面包和矿泉水都买来了，每人两个面包、两瓶矿泉水。

“还需要吗？店里还有。”宗宇问。

“给人家留一点，别全买光。”费明星说。

“为啥？”

“你买光了，这里还有那么多其他国家的公民，他们去买怎么办？别招人家恨我们！”

费明星的话令宗宇等佩服。

宗宇又说：“那老板说了，毛毯可以弄到，不过价钱贵。”

“多少钱？”

“比平常大约贵两三倍。”

“不算贵，若有人冻出毛病的话，要花的钱就更多了！买！一人一条最好，不够的话两人盖一条也行！”

四五个小时后，296 床毛毯发到了工人们手里。冻得瑟瑟发抖的工人们拿到毛毯时，激动得直嚷嚷：“这是国家给的。”

“真暖和啊！”

一晃眼，就是早上五六点了。太阳从东方升起，风还是吹个不停，但费明星感到无比欣慰，因为他看到几百名熟睡的同胞身上都严严实实地盖着毛毯……

费明星有些激动，鼻子酸酸的想掉泪，但他忍住了。他知道，新的一天已经到来，更大、更艰巨的战斗等待他去迎接！

这天是 26 日，按照国内的指示和大使馆提供的情报，将有 4000 多名中国同胞集结到拉斯杰迪尔口岸，并且必须在当天撤到突尼斯那边。

任务全都压在费明星身上，他的肩膀上现在扛的是整个驻利使馆的重担，是中国外交部的重担，是中国政府的重担，是亿万中国百姓的期待！

费尽周折去的黎波里取使馆印章的人回来了，拉斯杰迪尔口岸上中国万人大撤离战幕，就要拉开啦！

首先必须争取利比亚口岸方面给我们开辟一条专用通道，否则这么多人要走多少时间呀！这个任务交给宗宇和高晓林。费明星和林先昱等人组织队伍准备行动。

在费明星的指挥下，撤离同胞很快完成了编队。每 20 人一队，每队有一个小队长负责全队秩序。

这时，公安部出入境业务出身的林先昱在一旁忙着按利比亚口岸司令提出的三点要求为中国同胞做回国证……

不说别的，几百个钢印盖下来，手酸背痛。林先昱使劲起落着胳膊，盖得满头大汗。

费明星过去一看，说："你把前面 20 张给我盖得清楚点，其他的就少花点劲儿。"

林先昱笑了笑，明白了，后面再盖时，他的胳膊省了不少劲儿。

拉斯杰迪尔口岸最高长官的办公室里，宗宇、高晓林一副与司令很熟悉的样子，将准备好的几份重新制作的中国公民回国证递上去，让其过目审定。"司令，我们可是完全按照你的指令办的，可费劲了！我们整整忙乎了一夜……"宗宇做了个胳膊都抬不起来的痛苦状。那位司令一边看着中方的回国证，一边瞥了一眼宗宇的可怜样儿，心头似乎得到了极大的满足。

"就这样吧！"司令说。

"噢，太谢谢司令了！我们中国和利比亚是永远的朋友！"高晓林猛地伸出双臂，无限热情地上前要给司令一个拥抱，就在离他身体还有半尺的地方，她突然将双臂迅速收拢回来，做了一个伊斯兰教合掌致意的动作，弄得那位司令忍俊不禁。

费明星的热血都在沸腾："宗宇，现在就看你和高晓林能不能带第一批队伍闯关成功了！"

“没问题！”宗宇也受了感染，身板挺得笔直。

“费头儿，我有个建议……”高晓林对费明星说，“第一批闯关的 20 人，最好由我们中南院没能出去的人组成，如果给利方海关人员留个好印象，后面的人就会通畅了！”

“就这么办！”

“准备出关！”费明星一声令下，第一支由中南院职工组成的 20 人出关队伍向出境口走去。

高晓林走在最前头，后面由宗宇压阵。

特制的中国公民回国证放到出境口的利方海关人员手上，那人看了看，疑惑起来：“这个……”

“这是经你们司令同意，并且按照他的要求补办的。你看，用的是阿文，有他们的照片，这儿是大使馆的章……”高晓林立即凑过去说。

“可是人家用的都是护照。”那人还是疑惑。

“你都认识我了，我们中国人出境都是我带出去的。不会有错，你们司令都认可了……”高晓林正说着，那位司令正好从旁边路过。

“司令，司令！我们的回国证是按照你的要求做的！”高晓林特意把一份回国证递到司令面前。

司令似乎已经懒得再看一眼了，对海关人员点了点头：“让他们过吧！”

“是！”那海关人员立即握住出境章，“啪”的一声敲在中国公民回国证上。

“走！快走！”高晓林激动地将一个又一个中国工人送出出境口……20 人过得很快，高晓林又带着他们走向第二道关口。

“报告组长，第一批顺利通过，快让后面的人过来！”宗宇悄悄地在出境通道口用对讲机告诉百米外的费明星，对讲机是中资公司留下来的，这回工作组可派上大用场了！

“好！”费明星一挥手，第二支20人队伍疾步跟在第一支队伍的后面，以同样的方式办完出境手续。

“第三队跟上……”

“第四队准备……”

“……”

“报告组长，我们所有的人都出去了！”这是宗宇的报告。

“都出去了？再说一遍！”费明星看看手表，也就一个多小时。他的心在剧烈地跳动，如果是真的，太值得庆贺与激动了！

“是，都出去了！”宗宇重复一遍，用更大的声音。

“好！”费明星立即给国内的郭少春和黄屏发了一条短信：“滞留利突边境的600余名无护照人员顺利出境。”

不出一分钟，国内就有了回信：“奇功已成，再接再厉！”虽只有短短的八个字，却让费明星觉得如同得了一块奥运会金牌，他在沙地里兴奋得直蹦。

“大使，我们闯关成功，请迅速通知西部撤离的各中资单位马上向拉斯杰迪尔口岸集结……”费明星通知我驻利使馆。

“明白。”

26日这一天，拉斯杰迪尔口岸是属于中国的。对于忍饥挨饿、思家心切的中国撤离人员来说，这是一个异常出彩、异常兴奋的日子，值得永生铭记。

成千成千的大队人马浩浩荡荡开来了。这是一支奇特的队伍，他们整齐划一地乘车而来，显得纪律严明，训练有素，可他们乘坐的车辆却是五花八门，各式各样，有卡车、面包车、拖斗车，甚至还有当地的警车。很多中资公司跟当地人关系非常和睦，利比亚地方武装或是军队听说为他们盖房子的中国朋友要离开了，专程出来欢送，场面很是热闹。

费明星感慨万千，这世界上什么事都可能发生，在利比亚更是如此。

几千人要出境，办手续得花多长时间呀。这是现场总指挥费明星需要考虑的。他沉思片刻，把中资企业的领导找来分配任务。不管眼前这些大老板掌握着多少亿的资产，号令着多少万员工，费明星顾不上跟他们客气："你们现在每个单位就是一个战斗团，我们今天几个团都要出去。因出境的人太多，需要加强组织，严明纪律，否则会节外生枝，误了大事。大家必须一个方队一个方队地组织好，每个方队 400 人，方队每排队为 20 人。这样前面走完一个队，后面紧接上去，中间要衔接好，不能掉队或是断队。每个方队要有方队长，每 20 人排队要有小队长。听明白了没有？"

"明白了！"

"好，回去组织列队！"费明星站起身，指着不远处一块他早已看过的空地说："所有队伍都在那里集合整队，以我们的国旗为中心点。现在行动！"

"是！"

"行动！"

公元 2011 年 2 月 26 日，利比亚拉斯杰迪尔口岸，在数万外国难民面前，中国员工站在迎风飘扬的国旗下，气概昂扬，精神焕发，展示着独有的风采。他们肩上挎包，手握护照或是回国证明，一个个像刚入伍的民兵。虽然服装五颜六色，个头高矮不一，但他们的步伐坚定有力，步调一致地向着回国的方向迈进。

"现在是中土方队出境。"

"宏福方队跟上……"

一个个出境方队开始向海关走去，方队前是费明星他们小分队的队员，手中都举着一面鲜艳的国旗。一个方队走完，就有第二个方队紧跟上，那一面面国旗就在方队之间传递。当国旗从同胞身边传递而过时，一张张带着自豪的脸上泛着光辉，他们似乎在合唱“祖国好”“中国好”的歌……这样的场面不会有太多的重现，它比电影镜头还要精彩，还要感人！

这是撤离出境吗？

这简直就是一个阅兵式！

这是人心惶惶的难民队伍吗？

这简直就是钢铁长城！

利比亚海关人员看呆了！边境军警看呆了！成千上万疲惫不堪的外国难民看呆了！他们都被眼前这支整齐而奇特的出境队伍所震惊，中国人太了不起了！

“你们为什么能让中国人出去，却不让我们出去？”海关大厅内的外国公民开始羡慕，责问利比亚海关人员。

“你们能像中国人一样有纪律吗？你们的国家派人来组织你们出境吗？”海关人员反问道。

没有人回答。于是只有中国人可以这样出境。

26日这一天，费明星粗略算了一下，共有3200多名同胞从拉斯杰迪尔出境。他把这个数字及时向国内做了报告，同时又向的黎波里的王旺生大使做了报告，并请他们转告我驻突尼斯使馆，以便中转接应。

与此同时，王旺生大使向费明星他们转达情况——27日当天，将有近5000人通过拉斯杰迪尔口岸。

“明天比今天的人还要多啊！”沙漠营地里，宗宇与费明星肩靠着肩，一边吃着从工友那里捡来的中国产火腿肠，一边望着夜幕下天空偶尔露出的几颗星星，做着新一天的战斗准备。

“你怎么吃这么多！”公安部的林先昱冲过来一把抢掉宗宇手中的火腿肠说，“这东西少吃一点，有瘦肉精！”

“去你的！”宗宇怒了，一把又从林先昱手中抢回火腿肠，然后往自己的嘴里猛塞，“什么瘦肉精不瘦肉精！老子觉得今天的火腿肠是世界上味道最好的中国火腿肠！不信你问问费头儿！”

同样在猛吃的费明星笑了：“我已经有五年还是十年没吃火腿肠了，现在看来是个错误。至少在今天看来，我认为火腿肠是世界上最好的东西，它既能当菜又能当饭。”

露宿荒野，又冷又饥，当紧张的战斗停歇下来时，才感知身体的疲惫与辛劳，同时也能体味战斗的特殊乐趣。费明星和他的队友其实根本不能休息，各个点的撤离队伍此时都在从四面八方向口岸集结，电话时断时续，无法确定各支队伍的路线与到达时间。关键是拉斯杰迪尔属于边境地区，利比亚边防军依然存在，反对派的武装也已经进入这一地区，混乱之中双方常常把往拉斯杰迪尔口岸撤离的各国侨民队伍误认为是敌方队伍，所以危险随时存在。这让费明星他们异常担心。

“费组长，现在中铁十一局的 40 多辆车被边防军扣留，你们马上派人过去营救！马上！”27 日凌晨，大使馆方面向费明星传来紧急指令。

“宗宇，你和小李马上过去看看是怎么回事，想办法带他们过来！”费明星命令宗宇和使馆的小李立即去执行任务。

“是。”

宗宇和小李叫上驾驶员，向扣留中国公司车辆的利比亚边防关口驶去。到了地方一打听才知道，这支撤离车队在经过利比亚边防时，边防关口关闭了。

“怎么办？”宗宇来电请示费明星。

“能怎么办？找他们当地的警察和边防军啊！”费明星说。

于是宗宇他们赶紧寻找当地的警察，向他们说明情况并请求帮助。警察倒是很热心，很愿意帮忙。跟边防军沟通时，要多费些口舌，宗宇解释说因为要赶在27日出境，车队必须一早到达拉斯杰迪尔口岸。警察见边防军士兵有些犹豫，便打包票说：“我可以替中国朋友保证，他们没有问题。”

“走吧！”边防军终于开启了关口。

“车队过来时，我正好站在路旁看着。当时是凌晨两三点钟，我远远地看到一支浩浩荡荡的队伍，前面是警车闪着警灯引路，后面是清一色的翻斗车改成的运人车队。每辆翻斗车的翻斗里坐着30多人，整整齐齐。工人们真听话，我们的国企公司也真能想得出这招。黑暗中，所有的车子前面都闪着两道明亮的灯光，它们一辆接一辆地驶向拉斯杰迪尔口岸，十分壮观。这是我第一次在夜景里看到如此多的车辆威武地从我身边通过。当时我想，我们在利比亚干得真漂亮，利比亚人也非常给力，应当感谢他们。”费明星后来这样对我回忆道。

这支队伍到达拉斯杰迪尔口岸后，费明星他们及时与口岸的海关人员协调，使其成为27日首批从专用通道过境的中国公民。1000余人整齐有序，在一面中国国旗的引领下，迎着朝霞，略显几分雄赳赳地列队进入突尼斯……

“报告！不好了！我们丢失了一车人！他们还在边防关口那儿被扣着……”过境的中资公司突然向费明星报告，说他们在清点队伍时，发现少了几十个人，而且这些人根本就没有到达拉斯杰迪尔口岸。

这太危险了！

“林先昱，你和李庆生快去看看是怎么回事！”费明星顿时急出一身冷汗。几十人散落在边境地区，一旦遇上打仗，死在炮火之下实在不足为奇。费明星能不急吗？

这回是林先昱亲自驾着他们从的黎波里开来的面包车上阵。

“行吗？”费明星第一次放自己的人在异国开车，而且是去执行紧急任务。

“不会有问题！”林先昱踩下油门，向出事地点飞驰而去。

果不其然，就在今天凌晨放行的那个边防关口，当地警察局把一辆车上的几十名中国工人扣住了，而且车辆也被没收了。

“车辆已经被征用。”警察说。

林先昱从工人的口中得知，他们坐的最后一辆车不是翻斗车，所以当浩浩荡荡的翻斗车车队通过边防关口时，边防军发现最后一辆车与前面的不同，认为可能是另外一帮非法越境者，于是将其扣住，并交给了当地警察局。

“他们和刚才那批过关的人是同一家公司的，请放行吧。”李庆生说。

警察摇头说：“他们没有护照，什么身份都没有，怎么证明你说的他们是中国人呢？所以我们要扣留他们。”

这个问题一下把李庆生、林先昱难住了，是啊，在这样敏感紧张的时期，一群什么证件都没有的人来到边境，边防军和警察扣住他们完全在情理之中。他们明明是中国人，但他怎么来证明呢？

“你可以看我的证件，我是中国政府派来的撤侨工作组的，我可以证明他们是我们中国人！”李庆生再次与警察交涉。

“不行，你的证件只能证明你是中国人，但不能证明他们。”警察摇头，抱歉地冲林先昱笑笑。

“他们会唱中国国歌！”突然，李庆生灵机一动，高声对利方警察说。

“唱中国国歌？”

“对，如果不是中国人，他即使会说几句中国话，一般也不会唱中国国歌！”

“这道理……似乎成立。”警察点点头。

李庆生立即转过身，向几十位中国工人说：“大家听好了：立正，向左转，一起唱国歌！”

工人们一下明白了，纷纷自觉列队。

“预备——唱！”

“起来！不愿做奴隶的人们！把我们的血肉，筑成我们新的长城！中华民族到了最危险的时候，每个人被迫着发出最后的吼声……”几十名中国工人不知哪来的力量，声情并茂，唱得很投入，把国歌唱得那么高亢昂扬、充满情感！

利方警察被镇住了，不错，他们都在唱，都会唱。

“你，出列，唱！”一个警察指着队伍中的一名工人说。

于是那工人昂着脖子，大声唱道：“起来！起来！起来……”

“还有你！唱！”

于是那名中国工人唱道：“我们万众一心，冒着敌人的炮火，前进！冒着敌人的炮火，前进！前进……”

“走吧。你们都是中国人！”警察热情地鼓起掌来，然后对李庆生一挥手道。

“出发！”李庆生带着队伍走路，林先昱驾车返回报信。

大路上，这群失散的中国工人兴高采烈地走向拉斯杰迪尔口岸。三公里的路途上，他们一直高唱着国歌。

这可以成为经典的一幕。

这是中国人在异国他乡证明自己身份的经典一幕。

费明星见同胞们唱着国歌走到口岸，放声大笑，笑出了眼泪，那眼泪里饱含着感动，饱含着深情。

27日白天，拉斯杰迪尔口岸再次出现中国人壮观出境的场面，仅北京建工集团一个单位，就开了182辆车子来到口岸。当时费明星他们划出的中国撤离营地集结的人数达4000余人。如此多的人，集体出境谈何容易。他们在费明星等人的指挥下，先在集合区域列队准备，再按单位组成一个个巨型方队，每个方队前面都有一名费明星工作组人员做领队，每名领队手中举着一面五星红旗，五星红旗指向何处，后面的方队就会整齐地紧随其后……

400人……400人……

又是400人……

原本乱哄哄、吵嚷嚷、悲切切的拉斯杰迪尔口岸，因为庞大的中国出境队伍的出现，一下变得庄严肃穆，变得有序。

“中国人太厉害了！”

“中国人太了不起了！”

看着一队队中国人走过利比亚边关，口岸上聚集的其他国家的几万难民既羡慕又感慨，就连在口岸上工作的利比亚人也是如此。

夜幕降临，边卡关闭之时，中国西线撤离队伍已基本全部出境，任务提前圆满完成。

当看到最后一个方队走出拉斯杰迪尔口岸，走向突尼斯境内时，费明星倒下了，倒在了沙地里。他四肢张开，朝天空深深地喘了几口气，然后侧过头问也躺在沙地里的宗宇：“今天撤走了多少人？”

“4736人。”宗宇回答。

“没有算几十名越南人。”一旁的林先昱说。

"那不是我们的任务。"宗宇说。

"算是我们的情谊吧！"费明星的脸上露出一丝笑意，他在回想当时越南人趁海关人员松懈之际，混进中国撤离队伍的情景……

"报告费头儿，有越南人混进我们的方队，怎么办？"有方队队员向费明星报告。

费明星开始有些紧张，怕这样一来给整个中国人员过关造成麻烦，便犹豫起来。

"大哥，我们中越两国是同志加兄弟，让我们一起走吧！"几名越南人操着中国话，来乞求费明星。

费明星看着眼前可怜兮兮的越南人，内心泛起几分怜悯和痛楚。让他们一起走吧，出门在外都不容易！

这些越南人后来都安全地出了海关。

28 日，费明星一行完成任务，国内指示他们立即撤到突尼斯境内。也许是过于劳累，也许是过于兴奋，当越过突尼斯边境线，看到等候在那边的我驻突尼斯使馆人员时，费明星这几个身强力壮的小伙子竟然一个个瘫倒了……

"快告诉我们，现在你们最想吃什么好吃的？"我驻突尼斯使馆接应人员扶着英雄的特别行动小组的小伙子们一路问着。

"什么都不想吃，就想洗个澡，睡一觉。我们五天没洗了。"费明星吃力地说。

说完他自己笑了，队友们跟着笑，使馆接应人员也在笑。他们一起笑得直不起腰，笑得地中海岸边浪欢风舞……

第十一章

泪洒米苏拉塔

米苏拉塔这座城市对利比亚来说，其战略地位就像中国的上海一样。尽管它在利比亚排在首都的黎波里、班加西之后，是第三大城市，但自卡扎菲政权与班加西反对派的决死战斗开始之后，米苏拉塔便成了双方争夺最为激烈的重镇。

稍稍有点军事意识的人都会清楚，这个距首都的黎波里215公里，与班加西同在苏尔特海湾的港口城市，在卡扎菲看来，如果能够保住它，反对派就别想摧毁的黎波里；同样，在反对派看来，要想推翻卡扎菲政权，米苏拉塔是第一个需要拔掉的“钉子”。

美国《基督教科学箴言报》在利比亚战局初期就预言：“如果卡扎菲想保住自己的江山，他首先会对米苏拉塔全力以赴地投入兵力。他对丢失班加西并不太在意，因为那块土地完全敌视他，只有米苏拉塔在他眼里才是重要的。他因此也不会轻易放弃，直到最后一颗子弹飞向他的脑袋时，他也会这样做。”

之后的局势证实了这个预言。

米苏拉塔的激战是必然的，几乎没有悬念。但人们没有想到的是，战争给这个城市带来的创伤之重则远远超出大家的想象。自 20 日开始，继班加西人拿起武器之后，米苏拉塔城内也出现了支持反对派的“自愿军”，而卡扎菲政权也不含糊，立刻派重兵剿杀。有市民看到从首都的黎波里连夜开来一队队军人，并且带有重型武器。反对派对这个城市的狂热进攻也是可圈可点，在他们完全控制班加西之后，第一个行动就是投入敲开首都的黎波里东大门的战斗。

对中国公民来说，这种残酷的战火，根本就与己无关，但现在它却燃烧到身边，随时危及生命，恐慌是自然的。战争来得太突然，他们没有准备，甚至连铺盖都来不及收拾，暴徒的袭击和战争的炮火便已经逼到跟前。他们没有义务为战争的任何一方付出生命和激情，但所在国利比亚的敌对双方则将他们无情地牵进了极端危险的境地——生死两茫茫。

据我驻利使馆王旺生大使报告，25 日，我在米苏拉塔的公民为 7300 余人。国内领保中心在分析利比亚国内外形势的走向时认为，我在米苏拉塔的这 7300 余人处境最危险。他们离东西线的利埃边境和利突边境最远，又夹在首都的黎波里和班加西中间，卡扎菲和反对派的决战也在此，一旦海上再出现封锁，米苏拉塔就是一口“活棺材”。

“必须想尽一切办法打通米苏拉塔的海上通道！”24 日、25 日两天中，宋涛多次在向黄屏传达中央领导的指示精神时突出强调这一点。

黄屏快被上面的命令和前方的多线战局逼得崩溃了！从筹备撤离开始，他的脑袋里需要装着所有撤离路线和撤离方面的信息与动向，而且这些信息与动向时刻都在变化，每一次变化他都必须烙在脑子里，及时采取相应的对策。但这还是远远不够的，他是整个大撤离行动的具体执行者，同时又是具体的总指挥官，上情下达，下情上报，这只是基本的程序，更重要的是战局瞬息万变，作为指挥官和执行者，当机立断是必须的，随时拿出应对方案又是必需的，更有千军万马、方方面面的协调衔接，哪一个环节出一点点差错，那全局的差错就是千里之谬了！

米苏拉塔的行动，牵着整个中国侨民大撤离的成败关键。

根据形势，黄屏与郭少春等商定了这样一个方案：李春林带头的第二特别行动小组，从希腊克里特岛搭乘返程的“奥林匹克冠军”号抵达利比亚东部的班加西，完成班加西的撤离任务后，便将工作重心向米苏拉塔转移；另一支力量是从费明星他们小组里分出来的，这支小分队由李玥负责，从的黎波里直接赴米苏拉塔投入战斗。这样将有可能抢在卡扎菲与反对派决战之前，把中国在米苏拉塔的人员全部撤出。

“就这么定！”黄屏知道没有多少时间留给李春林和李玥了。他从国外媒体上已经知道，反对派马上会在班加西宣布成立“过渡政府”，这对卡扎菲来说，等于他的国家出现了公开的分裂，他绝不会容忍这种脱离他统治的“阳谋”；另外，联合国新的制裁决议即将出台，其制裁的内容是冻结卡扎菲及其家族在海外的资产，这是对卡扎菲的致命打击，等于是断了他的后路，卡扎菲不采取报复手段才怪！米苏拉塔的撤离行动在这种形势下变得刻不容缓。

米苏拉塔没有机场，只有港口，其通往东西的道路都在激烈交战，当时唯一可选择的撤离路线就是海路。

25 日起，黄屏他们已经将可以用的船只向米苏拉塔方向调动。然而此时班加西的撤离仍在进行之中，尤其是外交部派出的第二、第三特别行动小组的行程十分不畅。当费明星的第一小组已经抵达的黎波里时，计划赴东部指挥班加西和米苏拉塔撤离的李春林小组还在到处寻找飞往利比亚的飞机呢！

“我们小组和第三小组是 24 日凌晨两点才从北京走的。原来想直飞班加西，可前方告诉我们，班加西的机场跑道和指挥塔台已经毁了，从空中到班加西显然是不可能了。这样一下打乱了部署，只得飞到开罗，想从埃及边境进入班加西。到了开罗，驻埃及使馆又告诉我们，埃及方面对进班加西的人不放行，另外也找不着敢冒生命危险进入利比亚境内的司机来为我们开车。这时国内临时指示让我们从海上进入班加西。我便赶紧与驻埃及亚历山大总领事馆联系，希望他们能租上一条船，把我们送达班加西。‘最好是快艇！’我对总领事馆提出这个要求，是希望尽快抵达班加西。总领事馆一打听，说埃及亚历山大港到班加西还没有租包艇业务，再说从亚历山大港到班加西有 700 多海里，快艇根本保证不了安全。怎么办？一连串计划失败，让我们第二小组很沮丧。

“就在这时，我们接到国内的指令：‘你们马上从开罗飞往雅典，那边有一艘邮轮已经从班加西撤下一批人后再度返回，你们搭船进去。’于是，我们便又从开罗飞往雅典。到了雅典也不顺，因为我们几个根本没有来得及办到希腊的签证。好在使馆的郑曦原参赞在机场给我们‘现场办公’，才算解决了一系列的入境麻烦。在雅典我们没有出机场就直接办了飞往克里特岛的手续，几个小时后，同正在那里指挥的罗林泉大使见面，并征求对于我们到前线的意见。罗大使说：‘你们去吧，那边的形势紧急，我们在这边接应你们。’这样我们才算真正登上了开往班加西的邮轮。离开克里特岛应该是在当日晚上 8 点左右……”李春林后来回忆这段出征经历时说。

李春林小组共八人，与他们一起上船的还有两名中央电视台的记者。“我们坐的是‘奥林匹克冠军’号！”中央台的记者一听说邮轮的名字很是兴奋，后来得知参与这艘邮轮接侨任务的竟是位女同志，更是大呼小叫起来：“方惠姐，你太了不起了！来来，我们给你个镜头！”

“别别，你们省点力气留给工作组的年轻小伙子吧！”被记者叫作“方惠姐”的就是郑曦原的夫人李方惠女士。丈夫有言在先，她坚决谢绝采访。

李春林得知李方惠就是郑曦原的夫人后很是感动，因为他登船后发现一件事:“李姐，如果我们几个没及时赶到，这趟邮轮上就你一位女同志啊。”

李方惠苦笑了一下，答:“都说战争让女人走开，其实战争来了，女人就不是女人了！”

李春林对李方惠的这句话并没有太在意，然而在随着邮轮离开克里特岛，驶向地中海彼岸的途中，他着实体会到了这句话的含义，而且有了更深一层的理解，那就是战争来了，男人也不像是男人了！

“本来就是十几个小时的海程，可我们这一趟却走了将近20个小时。”李春林回忆说，“那一夜地中海的风大得吓人，我这才明白为什么欧洲人不搞冬季地中海旅游。如果不是战争，邮轮是绝对不会在这种恶劣天气下行驶于地中海的。我们的‘奥林匹克冠军’号算是豪华邮轮了，但在风浪中，船上的玻璃器具全部被剧烈的颠簸搞碎了，房间里的电视也都被甩到了床铺底下。我是从不晕船的，但这一次我被晃得胃都受不了啦！为了做好接应准备，我给工作组开会布置任务，李方惠也参加。场面很有趣，我在床上趴着，他们蹲在地上，这样才能坚持开会……”

李春林和李方惠他们都是第一次到班加西，一路上的艰辛暂且不论，到达班加西港后，虽然他们曾有过很多预案和设想，但还是被岸头的情景强烈震撼，以至惊呆了。风雨交加，长长的码头上，黑压压的站满了人，他们见陈夏兴指挥的“希腊精神”号和李春林所在的“奥林匹克冠军”号两艘邮轮先后进港，立刻开始骚动。那一瞬，人群如汹涌的波涛，声势骇人，他们忽而朝这边席卷而来，忽而朝另一艘船席卷而去，那拼命的势头比海潮还迅猛……

怎么办？这里的现场指挥呢？李春林不断地用卫星电话呼叫，但信号不畅，无法与岸上的中资公司负责人联系上。令他们担心的是，岸头数以万计的人中有中国人，但更多的是越南人、孟加拉人等外籍人士。这可怎么弄呀？

李春林身穿防弹衣，手拿电声喇叭，最先下船。公安部的张斌和当过海军的曹耀枝也跟着冲了下去。这时，有十几个西方人迎面而来，要求登船。李春林用喇叭向人群大声喊道：“这是中国政府接运中国公民的撤侨船，请中国公民按秩序排队登船，请其他国家公民暂时退到旁边，等候通知。”他又对着那些西方人用英语喊了一遍。那些西方人悻悻而去，中国工人则爆发出了雷鸣般的掌声和欢呼声。

“希腊精神”号上的陈夏兴已经是第二次来到班加西，经验丰富，他的船上了 1850 名同胞，233 名越南籍中方雇员也顺利搭乘。当“希腊精神”号的舱门关闭那一瞬间，那些没能上得了船的人，突然疯了似的拥向李方惠指挥的“奥林匹克冠军”号……

“他们不能上！不是中国人不能上！”当 1192 名中方人员陆续登船后，船长发现一些越南人和半黑肤色的孟加拉人冲到船舱，便命令关上舱门。

李方惠急了：“他们是我们的雇员，我们有义务让他们上船！”

“不行！我的政府只同意你们中国人上我的船，其他国家的人不行！”船长死死地守着舱门。

“你快解决这个问题！”李方惠一个电话打到对岸的雅典，把球踢到丈夫郑曦原那里。

“我这边忙着给国内办航空许可，你稍等一会儿行不行？”丈夫回答说。

就在此时，一个满脸络腮胡子、穿着苏式红军大衣的利比亚人强行登船，用十分高亢的声音朝船长嚷嚷：“你的船明明还有空间，现在是战争时期，人人都在逃命，你为何拒绝这些人登船逃命？”这位利比亚朋友竟然越说越激动，快要控制不住自己了。李方惠忙询问旁边的人这是谁，有一位中资公司的负责人悄悄告诉她：“好像是‘大赦国际’的人，是利比亚很有名的人权活动家。”那人发现李方惠是负责人，又立即冲了过来，大声喊道：“我为你羞耻！为中国羞耻！”

莫名其妙！李方惠镇静地回应道：“你别大喊大叫的。这批人中国政府是希望带走的，我们目前正在与希腊、越南和孟加拉三国政府协商，我们的政府会认真处理好的。”

“不行！你得立即给我搞定！”真是对内对外有别，李方惠转过身去，拨通丈夫的电话那一刻，她的声音和脸部表情全都变了。她把所有的怨气全部泼到了丈夫头上。

“嗐，你这人！现在是半夜三更，我找希腊官员也要看看当口不是？”丈夫的理由正当合理。

“我才不管你啥当口不当口的！如果一小时内搞不定，这里几千人出了任何事情，你负责！”妻子不想讲理。

丈夫跟着上火了：“你是前线指挥，你不负责让我负什么责！”

“就你负责！”妻子火气更大，“啪”地合上电话。刚合上，李方惠想了一下，又气呼呼拨过去：“限你半小时解决！”

小样儿！刚才还是一小时，现在又成半小时了。丈夫郑曦原又气又想笑，他知道妻子那头肯定十万火急，要不然结婚20多年还没见过她发那么大的火气哩！

郑曦原立即向罗林泉大使请示。罗大使拨通手机，直接与希腊外交部秘书长沟通：“秘书长先生吗？我有紧急情况需要同你们协商……”与此同时，郑曦原找到了孟加拉驻希腊使馆，甚至与远在达卡的孟加拉外交部紧急协商。

“大使阁下，你是知道的，目前我们政府在非法移民问题上的压力实在太大。请原谅，这件事我无法答复你……”希腊外交部秘书长委婉地拒绝了罗大使的请求。

“但是秘书长先生，你知道利比亚的局势不是我们所能预料和控制得了的。如果这些外籍雇员上不了船，我们中方人员是不会走的，这样几千人滞留在战火之下的班加西港口，后果不堪设想。敬请阁下无论如何想法帮助我们解决难题。我想我们还有一个办法：可以让这些外籍雇员的本国政府出面，向你们保证他们的人不在希腊停留，直接回到他们自己的国家。这样不就解决了吗？”

“那……那我再向总理府报告一下，请大使阁下稍等。”

在罗林泉大使和郑曦原参赞的一番紧急交涉下，孟加拉国政府和越南方面同意派人到克里特岛接应，并承诺将人全部接回，希腊政府总算同意“奥林匹克冠军”号搭载中方外籍雇员的请求。

“第二工作组报告，‘奥林匹克冠军’号现在从班加西起程，本次共搭载中方人员1398人，另有中建公司雇用的孟加拉籍工人729人……”北京时间26日20时40分，外交部领保中心接到李春林从班加西发回的报告。“好，加上你的数字，东线撤出13000余人，大功告成！现在我命令你们，在完成‘奥林匹克冠军’号护送任务后，立即改乘‘希腊精神’号，前往米苏拉塔港接人，那里的情况十万火急！我们必须在形势进一步恶化前，撤出我在利境内所有公民！”黄屏向李春林下达了一道更加紧急的新指令。

“是！我们随即赴米苏拉塔！”李春林掐算了一下时间，再看看邮轮外的撼天风浪，心里念着：“邮轮啊邮轮，你能不能走得快点，再快点！”

此时的地中海正值冬季，风浪很大。当天欧洲气象预报说，这片海区有八级大风。巨大的海浪猛烈地撞击船体，冰冷的海水不时打到甲板上来，倒流进船舱。虽然外面是寒风凛冽，但客舱内却是温暖如春。李方惠在巡视船舱时，发现有一大群工人还背着铺盖卷，穿着棉军大衣，头上冒着热汗，忙过去询问。他们说，原以为挤上船后会睡在甲板上，海上风大，所以大家都带了被子，想着挤一块儿会暖和些，没想到祖国政府为工友们租了这么豪华的邮轮，大家都傻眼了。

而李春林的心情却大不一样。滔天巨浪之中，左右摇摆、上下颠簸的邮轮确实走得太慢太慢了……它无法跟上利比亚反对派战士们欲与卡扎菲军队决一死战的战斗激情，也无法跟上刚刚又被联合国安理会制裁的卡扎菲报复的炮火。米苏拉塔，此刻就像风雨飘摇中的一叶小舟，让人担心！让人焦虑！因为，那里有我们7000余名身陷炮火之中的同胞！

“还是我去吧！我是武官，我应该去最危险的地方！”这是当地时间25日早上7时召开的中国驻利使馆党委会议上，武官梅宏宾大校说的话。

大使馆的党委会，已经连续一个星期都是在这个时间召开的。王旺生大使在汇总了各战区撤侨进展的信息后，向大家传达张德江总指挥在24日召开的国家应急指挥部会议上的指示精神，提出立即向米苏拉塔派遣行动指挥小组。55岁的武官梅宏宾主动请缨。

“听说梅武官这几天胃病犯得很严重，还是我去带头吧。”与费明星分手后，李玥已经独当一面，他也向王大使请战。

“米苏拉塔任务紧急，撤侨数量也大，我看你俩都去，相互有个照应。梅武官熟悉情况，小李精明能干。相信你们一定能够啃下米苏拉塔这块硬骨头！”王旺生大使觉得眼前这一老一少是最好的搭档。

“请大使放心，我们坚决完成任务！完不成任务不来见你！”平时没多少话的李玥，今天在大使面前表现得充满激情。

"不许说这样的话！我还等着你们回来喝庆功酒呢！"王旺生大使板着一张脸，内心却特别喜欢这位山东籍小伙子。王大使把翻译马可为拉到身边，对梅武官和李玥说："这个小伙子是中土集团的翻译小马，他熟悉这里的情况，他们的老总派他支援我们使馆工作，现在我把他交给你们！"

小马非常精干，李玥很高兴能有这么个帮手，从此他们并肩战斗了数天。

行动指挥小组准备就绪，由梅武官、李玥、郭虎和阿语翻译马可为及司机共五人组成。但前方的情报说，通往米苏拉塔的公路已经被反对派和当局军队双方封锁，无法通行。

"李玥，不管什么情况，你们必须赶到米苏拉塔去！立刻到现场去！尽快把那边待撤人数和港口水深情况报回来！"黄屏和郭少春几乎每过一个小时就给李玥打一个电话询问进展。米苏拉塔的战火随时会吞噬同胞的生命，黄屏心急如焚，除了硬下心咬牙催逼下属外，实在没有更好的办法。

"梅武官，我们不能等了！"中午时分，李玥第一个跳上车子，拉上郭虎和翻译马可为。

"走吧！"梅武官把一面鲜艳的五星红旗往车前的玻璃上一贴，向王旺生大使敬了一个标准军礼后，深情地看了一眼使馆门口中华人民共和国国徽，然后命令司机："出发！"

没有经历过战争的人无法理解战争对人的意志是多大的考验，而一个没有目睹过战场惨状的人也无法体会血腥是什么概念。"说不怕，那是假话。但真到了战场，怕又有什么用！子弹是不长眼的，你想躲它根本就不可能，除非你当逃兵！"李玥接受采访时说。

李玥、梅武官等人为了避开交战地带，便绕道沙漠而行，即使这样仍然不断有军队和当地武装从半路杀出来，端着冲锋枪，扛着火箭筒对准他们，不时地检查盘问。

“有一回武装人员看到我带的卫星电话，非要没收。这是我跟国内和使馆唯一的联络工具，也是指挥几千人撤离的总联络工具，就是丢了性命也要保住它！我不给，那武装人员就用枪筒顶着我的脑袋。好在后来梅武官出面，费尽口舌，才算保住了我的卫星电话。”李玥心有余悸地说，“用提心吊胆、心惊肉跳来形容是最合适不过的了！”

他们一路经历的盘查少说有几十次，每一次都不知对方会冒出什么幺蛾子来，只能随机应变，小心应付。生命和尊严在拿着 AK47 的武装分子面前，轻如鸿毛。

第一站在胡姆斯，他们见到了中铁十一局的一个营地。这是李玥等人第一次亲眼见到劫后的中资企业工地，李玥感慨地说：“用满目疮痍来形容我们的营地一点不为过。我看到，住了五六百人的营地四周，净是卡扎菲军队留下的残车废枪。工地负责人告诉我们，就在前一天，他们的营地附近打过几小时的激烈战斗。中国工人们为保命，自行组织起来，躲藏在几块篮球场大小的地方。虽然躲过了子弹和炮火，但无法出去，所储备的物资只能维持一两天。工地负责人说，如果他们不能在这一两天里从米苏拉塔港口撤离，日子很难熬过去。他问我怎么办？我说国内安排的撤离船只已经快到米苏拉塔港口，让他们随时准备往港口方向转移。那位负责人说，他们现在最大的困难是没有车辆撤离，营地里所有的车辆都被当地暴乱武装抢走了。我把这里的情况报告了总部，希望从其他地方调车，否则问题就大了。”

李玥等离开中铁十一局的这个营地，继续向米苏拉塔前进。由于是绕沙漠而行，道路不熟，越走越偏离方向，遇到的各种检查盘问也越来越多。正在梅武官和李玥忧心忡忡之时，一个反对派武装的检查站上，一个利比亚年轻人突然过来拥抱李玥和梅武官等人，兴奋地连声用中文喊着：“我的中国朋友！你们好！你们好！”原来，这个年轻人曾在北京学过一年中文，对中国非常友好。这是个机会！李玥对梅武官建议，请这名懂中文的利比亚朋友帮助引路，这样到米苏拉塔就会省事多了！

“没问题，这边都是我们的队伍，我给你们带路！”利比亚小伙子很爽快地接受了李玥他们的请求。有了这位懂中文、握钢枪的反对派战士为李玥他们开道，剩下的100多里路，方便了许多。

“他们是我的朋友，我的中国朋友！”只要遇到反对派的检查站，利比亚小伙子就重复这句话，一路颇为顺利。途中，李玥意外地看到有一支反对派武装将一个中国施工工地保护了起来，上前一问，他们解释说：“中国人是来帮助我们搞建设的，虽然现在我们这里在打仗，但战争早晚会结束，工程建设项目还是会继续搞，所以我们要保护好你们的工地，将来请你们回来。”李玥听了很感动，心想，利比亚人民对中国人还是非常友好的。

下午4时左右，李玥等到达米苏拉塔港口。这里已经找不到港务人员，反对派临时有几个人在此看管，但所有进出港业务已经瘫痪。这时，负责米苏拉塔地区撤离工作的中交撤离指挥部的同志与李玥取得了联系，将他们带到港口附近的一个营地，出于安全考虑，营地建在一个山坡上。

“风景这边独好！”令李玥欣慰的是，这个营地井井有条，物资储备也很充足。难怪国内把米苏拉塔地区的撤离指挥部设在此地。

现场协调会当即召开。中交的负责人说：“现在的问题是，这儿的港口处在无政府状态，没有人来帮助我们从港口上船撤离。还有一个问题最关键：这儿的港口水深只有13米，据使馆报给我们的数据，国内派来的撤离船只大多要求16米吃水深度……”

“船靠不了岸等于零！”李玥一听就着急。

“这里的港口还有其他码头吗？”梅武官颇有经验地问。

中交负责人想了想说：“附近有几个私人码头，是用来装卸巴西铁矿石的，估计水深不会成问题。”

“那我们就去搞定它！”梅武官说。

撤离准备须争分夺秒。当晚兵分两路，梅武官与中交负责人通过私人关系，与运矿石的私人码头老板商定，用他的码头作为中国撤离人员的上船地点，李玥、郭虎和马可为三人则紧张地投入了收集米苏拉塔地区我中资企业的分布情况与撤离人数工作。人数计算很复杂，且随时出现变动。比如，在拜尼沃利德项目工地中交一航局有 357 人，但在向米苏拉塔转移途中，被交火之中的拥卡派和反卡武装先后半道截回，来回转移几次都不成功，撤离人员的情绪一下恶化起来，使馆向国内紧急报告后，决定将这 357 人转到利突边境去。

“殷生书记，刚刚接到使馆指令，要求你们立即派人到的黎波里去，在那儿接应你们在拜尼沃利德的 357 人，然后带着他们从的黎波里向利突边境的拉斯杰迪尔口岸撤离，那里的通道已经打通。你们马上出发吧！”李玥把任务交代给了在米苏拉塔的一航局总项目部党委书记殷生。

“没问题，我去。”殷生书记接到指令，立即带上翻译时悦来，消失在黑色夜幕之中。

李玥虽然把一项任务交代了，心里却忐忑不安，他知道这个时候米苏拉塔通往的黎波里的路上凶险一定少不了。他为殷书记担心，也为 357 名准备向几百里外的利突边境转移的同胞担心，更为 7000 多名还滞留在米苏拉塔的同胞担心……

“小李啊，我们总算到了！你知道我们一路上过了几个关卡吗？37 个！其中拿着枪顶在我脑袋上盘问的就有 24 个！就是说我经历了 24 回生生死死！知道吗？24 回啊！”五小时后，殷生书记从的黎波里给李玥打电话，那话音还是颤抖的。

“到了就好！”李玥一边安慰，心里也不免为接下来要组织开展的撤离行动担忧。

“中远，中远，现在我通知你们，指挥部命令你们在班加西海面的船只立即转移到米苏拉塔，执行新的撤离任务！”这是我驻利使馆值班的童应安（国内派出的第一特别行动小组工作人员）向中远公司发出的命令。

“明白！”中远总公司回答。

“我是中远总公司。请‘天福河’轮、‘中远青岛’轮……务必以最快的速度向米苏拉塔港转移，执行新的撤离运送任务！”中远总公司向远在万里之外的所属船只发出指令。

“‘天福河’轮明白。”

“‘中远青岛’轮明白。”

就在中远集团向班加西海面的船只发出奔赴米苏拉塔指令的同时，中海运集团也在紧急调兵遣将，命令在地中海南岸与中远船只执行同样任务的“天杨峰”轮等开赴米苏拉塔港口……

有个情节必须交代一下。根据国家应急指挥部的指令，为了以最快速度向班加西等港口派出接应船只，国资委第一时间就通知了中远集团和中海运集团调集离利比亚港口最近的船只执行撤离任务。中远与中海运两家中国海运“巨无霸”随即将数艘在利比亚附近执行正常航运任务的船只调拨到了班加西港口，这些船只都是货船，由于船体吃水深和不宜载人等原因，它们没能在班加西具体执行接人任务，但它们是最早到达目的地的船只。这些船在海面上游弋，高高地飘扬起五星红旗，使那些最先到达港口、惶恐不安的同胞稳定了情绪，看到了希望。即使后来我们租借的邮轮抵达港口运载同胞进出时，中远、中海运的这些船只也不离不弃地守望着，如同一块块坚固的

“浮动的中国国土”，让码头上那些焦急等待撤离的同胞心存希望，不致乱阵。

尽管一直到最后，这几艘中国船只也多数没能担当接人的任务，但他们的精神和贡献却依然让人感动。让我们读一读“天杨峰”轮参与撤侨的几则工作日记吧。

2月21日星期一

阴天，风4级，浪3级，温度13摄氏度

北京时间01：15（船舶所在地时间21日19：15），“天杨峰”轮从土耳其BANDIRMA港开出后不久正将进入达达尼尔海峡，船长突然接到公司紧急电话，调整航向驶往利比亚班加西港撤离我国滞留的侨胞约300人。船员们从手机网络新闻中得知，利比亚近期持续发生群众游行示威活动，局势异常紧张，我国在当地一些公民的人身财产受到损失，国家正全力部署应急方案，采取海、陆、空联运的方式，撤离我国侨民。

接到公司指令时，船舶所在位置离目的港班加西还有532海里，预计北京时间23日08：00可到。船上立即查阅舱室结构图，统计可供侨胞临时休息的区域及其面积，可以提供的生活舱室区域包括分别位于UPPER、A、B、C、D层的理货间，船长/船舶办公室，娱乐室，餐厅，冲凉房，洗衣间，引水房，内走廊等共计297平方米，另外还有1个艏物料间40平方米和7个空闲货舱3550平方米。汇总船舶备用日常生活用品和预备的一个月船员伙食、淡水数量等资料后，立即上报公司。

2月22日星期二

阴天，风5级，浪4级，温度15摄氏度

制定《“天杨峰”轮抵利比亚班加西港撤侨的工作安排》，确定安全工作（包括船舶、设备、人员、财产）和接待服务是撤侨的工作关键，要求全船认真做好防火、侨胞人身安全及船舶航行的安全工作，确保撤侨任务完成；同时组织党员干部做好撤侨接待服务、宣传工作，关键时刻真正发挥党员先锋模范作用。

收到《中海国际关于“天杨峰”轮紧急赴利比亚班加西港撤离我国侨胞专题会议纪要》，召开船务会，逐一检查布置，落实安排，主要工作安排是：船长负责做好航行安全和对外联络工作，政委负责做好侨胞所需的舱室腾空及接待安排、厨房管理、制定安全提示卡、撰写《致同胞书》、生活用品准备、吸烟区设立、形势宣传、制作欢迎慰问侨胞标语等工作，大副负责淡水控制、货舱清扫、人员登轮控制、开航前防偷渡检查等工作；轮机长负责动力设备及机舱限制区域、防污染管理、用救生艇接人的功效评估等工作。

做好舱室卫生和甲板冲洗工作，清理公共娱乐活动场所，对厨房、冰库伙食进行整理，撰写好《致同胞书》，晚上开船员大会，告知此次撤侨任务。要求：1. 加强形势宣传，统一思想，参与载入历史史册的事件，是一种光荣，更是一种责任，要以高度的政治责任感和大局意识来完成此次撤侨工作。2. 此阶段中心工作就是圆满完成撤侨工作，要做好照顾老弱病残妇幼婴、全船吃住管理、航次信息通报、抚慰心理情绪等服务工作。要求：（1）班子分好工；（2）每位船员必须穿工作服，便于识别；（3）空班人员组成巡查队；（4）船员主动为侨胞服务，保障安全。3. 不与上船人员发生私下交易。4. 关键特殊时期，大家要注意见缝插针地休息，要随叫随到，主动积极工作，热情为侨胞服务。5. 把困难、问题想多点，不回避矛盾，不推脱责任，积极应对，及时解决。6. 不要计较一时伙食和生活用品的付出，厨房随时做好上船人员的简易伙食供应。7. 淡水严格控制，因为不知抛多少时间锚，也不知去向。与公司保持密切联系。

2月23日星期三

阴天时有小雨，风5级，浪4级，温度摄氏13度

用油漆把破床单染成红布条，制作好欢迎慰问侨胞的标语，塑封好安全提示卡，用运河遮阳篷和废弃油桶在船尾做好两个临时简易卫生间。每层设立好吸烟区和备妥两个垃圾筒，准备好热水瓶，为侨胞准备好塑料彩布条，检查各限制区域锁闭和钥匙配备情况，制定上船人员分配舱室方案。按工作当班方便原则，腾出6名船员房间，清扫出 #6 货舱作为备用。

15：45 抵达班加西锚地。与先期到达的中海集运船舶“新秦皇岛”和“新福州”互相通报撤离侨胞的准备工作和相关航海安全信息。生活舱室内每层贴好安全提示、垃圾处理提示、吸烟提示和《致同胞书》。

接到公司关于安排进靠港和代理的通知，做好进靠港准备工作。

2月24日星期四

阴天持续有雨，风8—9级，浪6—7级，温度12摄氏度

制定侨胞上船后空班人员值班表，落实简易卫生间的照明、

国旗换新、横幅拉线悬挂地段、船舷安全提示卡塑封、安排锁闭的厨房门钥匙分布、娱乐室棋牌 / 碟片 / 报刊书籍的收存、餐厅椅子的撤出、对讲机核发、摄影器材 / 人员确定等事宜。

风浪很大，14：50 发现船舶走锚，在预起锚调整锚位过程中，由于风大浪急，船首上下颠簸近 10 米，导致锚机突然负载过大，油马达爆管冒油，锚机动弹不得。马上开始抢修，但由于几十个内六角螺栓多年未松动拆检，不少锈死，造成很大难度。甲机两部门一直精诚配合，轮流着干，后拆卸的油马达近 200 斤实在太重，进展较慢。天气也比较恶劣，狂风大作，间歇着大雨，直到 22：10 才完全拆下锚机阀箱，才将油马达配油轴端与锚机右端传动轴解体松开，发现了故障根源是配油轴的密封环和十字形滑块联轴器断裂、磨损，并将问题故障向公司反映。

因锚机问题，船员着急，公司着急，公司电话不断。

2 月 25 日星期五

阴天持续有雨，风 8—9 级，浪 6—7 级，温度 13 摄氏度

公司非常关心船舶锚机修理情况，电话不停，机务科也两次来电报指令指导修理。船长、轮机长、大副压力非常大，政委一直以各种方式开导和鼓励他们。

拆开锚机后，船员马上对配油轴磨损端面进行研磨打平，并换新密封环，由于没有配件，只得对十字形滑块联轴器进行钻孔、堆焊、加固、修磨，并试验其功效，直到凌晨 03：00。由于风浪太大，船员们稍做休息调整后，在 07：20，又重新干起来，但狂风、大雨却不断袭击着船员们，终于又在 8 个小时的辛苦劳作后

（前后近20个小时的抢修）的15：25，锚机油马达装复，运转成功，但力度明显不够。15：40，船舶开始动车绞锚，但只能在锚链垂直不受力的情况下才能绞动，后按照预定方案，用右绞缆机、倒缆机协助绞缆，经过两个绞缆机的鼎力相助，安然无事！

平时收锚，本用不到半个小时的工夫，而这次却耗费了4个半小时，可见其工作难度极大。在风雨中一待就是5个小时，但大家没有一句怨言，因为心中只有一个信念：保住锚链！保证船舶安全！大家也由衷地感叹，只要同心协力，船舶就没有克服不了的困难，就没有解决不了的问题！“新秦皇岛”也是锚机故障，检修。

20：15定速开往米苏拉塔港，21：30又接到公司调度通知，返航继续在班加西港抛锚待命。

中海国际宣传科同志来电指导船舶如何做好撤侨的宣传和资讯收集工作，他告诉船员：“能够为国家和企业做撤侨的事情，是这一生的荣幸！”船员们觉得，以心换心，想想在亚丁湾护航的官兵和一直救助船员的各种机构、人员，自己能够帮助侨胞，也是回报社会，更是树立展示船员、公司形象的良好机会。

2月26日星期六

阴天持续有雨，风6—7级，浪5—6级，温度13摄氏度

与船长、轮机长、大副、水手长商量如何进一步修理锚机，并再次商讨如何进一步做好撤侨的船舶安全工作。

13：00，接到公司调度通知，起锚去米苏拉塔港。14：50起锚航行，航程240海里。风浪较大，打空车，船速只有10节，船摇得厉害，船长、大副商议压满风暴舱的4舱，也便于上船侨胞不

至于晕船。若靠港水尺受限，可打掉尾尖舱压载水，以保证不到8米的吃水进港。

可能明天直到直靠，撤离侨胞。再次给大家做动员，按照预定方案，认真做好撤离侨胞的人身安全和接待服务工作，请大家积极争当志愿者，尤其是党员干部、热心青年、工会成员等应该义不容辞，积极参与到为侨胞倒开水、释难解惑、安抚情绪、安全提醒等工作中，传递爱心，传送温暖。再次要求大家在抵港靠泊前检查需要锁闭的舱室，注意个人财产安全。离港后，也要认真做好防偷渡检查工作。船舶现存饮水83吨、淡水213吨、水比较紧张，要求大家更要自觉支持和遵守节水措施。

米苏拉塔城内不断响着枪声，远远可以看到海岸上硝烟弥漫。我们的接侨任务看来也会非常艰巨。祈祷同胞们平安回家……

“天杨峰”轮后来没有靠岸接侨，是因为后续来了五艘大型邮轮，将码头上的几千同胞一一接走。不过在这些中国货轮中，“天福河”轮荣幸地实现了接人任务。

25日清晨，正在班加西海面上与飓风作战的“天福河”轮接到国内指令，便起锚向米苏拉塔转移，于26日凌晨3时到达米苏拉塔港海域，并在当日19时30分靠岸，完成了米苏拉塔撤侨第一批559人的接运任务，他们也是最早离开米苏拉塔的中国接侨船。“天福河”轮与欧洲邮轮相比，是只小船，但船长、党支部书记周明朗与全船20多名船员为了完成接侨任务付出的心血丝毫不亚于任何人。

“天赐我福，国恩如海。”长江岩土公司的女经理王桂香上船后，看到船上高高挂起的“祖国欢迎你”“天福欢迎你”的标语，眼泪久久不能止流，她脱口用这八个字向周明朗船长表示感谢。这是后话。

现在我们把时间拉回至刚刚启幕的26日和这一天的米苏拉塔。

“嗒！嗒嗒……”

清晨，一阵清脆的枪声把李玥等惊醒了。“是不是出事了？”翻译小马揉着蒙眬的双眼，问郭虎。

“难说。”郭虎随李玥先行冲出房间。没有发现交火双方，不像是城里打仗打到中国营地了。

李玥向地中海的海面望去，一望无际的海面上依然巨浪滔天，狂风呼啸。

“李玥吗？我命令你，要在今天不惜一切代价打通米苏拉塔的海上通道！一旦错过了今明两天，你那儿的撤离就再没有机会了！明白吗？”黄屏司长通过卫星电话传来指令。

“是，司长！我明白！我们保证在今天打通海上通道！”李玥被国内的这一命令惊得心跳加速。“通知梅武官，我们马上开协调会。”李玥对郭虎说。

7时，有中交集团项目负责人和梅武官、李玥等参加的碰头会在中交营地召开。会上大家认为最关键的问题是，昨晚以大使馆名义给米苏拉塔临时管理机构送去的照会内容必须尽快落实，这个照会请求临时当局允许中国接侨船只进港。

“这个任务交给我们吧！”中交负责人说完，就独自出了门。这任务不轻，需要穿越交火线，进城去敲门求人。翻译马可为对梅武官说了一声，请缨随后而去。小伙子关键时刻不怕死的精神令在场同志十分感动。

“那么我和郭虎，连同中交公司的同志一起组织各单位向营地和港口转移。李玥你和中交公司的另外几名同志到港口现场等候船只和组织上船……

今天是米苏拉塔撤离任务的关键一天，大家分头行动吧！”梅武官如此安排。

11 时 30 分，马可为告诉李玥，当地临时管理机构允许中方使用米苏拉塔钢铁厂码头的书面通知搞定。“太好了！走，咱们上码头去组织撤离！”李玥一挥手，与小马一起坐上中交公司的车子，直奔钢铁厂码头。

“同志，同志，上钢铁厂码头怎么走啊？”李玥等正在奔赴码头路上，突然一辆满载中国人的车子上有人大喊起来。

“停一下！”李玥立即叫停车。一问，原来这车上的人都是在一个韩国企业工作的中国劳务人员。这群失魂落魄的中国人听说李玥他们是国内派来的撤离工作组，顿时哇哇大哭起来。有中国劳务人员哽咽着向李玥诉说，他们这些人已经有数天被困在韩资企业里，老板不让他们走，后来中国大使馆出面调解才同意放行，条件是不发路费，自己找回国路！

“他们不管我们死活，如果不是中交公司帮忙，我们连米苏拉塔都走不到……”这群大男人一说起这些日子的伤心事，个个哭得泪人似的。

“放心吧同胞们！今天我们就把你们送到回家的船上！”李玥大声说。

“好，我们有救啦！”

“可以回家啦！”

中国劳务人员们破涕为笑。欢呼起来！

“走，跟着我们到码头会合！”

“走！码头会合！”

李玥的车子走得快，他和马可为来到钢铁厂码头一看，觉得这里很便于大部队撤离，因为在码头与钢铁厂中间有一块很大的广场似的空地。“这个地方就是我们的撤离集合点！”李玥颇有指挥官气魄地朝那块广场空地上有力地指了指。

广场空地中央，有一处高地，李玥飞奔过去，站在那里激情四溢地说：“把国旗拿出来！就插在这里！大家都可以看得到。我们的现场指挥处就设在国旗下。”

这个时候，广场上已经来了五六个中国工人，他们一看李玥、马可为要竖国旗，七手八脚地过来帮忙。很快，一面鲜艳的中华人民共和国国旗在米苏拉塔钢铁厂码头的空地上空高高飘扬……

“国旗！”

“我们的国旗！”

当李玥等人抬头仰视风中猎猎飘扬的国旗并为之陶醉时，突然身后响起一阵高过一阵的欢呼声，他们回头一看：哇，成百上千的同胞如醉如痴地朝国旗这边奔跑过来，同胞们一边奔跑，一边欢呼……李玥说，其情其景，让他热泪盈眶，非常感动。

五星红旗
啊，五星红旗
你将中华民族的心连在一起
五星红旗
啊，五星红旗
你让全世界中国人扬眉吐气
……

中国工人们围着自己的国旗，不停地唱啊跳啊……

“什么叫爱国主义？这就是！”1978 年出生的李玥在接受我采访时多次动情地说。

当李玥他们前往钢铁厂码头时，使馆和中交营地临时指挥部已经通过QQ等方式，向米苏拉塔周围的中资企业发出向码头集结，准备上船撤离的指令，这才有了李玥他们刚竖起国旗，众多同胞便立即簇拥过来的情形。

“总部，总部！请问我们的船只什么时候到？码头已经集结上千人……”李玥看到一队比一队人数多的同胞们从四面八方聚集到广场，却不见海面上接应的船只，顿时万分焦急起来。

“今天将有一艘由我驻马耳他使馆租借的‘科诺索斯’号邮轮抵港，其余船只会在明天相继到达。”国内来电回答。

“码头上已经有好几千人了！一条船哪够呀！”此时李玥身边已经聚集了不下两三千人，而且这才是刚刚开始集结，他能不急吗？

“如果不行，我们会命令先期到达的中国货船靠岸接应……你要知道，今天——26日是全线撤离最繁忙的时间，每条线上都紧张！”国内回答。

我的天，货船也用上了！李玥知道问题的严重性。

“如果船只不能及时抵达，你们要注意运用‘蓄水池’战术，把全体待撤人员先送到港口附近集中等候，一旦船只抵达再根据载客量分批送登船，要发挥中交大本营作用……”国内又来指示。

“明白。前线明白！”话虽这么说，但李玥深感千斤重担在肩头。现场虽然也有各家公司的负责人，但一切组织指挥权在李玥这儿。这位年轻外交官虽然已有十年的工作经验，但所从事的都是单打独斗的工作，或是在他人领导之下完成某项具体任务。现在不一样，需要他去独立指挥与承担，率领几千身陷炮火前沿的同胞走出战争困境。局势瞬息万变，一旦……李玥不敢多想。

他焦虑地将目光投向大海，投向那浪涛汹涌的大海。

“来啦！”“接我们的船来啦！”

“看，是我们的船！”“我们的船！”

真是巧了，就在李玥将目光投向大海的那一刻，海面上突然先后出现了好几艘飘扬着中国国旗的巨轮，并且还有一艘飘扬着中国国旗的外国邮轮……

“请你们马上组织好，做好登船准备。‘科诺索斯’号邮轮即将靠岸！中国‘天福河’轮也将靠近！”这个消息让李玥和所有在米苏拉塔的中国同胞热血沸腾，甚至泪流满面。

夜幕降临之时，“科诺索斯”号邮轮和中国“天福河”轮先后靠近码头。岸头排列整齐的各路人马在统一指挥下，先后登船。几天来屡遭凌辱的50位韩资公司的中国劳务人员被首批安排上船，他们个个热泪盈眶地一边上船，一边高呼“祖国好”“祖国万岁”，场面再次让李玥等人眼睛酸酸的。

原本只能载两三百人的“天福河”轮一共上了559人，周明朗船长把货轮上所有可以待人的地方全都利用了起来。李玥等人一再表示感谢，周明朗船长则说：“能让同胞们早一刻脱离险境，早一天回家，我们愿意赴汤蹈火！”这样的话平时听起来似乎有些假，但在此刻的米苏拉塔，在硝烟弥漫的战场上，这样的话会让很多人感动得流泪。

“科诺索斯”号与中国货轮相比，简直就像一位高傲的绅士，中国同胞们都是第一次乘坐这样的豪华邮轮，即使是中资公司的一些大老板，也没有坐过如此豪华的国际邮轮。“快！快上船……”正当同胞们怀着欣喜和好奇的心情陆续登船之际，突然大胡子船长出现在舱口，他瞪大眼珠，双手张开，两腿叉着，叽里呱啦说了一通，就是不让后面的人再多上一个！

“No！”这个英文单词大家都懂，一懂麻烦也就来了：“为什么No？为什么不让我们上了？”那些计划之中可以上船却被拦在舱门外的同胞们愤怒地嚷嚷起来。

李玥和马可为赶紧出面询问。还是曾经出现过的问题，船长说他的船只能载1634人。“超载会受到我国政府的严惩，你们不能上了。这是你们使馆在租用本船时与我们签订的协议上说好的！”

“为什么？你的船不是可以载客2800人吗？”李玥急了。

李玥从上面传达给他的指令上获悉，“科诺索斯”号邮轮可以载2800多人。他据此向中交临时指挥部报告，按照此人数调集周围中资公司的员工来码头等候登船。如果只让上1634人，还有1200人怎么办？

“都上船了吗？组织登船完毕就马上通知邮轮离港。据我们掌握的情况，米苏拉塔形势越来越严峻！你们务必抓紧撤离！”国内黄屏司长一个接一个电话催促李玥。“我……我……船长不让超载，正在协调解决！”李玥心里也急，有些语塞。

“张大使，您老得赶快出面，船长说超载，不让我们再上人了。我这风里雨里还站着1200人呢，今晚走不了，麻烦可就大了！”李玥一个电话打到对岸的我驻马耳他大使张克远那里。

“马上！马上解决！”张大使真是大好人，前方一个求助电话过来，他至少拨打了十个电话才算把李玥所求的事情搞定。

“好了，可以让他们上了吧？”

李玥告诉船长，希腊政府同意“科诺索斯”号按中国政府要求再载1200人，可船长却依然连连摇头：“No！ No！”

“怎么回事？”李玥和负责该船接应任务的我驻希腊使馆武官秘书鲍晨少校都有些火了。

“你这艘船既然租给我们中国政府了，就得按我们的要求执行任务。”武官秘书鲍晨义正词严地说。

船长终于说出苦衷：“我们这是公司运作，政府同意了还是不行。我的老板说了，地中海现在风大浪高，只能按照 1634 人载运，否则出了事让我负责，可我哪负责得了！”

原来如此。李玥一下泄气了。

这可怎么办？让岸上 1200 人在风雨中淋一个晚上，非生病不可。再说，临时生变，有人上了船，有人却不让上，生死攸关时刻，再有组织纪律难免也会出乱子。这深更半夜，怎么弄？李玥愁得直想跺脚：“你有点同情心，让码头淋雨的人上船躲躲雨行吗？”

“No！”刻板的船长还是一个劲儿地晃着脑袋。

“见鬼了！”李玥用中文骂了一句。

“我去跟他说！”码头上的一位利比亚临时管理人员看不过去，自告奋勇地找到船长说：“你看看这些人多可怜！如果你再不让中国朋友们上船避雨，我可以去联合国告你不讲人权。要知道我们作为卡扎菲政权的反对派，是讲人权和有爱心的。你对中国朋友不友好，我就不让你出港！你听明白了没有？”

“我……我明白！”船长没有想到半路杀出个程咬金，不知所措地连声答应，“好好，我让他们上船。”

“谢谢！谢谢兄弟！”李玥张开双臂，无限感激地拥抱住这位关键时刻帮了大忙的利比亚朋友，内心则在嘀咕：“利比亚呀利比亚，我真是对你又恨又爱！”

最后，李玥和鲍晨与船长商量了一个折中的办法：把“科诺索斯”号邮轮原来停车和放杂物的底舱打开，让 1200 人到里面暂时躲避海岸上的寒风暴雨。

“那一夜，我和小马、小鲍轮流在船上值班，每隔一小时我们就到底舱转一圈，怕出什么事。那一夜，我觉得特别特别的漫长……”李玥后来经常跟朋友这么说。

“李玥，下一批人什么时候登船呀？”

“李玥，‘科诺索斯’号怎么还没有离港呀？”

“李玥，你们那里到底是怎么回事？”

中交营地和国内外交部一个电话接一个电话地质问码头上的李玥。

“我要疯了！我要疯了！”李玥觉得自己快被逼得崩溃了。一边是“科诺索斯”号的船长因为风大浪高，就是不开船；一边是其他接应的船只迟迟不见影子。勇敢的中国“天福河”轮倒是可爱又听话，在半夜23时离开米苏拉塔，可大使接到情报说，因为该船是货船，又超载了200多人，现正在地中海上经历着十分艰苦的航程。于是国内指令，不再动用其他货运船只装载撤离同胞。

“该来的船不到，该走的船不走，我有啥法子？”李玥急得揪着自己的头发乱跳，真想对着大海狂喊一通。然而此刻的他，连这点发泄的权利都没有。他既要照顾船上的几千人，又要安抚码头上情绪波动的几千人，还要惦记正在途中向码头集结而来的几千人……

米苏拉塔的这一夜，是政府军和反对派激烈交战最为惨烈的一夜。据说有一所学校在交战的两个多小时里，就有人看到300多具尸体。这一夜也是中国人在米苏拉塔最艰难和难受的一夜。

“中交！中交！西线陆上撤离通道已经打通，为了减轻米苏拉塔港口的撤离压力，现在命令你们改变原计划，将最后撤离的2000余人准备向西线转移，明天一早就行动！”国内向米苏拉塔中交公司的大本营发来一封“鸡毛信”。

“明白！我们立即执行！”中交公司米苏拉塔大本营临时党委负责人二话没说，坚定地向国资委保证，“我们是国企，愿意把方便留给他人，把最大的困难和危险留给自己！”

这支2000余人的队伍，第二天就坐在公司自己紧急赶制出的40多辆翻斗车上，浩浩荡荡地驶向沙漠地带，穿越当地武装交火的胡姆斯战场，又路经首都的黎波里市郊，再过险象环生的扎维耶，一路千辛万苦，用了近一整天的时间，终于抵达利突边境撤离通道——拉斯杰迪尔口岸。

我们再把镜头拉回米苏拉塔海岸吧。

这里的风雨依然狂吹乱袭。“科诺索斯”号由于装载着临时躲雨的1200人，迟迟没有出港，直到中午另一艘“爱奥尼亚精神”号邮轮抵港，把这1200人装载完毕后，两艘邮轮才先后驶出米苏拉塔港口，向马耳他的瓦莱塔港驶去……

“那天，我们离开米苏拉塔港口时，天还下着大雨。当我站在邮轮的甲板上，远远地看着雨中向我们挥手告别的李玥、郭虎、小马等人孤独的身影时，眼泪顿时夺眶而出。他们太不容易了，太了不起了！”随“科诺索斯”号邮轮而行的“80后”武官秘书鲍晨有过这样一段感叹。

现在我们知道从希腊克里特岛驶出的“韦尼泽洛斯”号邮轮是27日晚抵达米苏拉塔的。这时，李玥手头的撤离记录是，滞留在码头和中交大本营及周边陆续准备撤离的总人数大约还有2100余人。

“李玥，你知道吗？卡扎菲昨晚已经向外公开宣称，28日他将派遣自己的儿子赛义夫亲自到米苏拉塔督战，‘用血腥惩罚制造血腥的人’，他还在家门口举着冲锋枪高喊着报复的口号。你要充分估计到最后撤离任务的艰巨性，务必安全地撤离完在米苏拉塔的最后一个同胞！”国内的上级领导语重心长地叮嘱道。

“明白！”李玥向领导保证。

28日的米苏拉塔市，真是非同寻常。平时“晚上不睡，早晨不醒”的市民似乎在这一天完全改变了习惯，不到五六点钟，就有无数市民成群结队地往城外逃跑。他们的前后左右不停地响着枪声和爆炸声，就是远离市区的钢铁厂码头，也不时有枪弹飞过。

“李玥，现在刚刚接到消息，凯拉里姆还有27名吉林籍的同胞要求到你们码头撤离。他们那里的情况十分危急，承包商韩国老板自己跑了，这些中国劳务人员既没钱，又不会说阿拉伯语，求人家派车子送，也没人敢到米苏拉塔来。现在我们正在通过当地的红新月会去接他们，请你们做好接应准备。”一大早，驻利使馆突然给李玥和郭虎打电话。

“没问题，让他们抓紧时间过来。”李玥说。

“李玥，我们这边也出事啦！”这是中交大本营的来电。

李玥一下紧张起来：“怎么回事？”

“当地人把我们的营地包围了，要抢我们的车，说是我们走了，他们就没有啥油水了，所以我们准备运人的车子要出问题……”中交负责人说。

真是要命，屋漏偏逢连夜雨！

“你们是企业，碰上这种利益方面的事，你们觉得应该怎么解决？”李玥拿电话的手心都在冒汗。他没有遇到过这样的问题，但是想到国内要求他“不惜一切代价”一定要把人带出来的指示，就赶紧与中交负责人商量。

“这个……恐怕只能用钱处理！”

“情况紧急，你们赶紧办吧！”李玥生气地合上电话，心想，都啥时候了，有啥招就使啥招呗！他往深里一琢磨，便笑了。人到紧要关头，都会着慌的，国企大老板虽然统领着上万员工，但也是人啊。在利比亚乱局中泰然自若，是需要大将风范的。

中交公司开始一批批向码头运送撤离人员。

就在此时，使馆又来电话，说红新月会已经为吉林籍的27人找到了车子，但当地没有司机敢来米苏拉塔。

“你们能否派人去接应他们一下？”使馆征求李玥意见。

“多少路程？”李玥的眉头一下皱了起来，问。

“90 公里。”

在米苏拉塔，90 公里路就等于是 90 道死亡线！李玥真想骂人，可他强行控制着自己的情绪。

“我去吧！”说话的是郭虎——与李玥一同离开北京的工作组战友。

“不，这事太危险，还是我去！”李玥一把拉住郭虎。

郭虎平静而淡然地朝李玥一笑：“你是这里的指挥，你不能离开！”说着，就跳上一辆中交公司的越野车。

“再跟一辆工程车去。”李玥对中交公司的现场负责人说。

李玥想叮嘱一声郭虎，可他们的车子已经离开码头远去。剩下的时间里，一支支撤离队伍陆续上船……还好，两个多小时之后，郭虎他们顺利地把 27 位吉林籍同胞带到码头。

李玥看到车子远远驶来时，有些激动地上前迎接，想看看他的战友是否安好。车子一停下来，李玥还没能靠近郭虎，就被 27 个失魂落魄的同胞哭着搂住折腾了好一阵子。

郭虎站在一边，微笑地看着这一幕。

中交公司大本营的最后一批上千人员开始陆续登船，这支队伍训练有素，他们统一戴着安全帽，穿着同一色工作服，每人的手臂上还系着一根红丝带——他们的领导说，这样可以使所有的人行动一致不走散。李玥等看着如此整齐的国企大军，心里满是敬意。

17 时 08 分，最后一名撤离同胞上船。

完成任务后的李玥、郭虎和小马正准备跟着上船时，突然郭少春副司长给李玥打来电话："命令你和郭虎立即返回的黎波里，并注意组织沿途残留撤离人员，然后向西线的拉斯杰迪尔口岸撤离，费明星组长在那里等你们。"

"李玥、郭虎，拉斯杰迪尔口岸见。我们一起离开利比亚。"费明星也在同一时间发来短信。

"小马，我们就在这里分别吧！"李玥和郭虎将几天来生死与共、并肩战斗的中土公司翻译马可为送上船，三个小伙子紧紧地拥抱在一起，然后挥手告别……

李玥和郭虎当晚12时回到的黎波里我驻利大使馆。在那里，他们见到了分别几天的战友刘翔和童应安。"你们要不回来，我们俩恐怕还没有见面的日子呢！"刘翔告诉李玥，这些日子里，自己和童应安简直就是开足马力的机器人！小伙子瞪着血红血红的眼珠子，说他和童应安就在楼上楼下，竟然两天里没有碰过一次面。

"我们除了上厕所，就是守在电话旁，一天24小时连轴转，四肢一起接电话都来不及……"童应安满脸胡子拉碴的，说他四天里只眯过两个小时。

大使馆是整个利比亚撤离的前线总指挥部，工作之紧张程度可想而知。根据国内指示，李玥、郭虎和童应安将向西线的费明星靠拢，从利突边境出境。刘翔熟悉利比亚情况又精通阿语，所以留在使馆继续帮助王旺生大使他们完成最后的撤离收尾工作。

3月1日，李玥按照费明星的指令，起草完第一特别行动小组的前线撤离报告，向国内做了小结汇报后，再次历经重重险情，与郭虎、童应安于当日下午赶到利突边境口岸拉斯杰迪尔。他们本以为可以同组长费明星有一个"执手相看泪眼"的动人场面，结果连他的影子都没看见，映入眼帘的是一具具被军警枪杀的无名尸体……

李玥哭了，郭虎哭了，童应安也哭了。

“他怎么可以骗我们呢？怎么可以这样……”小伙子们几天来出生入死，曾经多次被一些特殊场面感动得流过泪，却从来没有哭出过声。这回他们望着边境口岸上孤零零的灯火，竟然哭了起来。

后来，费明星说：“为这件事，我一直感到非常内疚，因为之前是我发短信告诉李玥，说好我们在边境上等他们一起走的。可那时我接二连三接到国内的指令，说局势十分危急，命令我们立即撤出利比亚。回国后我问黄屏司长，为什么一定不让我等李玥他们？黄司长告诉我，利比亚的局势已经危急到了极点，前线队员随时有可能牺牲，能早走一个就走一个，能活着出来一个就出来一个……”

在我采访黄屏时，他证实了费明星的话：“工作组执行的是特殊任务，从我们在首都机场送别他们的那一刻起，就做了最坏的打算……”

“我们为这些小伙子们感到骄傲！他们的精神和英雄事迹，体现了中国新一代外交官的光辉形象。”国务委员戴秉国、外交部部长杨洁篪也曾多次这样对我说。

李玥和费明星、鲍晨等小伙子们后来都受到了记功与嘉奖。这是后话。

米苏拉塔的眼泪远不仅为李玥他们所洒。另一位小伙子马可为是5800余名从米苏拉塔撤离的中国人中最后一个上船的。在这艘满载2100余人的豪华邮轮驶出米苏拉塔，渐渐进入地中海中央，向希腊克里特岛方向行进途中，海面的风浪渐渐平静，夜也变得温柔起来，甚至偶尔可见零落的星星在天上闪烁……

啊，那是美妙的地中海之夜哟！

“韦尼泽洛斯”号邮轮上那些刚刚经历过惊恐、饥饿和死亡考验的中国同胞都安稳地沉睡了，做着回家的美梦。中土公司年轻的翻译马可为也沉睡了，进入了梦乡之中，已经有几个人过来请他去吃点东西，但小伙子就是叫不醒。

“他太累了，让他多睡一会儿吧。”

中交公司的人叫不出这位小伙子的名字，但知道他是米苏拉塔地区5800余名中国撤离者的现场组织者之一。他们尊敬他、爱戴他，甚至有人悄声细语地议论道，这样的小伙子现在太少了。

“突突突……”

“什么声音？”

清晨时分，船上有人叫起来，于是全船的人纷纷醒来。

“是枪声还是炮声？”

“不可能，我们现在在海上，海上怎么也会打仗？”

有人从舱里走到甲板上，立即就叫了起来：“是飞机！是我们的飞机！”

怎么会有我们的飞机？于是大家纷纷往舱外跑，跑到甲板上看，是我们中国空军的直升机！那机身上有中国国旗图案和“八一”标志！

我们的飞机怎么会飞到这里呢？

“看，那边有我们的军舰！”

“啊，军舰！真的是我们的军舰！”

这一叫不要紧，整个邮轮沸腾了。只见所有的中国同胞都从船舱里跑了出来，他们望着邮轮一侧并行的中国“徐州”号军舰。那军舰上有一幅红底白字标语，渐渐能看清字了——“祖国欢迎你！”

这五个字谁都认识，这五个字让全船2100余名同胞欢呼雀跃！无数张嘴在高喊着同一个口号：“祖国万岁！”“祖国万岁！”“祖国……”

“就在这时，军舰上的扩音喇叭里传来一个亲切的声音：‘亲爱的同胞们，我们是中国海军“徐州”号护卫舰，我是舰长，我们奉命来迎接你们，护送你们回家！’喇叭里的声音刚落，我就听到耳边响起‘感谢解放军’‘祖国万岁’等口号，如山呼海啸，此起彼伏。大家拼命地喊，拼命地叫，拼命地向军舰和天上的直升机挥手……当时我不知道自己为什么不停地流泪，想看看周围的同胞，却不敢去看，因为他们一个个比我哭得还厉害……这场面我从来没有见过。我们所有人都没有想到过，也没有见过天上有飞机为我们保驾，旁边有海军军舰为我们护航的情景……什么叫幸福？什么叫自豪？什么叫祖国的温暖？那一刻，我全部领会和感悟了。”

马可为在接受我采访时，谈起这一幕，依然在流泪。啊，米苏拉塔，你让多少中国人流下了热泪！

第十二章

决战塞卜哈

不知为什么，自突尼斯动荡之后，在中东和北非一些国家产生了连锁反应，一连串的政权更迭出人意料。其中利比亚的卡扎菲无疑是结局非常另类的一个人物，他最后被反对派战士用乱枪射死的血淋淋一幕，让全世界人看了都不寒而栗。

在动乱中后期，一般人都认为卡扎菲会在他当年发动“起义”的塞卜哈与反对派武装进行最后的殊死决战，但实际情况并非如此。北约飞机目标明确的轰炸，美英法等国特种部队的先进追踪手段，让东躲西藏的卡扎菲惶恐不安，他就像被赶出洞穴的老鼠，东一头西一头地乱撞，过着夜不能寐、食不果腹的日子，一直被驱赶到海边小城苏尔特，钻进水泥管道内遭到生擒，屈辱地死去，而非“光荣牺牲”在他的老家——南部的杰尔夫谷地。

据美国中央情报局后来透露的消息说，卡扎菲及其儿子们在班加西、扎维耶、米苏拉塔连连失守后，确实想过放弃首都的黎波里，率他的精锐部队转移到南部家乡，企图借家乡部落势力与外国雇佣军及一些军事力量，跟那些反叛他的“国家叛徒”做长期战斗。只是他的行踪处在北约的严密监控下，部队无法集结，车队不能出动，随身的保镖和亲信越来越少，无法撤到皆是沙漠的南部地区。

被誉为“沙漠狐狸”的卡扎菲自以为聪明，却败于西方国家的战略和高度现代化的军事技术力量。其实，当反对派在沿海城市掀起的反卡风暴席卷千里城郭时，以塞卜哈为中心的南部沙漠腹地也有反对派的力量揭竿而起，使得卡扎菲和他的政权在数日之内便危如累卵。

卡扎菲是个狡兔三窟的独裁者，对老巢十分看重，他的老家虽多为大沙漠，可他却不惜重金搞建设，近几年塞卜哈及南部的许多沙漠城镇都在兴建居民住房，这自然吸引了一些外国建筑公司。然而这里气候酷热干燥，加上卡扎菲反复无常、缺乏诚信等原因，外国公司既怕吃苦又不敢承担风险，权衡过后很少涉足。只有吃得了苦、善挣薄利微利的中国建筑工程公司不怕劳苦来此承包工程。随中国建筑公司一起进入大沙漠腹地卖苦力、挣小钱的是大量的第三世界国家劳务人员。

以塞卜哈为中心的南部之乱，其恐怖程度和可以预料到的灾难性后果，让生活工作在这里的外国人心惊肉跳，寝食难安。这些外国人中首当其冲的就是中国人了，再者就是人数众多的埃及和阿尔及利亚劳工。

美联社有位记者在24日发表过一篇《沙漠腹地的逃亡之路》，文中这样描述：

南部唯一可以通过空中逃出利比亚的机场在塞卜哈，现在这里每天都会有成千上万的外国劳工和承包商们拥进机场候机楼。本来只有几个足球场那么大的三流机场，一下成为难民们争先恐后的逃命通道。风雨飘摇中的当局告知，一切商务机票全部停售，塞卜哈机场从23日起只接包机和专机。这一消息传出，整个候机楼和停机坪便被潮水一般的各国难民们冲击与占领，偶尔飞来的一些商务包机和专机，也都不敢在此降落，于是机场便成了一个庞大的、杂乱无序的难民营。塞卜哈本来就缺水少食，机场上的难民们想买一瓶矿泉水，就得掏20甚至30美元，而且矿泉水的价格仍在以每天超过10美元的幅度往上疯涨。“能活着出去，就是100美元一瓶水我也感到值了！”一位埃及承包商这么说。最可怕的并非是这些。就在昨晚，突然有一群反卡人士端着枪闯进机场，他们用枪顶着机场头目和海关人员的脑袋，要他们放弃工作，投入共同的反卡战斗。如果不从，就将他们赶出机场。到目前为止，原有的机场地勤人员和海关人员逃的逃，躲的躲，只剩下不足三分之一的人留在那儿看守。有一架迪拜来的包机，已经在此停留了38个小时，就是因为缺少机场地勤人员的配合，至今迟迟不能起飞。机场内拥挤的几万难民和还在继续往塞卜哈机场拥来的外国侨民，他们最担心和惊恐的是听说卡扎菲已经在的黎波里放风说：“如果海岸线上的血拼不能捍卫革命政权，塞卜哈就将成为第二次起义诞生地。”这话意味着塞卜哈随时可能成为利比亚内战的喋血厮杀地。

塞卜哈的险象，让远在万里之外的13亿中国人忧心与牵挂，因为那里有我们的同胞在承包工程。如果把塞卜哈东北方向的胡恩、沃丹两个城市算上，中国在这一带的承包施工单位多达20个，人数超过5000。这些地区无一例外都处在沙漠腹地，中国承包施工单位在此干活挣钱，既有归口，又自成体系，平时相互间无多少横向联系，高度分散。单位大小不一，人数多的单位如中水电的加特项目，员工达上千人，而最小的施工单位——中土公司的一个渣场项目，在胡恩与塞卜哈之间，仅有22人。当反卡运动在其他大城市风起云涌时，这条沙漠腹地的公路也不平静了，当地一些人开始借乱局浑水摸鱼，中土公司的小渣场在劫难逃，饱受骚扰和抢劫之苦。最后一次一群暴徒围攻渣场，抢走渣场仅有的两辆运输车不说，还把工人们存放的粮食和个人财物抢劫一空，然后毫无人性地将工人们赶到沙漠里在烈日下足足炙烤了十几个小时……如果不是后来在比拉特承包工程的另外两个中国公司人员路过索达山区的这一渣场，22 名中国工人极有可能在沙漠里晒成木乃伊。

在最西南的加特市承包工程的中水电加特项目部，握有中国在利比亚南部最大的施工项目，当时的施工人数多达 971 人。加特离首都的黎波里将近 1000 公里，但距阿尔及利亚仅一步之遥，不足百里。班加西革卡扎菲命的反对派们还没有把“革命之火”点燃到这个边陲小城，但一旦利比亚内地的战火蔓延过来，将通往加特的交通切断，这座孤独的边陲小城便将成为死城。城里没有粮食，没有蔬菜，甚至没有饮用水，有的只是四五十度的高温和时不时出现的遮天蔽日的沙尘暴，也就是说，不用放一枪一炮，就能让它成为死城一座。

有利比亚“南部首府”之称的塞卜哈及其周围的城镇大体都是这种状况，在此默默奉献的 5000 余名中国工人的命运怎能不让人忧心忡忡！

利比亚南部一直靠北部输血才能生存发展，一旦切断交通运输，南部城市不打自降，其最后结局就是重新回到沉寂的古沙漠时代——人类在这一地区将无法生存。当然，卡扎菲对这块曾经给他带来荣光的“起义之乡”有所关照，还在塞卜哈修了一个半军用半民用的小机场。

战乱开始，塞卜哈小机场自然成了保卡和反卡阵营抢夺的重点，在南部卖苦力、挣小钱的数十万外国劳工以及远涉重洋而来的中国人也很自然地把这里当成逃生的希望之路。这数十万外国劳工多数是邻国埃及、苏丹和阿尔及利亚人，别看他们平时只能在中国人的指导下干些搬运之类的粗活重活，但若真有灾难袭来时，他们一个普通工人在沙漠里的逃生能力，即使是 100 个中国人也比不上。

现在战争来了，逃命成了所有外国劳工们的本能，这个时候金钱还能起作用，但起不了决定性作用。塞卜哈机场从 20 日之后，就陷入了无边无际的恐慌之中，飞机不来，即使口袋里装了千万美金的阔老板，又与身无分文的黑人打工仔有什么区别呢？他们只能一起蜷缩在候机大厅内闻着彼此的汗臭味，混在一起你争我夺地抢矿泉水喝……

如此情况下，中国人的命运也绝对好不了多少。假如形势持续恶化下去，那些皮肤黝黑、骨瘦如柴的非洲人，会徒步穿越沙漠，回到自己的家园——塞卜哈离他们的国家和家园不远，也就几百里路。然而中国人却会彻底绝望，一则他们无力与非洲兄弟们在沙漠里比拼，二则回家的路程漫长而遥远，几乎是遥不可及。

“传言说班加西和的黎波里已经到处是枪林弹雨，如果在交火地区，稍不注意，就可能被飞弹射死。塞卜哈多数地方没有枪声，但这里断了出去的路，这种叫人绝望的等待实在太难受。我宁可去班加西的枪林弹雨下接受洗礼和逃命，因为毕竟子弹不长眼，听从上帝的安排也许还有生路。可在塞卜哈，如果没人来救，我们只能在此等死……”中石油管道局一名在塞卜哈以西的奥巴里城工作的职工给家人发了这段 QQ 消息后，其妻子携儿子从河北廊坊跑到北京的中石油总部找到领导，泣不成声地乞求救救她的丈夫和“孩子他爸”，其情其景令人揪心。

其实，困顿在塞卜哈的 5000 余名中国同胞也早已列入国家撤离总指挥部的计划之中，只是由于这一地区的特殊性，可以采取的营救手段似乎只有一个：空中撤离。

2月23日，国内派外交部领事司签证处的费明星率领第一特别行动小组搭乘国航CCA060航班飞往的黎波里，第二天费尽周折拉回223名滞留在的黎波里机场的妇女儿童。此外，再也没有第二架中国飞机可以进入利比亚境内。更何况，塞卜哈远离首都的黎波里，是地处沙漠腹地的边陲小城，民航部门从一开始就否定了中国派包机前往的可能性。

难道只能让同胞们困守在“双火”（沙漠高温炎火和枪林弹雨的战火）之中吗？显然不能。怎样从如此特殊的地方救出5000多人，成了摆在所有人面前的一个巨大难题。国家应急总指挥张德江把目光转向国务委员戴秉国，戴秉国则把期待和寄托希望的目光转向外交部，他向杨洁篪、宋涛等外交部领导面授机宜……

“一定要制订出切实快速和有效的方案，塞卜哈撤离如不能如期完成，之前所有撤离工作的成果都将大打折扣！”杨洁篪部长和宋涛副部长等领导在当日的部务应急协调会上如此强调。

其实，外交部最初制订的方案是派特别行动小组进入塞卜哈，以求能够及时掌握那里的现场情况，并随之采取有效行动。没想到担当此番重任的黄振宇率领第三特别行动小组还未出师，便遭遇重重困难。前方迟迟无法办妥多个过境国的航空许可，专机在北京首都机场停留了十几个小时迟迟不能起飞，一直到24日凌晨2时28分方从北京飞往埃及首都开罗。到了开罗后，我驻埃及使馆告知黄振宇他们，原计划通过埃及国家航空公司租借包机至塞卜哈，可跟埃航商谈后，包机计划失败。“只能等等再说。”使馆对心急如焚的黄振宇说。

救人如救火，哪有时间等啊。黄振宇急死了，远在太平洋西岸的黄屏他们更是急得要死，因为从周边多个国家汇总信息后，经分析判断，塞卜哈的形势已岌岌可危。

从 24 日起，塞卜哈那个“跟公共汽车站差不多大小”的机场已经乱成一片，根本不能正常起降航班，而且周边许多国家也在不断地争取向那里派出飞机，以图接回他们的侨民。“公共汽车站”被数以万计的逃命难民挤得水泄不通，摇摇摆摆。

“你们马上到阿曼，那里有包机可能到得了塞卜哈。”国内指示黄振宇的第三特别行动小组。刚刚在开罗使馆搭建好与塞卜哈前线临时指挥部联络线路的黄振宇他们又背上行囊，前往开罗机场急飞阿曼。

到了阿曼，黄振宇接通卫星电话，一个让人沮丧的消息传来：从阿曼包机到塞卜哈的计划落空了。“驻埃及使馆说，他们正在跟迪拜机场联系，那边会解决一架包机到塞卜哈。现在你们赶到迪拜去。要快！”这回是郭少春给黄振宇打的电话。

真折腾！

经不起这般折腾还算啥特别行动小组。第一组费明星他们不仅漂亮地打胜了第一仗，而且还把事关全局的利突边境陆路通道打通了；第二组也不差，从班加西接走了一船又一船同胞，又赶赴米苏拉塔。唯独我们还在像没头的苍蝇到处瞎转悠，这算什么事儿？小组里的几个年轻人脸色铁青，嘴上没有出声，心里早骂开了。

“妈的，都是老卡把咱折腾成这样的！”这话他们骂出声了。没错，利比亚被卡扎菲折腾得民怨沸腾，战火四起。

黄振宇等人马不停蹄，又从阿曼的马斯喀特机场飞往迪拜。迪拜真牛，不仅有风景如画的海滩和豪华别墅区，还有几十公里外就能看到的高耸入云的“世界第一楼”。几个第一次路过迪拜的组员还没来得及看清这个波斯湾富国的真实面貌，国内又来了催命指示：“计划再次生变，迪拜没有到塞卜哈的包机了，你们立即返回开罗，从那里搭乘刚刚租定的包机直飞塞卜哈。”

"等于两天时间内，因为没有航空公司愿意飞往利比亚，一直搞不定到塞卜哈的包机，我们来回走了四个国家，最后才于北京时间 28 日凌晨 1 时 33 分到达塞卜哈机场……"组员徐海风说。

黄振宇小组感觉又急又气，因为这一天是国内指令将所有中国公民撤离利比亚的最后期限。

不过黄振宇等小伙子不用担心，一来塞卜哈撤离大战的序幕在他们"转悠四国"途中，早已紧张地拉开;二是真正的决战时刻还在等待着小伙子们。

我们回头再来看另一条战线上塞卜哈的撤离战斗，那就是国资委所属单位的自救行动与外交部领保中心的密切配合，没有这样的行动与配合，塞卜哈撤离行动就无法取胜。

贠亮——我们前面已经提过的那位中水电集团副总经理兼驻利总负责人，这位西北汉子人高马大，多年在海外承包工程，经验丰富，有勇有谋，敢于担当。当第一特别行动小组费明星他们需要去西线打通陆路撤离通道时，是贠亮主动派司机和两辆车随行保驾护航；当利突边境大批同胞因没有证件需要冲破封锁线回的黎波里取护照时，也是他命令自己的司机当了一回"敢死队员"；在大使馆要护送几十名留学生而找不到车辆时，也是贠亮亲自指挥把留学生们送达码头，让他们安全上船。

"埃塞俄比亚、苏丹的包机是我们出面租的，但我们自己公司只用了两个航班撤离工作人员，其他的名额都让给兄弟企业了。"贠亮快人快语，很像军人出身。

"26 日起，不少人从网上和 QQ 消息中得知国内决定在 3 月 5 日前将所有中国人撤离利比亚，北约即将轰炸利比亚的传言四处弥散，我们公司的工作人员都人心惶惶，恨不得插翅飞回家。2 月 27 日，东线的班加西和西线的利突边境周围的中国公民基本撤得差不多了，即使打得最激烈的米苏拉塔地区，我们的同胞也在纷纷登船。唯独南部的5000多名中国工人还困在那里，不知如何是好。那一块我们公司的人最多，仅加特一个地方，除了我们自己的971人，还有300多名尼泊尔雇员，不带他们走是不行的，加之中水电集团又是撤离负责单位，我感到责任很大。正在忙得不可开交时，26日晚上，在的黎波里的公司总部突然乱了阵，好几个人跑到我面前说要撤离，理由是北约一旦轰炸，的黎波里肯定首当其冲，我们公司总部又在市中心，与中国使馆挨着。‘不炸死也会吓死，放我们走吧！’他们对我这么说。我说不行。理由很简单，南部还有我们公司的2000多人，再者我们是撤离组织单位，绝对不能在这个时候先把公司总部机构撤走。如果谁要走，可以，但有个条件：如果你是共产党员，那么你立即提交退党报告。我这么一说，不再有人说话了……”贠亮说他这一夜忐忑不安，没合过一分钟的眼，怕公司在这紧要关头出乱子。

第二天早晨醒来，一件更意外的事让贠亮惊出几身冷汗。

“贠总，坏了，坏了！你快来看……”贠亮被人连推带拖地拉出房间，来到阳台上。

“我们使馆的国旗都没啦！”

“怎么回事？国旗真的没有了呀！”贠亮大惊失色。他们公司与中国使馆近在咫尺，只要抬头，就可以看到使馆屋顶上那面永远飘扬着的五星红旗。此刻国旗竟然没有了！难道像美国轰炸我驻南斯拉夫使馆一样，北约对我驻利比亚使馆实施了暴行？或者是使馆提前撤离了？

“走，去看看！”贠亮一边抹着额上的冷汗，一边叫上司机登车直奔大使馆。

“贠总，这么早啊？来来，我正要找你商量事呢！”刚到使馆门口，王旺生大使就迎面过来，揉着迷迷瞪瞪的眼睛，热情地招呼贠亮。

“咋回事？”贠亮颇为不悦地朝王大使吼道。

“嗯，什么事？”王旺生大使不解地问。

“你看看……”贠亮手往屋顶一指。

“哟，大风把我们的旗杆给刮断了啊！”王旺生一惊，马上拍拍贠亮的肩膀说，“你来了正好，请你的人帮忙重新给弄根结实一点的旗杆，好把我们的国旗升起来！要不大家以为我们出了什么事，或者以为我们跑了呢！”

“慢着！”不料贠亮不仅没理会王旺生的话，反把年长他许多的大使一把拉到自己跟前，面对面地质问，“你说实话，是不是你们要走了？是不是你给自己留了一艘逃跑的航空母舰？”

王旺生看了看比自己高出半个头的贠亮，平静地说：“可惜中国还没有造出这样的航空母舰，外国的我租不起。”

“哈哈哈……”贠亮突然大笑道，“我是跟你开个玩笑。昨晚我们有人说大使馆的人都跑了，为什么我们还不宣布撤离？我告诉他们，只要中水电公司还有一个人在利比亚，我贠亮就不会走，更不要说我们的大使馆还在呢！这不，我说对了吧？”

王旺生在贠亮面前伸出大拇指：“是条好汉！真正的共产党员！”

“来，再交给你一个任务。”王旺生大使把贠亮请进使馆后说，“南部撤离是最后一仗，可我们离那边太远，通信又基本中断，国内非常着急，使馆压力更大。我这边抽不出人来，想请你派人马上去打通与塞卜哈的联系……”

“巧了！我本有此意，正想向你请示汇报呢！”贠亮击掌应和道。

“那你马上回去组织人，立即出发。”

“好！”

贠亮回到公司驻地，随即按照王旺生大使的意见，马上召开了全体工作人员会议。

“我们当中将有一半人往南走，去打通塞卜哈的通道。这一部分人到了那里，组织完撤离队伍上飞机后，便随队回国。另外一半人继续留守在的黎波里，直到公司所有的人离开了利比亚后再撤……”当负亮宣布这个决定后，会场一片寂静，没有人接话。大家都明白，往南走，虽然有风险，但在一两天内就能回国；留在的黎波里的，则生死难测。

“这样吧，每人在纸条上写一个字——‘走’或‘留’，再写上名字。我可以向大家保证，不管你写的是‘走’还是‘留’，我绝对不会在任何时候向任何人透露，也绝对不会在任何时候拿这件事在公司里对你说三道四……”亮特意补充了这段话。

依然没有人回应。

“写吧。”纸条发到大家手里，一会儿又交回负亮手中。

“当时我捏着十几张轻飘飘的小纸条，感觉却像握了千斤重的分量。我确实很担心大伙都写了‘走’字。其实真要都写了‘走’字也很正常，谁没有妻儿老小，谁不怕死啊！但当我一张张打开时，看到的竟然全是‘留’字，那一刻我的眼泪夺眶而出，怎么也忍不住……”负亮在接受我采访时依然被这件事感动着，七尺男儿的眼睛里泪光闪闪。

负亮自己带着七八个年轻人留在的黎波里，一直坚守到3月2日，在获得王旺生大使同意后安全撤出了利比亚。另一批赴塞卜哈的人是在副总经理刘庆福带领下，于会议后第二天一早驾驶一辆越野车向南部茫茫沙漠地带挺进。“分别时，大家心里都做了最坏的准备，我们一个个泪流满面地热烈拥抱，难舍难分，连在场的利比亚雇员看了都很感动。”负亮说。

刘庆福一行涉险闯关，一直走了十几小时，才到达塞卜哈。他们的到达，为更好地协调中水电两千余人的集结与撤离提供了有力保障。刘庆福后来还特别做了一件让尼泊尔政府异常感动的事：他受外交部委托，亲自护送300多名尼泊尔工人先从塞卜哈到苏丹，又从苏丹转机将他们送回老家。这一举动令尼泊尔当局和人民十分感动，他们的劳工部长专门到机场迎接并给刘庆福等人献花。“护送尼泊尔工人的包机是我们公司出钱租的。”贠亮很自豪这一点。

塞卜哈作为撤离的最后一个点，是在外交部向中央建议的撤离方案中就明确的。当时根据各个途径获悉利比亚局势的最新情况及发展动向，认为塞卜哈的实际状况可以大规模撤侨。令外交部应急指挥中心没有料到的是，原本以为没有悬念的塞卜哈撤离后来竟然步步受挫，节节断链。

早在21日晚，外交部在宋涛主持下给中央草拟撤离方案时，彭惊涛、陈晓东、黄屏、郭少春、马继生等几位外交“智囊”，就已经把从塞卜哈用飞机撤离我国公民的计划列入方案。在22日中央撤离总指挥部会议召开并下达全线撤离命令后，黄屏他们就立即要求我驻埃及使馆了解塞卜哈机场的情况。23日我驻埃及使馆报告说该机场能起降A320等150至180座飞机。“太好了，这样我们用二三十个航班班次就能接回那里的五六千人。”郭少春等领保中心的同志曾一度为此很放松。他们还设想：“如果直飞不行，我们的包机就在埃及的开罗和亚历山大做摆渡。”看起来这似乎万无一失。

24日至26日，整个撤离的重心落在东西两线的班加西和利突边境上。当这两地的通道基本打通，开始大规模撤离时，撤离重点便集中到了南部的塞卜哈。但计划不如变化快，战争中的利比亚局势瞬息万变，周边国家的情况也在发生着变化，一些让人意想不到的事情不断发生。

首先是去往塞卜哈的航班无法落实，其次是周边国家的飞机租借不到。因为此刻关于塞卜哈有可能成为卡扎菲最后堡垒的传说越来越接近事实，就是说塞卜哈将比班加西和米苏拉塔更有可能成为保卡和反卡势力最残酷的厮杀之地。

“不管找什么人用什么办法，必须完成租借埃及航班的任务！”黄屏、郭少春给驻埃及使馆下了死命令。

“不是说国内派包机过来吗？”使馆人员不解地问。他们还不清楚，这个时候国内安排的民航飞机已经全部飞往希腊、马耳他和突尼斯等地，去接应那里中转过来的两三万同胞，根本抽不出航班飞往开罗和亚历山大。关键是利埃边境关闭后，开罗和亚历山大已无人可接应。

“宋大使，拜托了，你们无论如何要把埃航的飞机搞定！不然的话，塞卜哈那边麻烦就大了！”这时的黄屏自己都记不清到底多少次给宋爱国大使打电话了。

还有啥说的！国难当头，我等岂能不全力以赴！

宋爱国他们还真把埃及航空公司搞定了：“他们给我们签了 15 个航班班次！”当驻埃及使馆把这一消息报告给部里时，领保中心值班的小伙子、姑娘们抱团蹦跳起来：“谢天谢地！塞卜哈有救了！”

“马上通知黄振宇他们回开罗，立即进入塞卜哈！”这就有了黄屏命令还在阿曼、迪拜转悠的第三特别行动小组火速折回开罗的那个电话。

这已经是 27 日凌晨的事了。郁闷了好几天的黄振宇小组于当晚 9 点半左右从开罗起飞，到达塞卜哈已经是 28 日凌晨 1 时 33 分。在黄振宇他们到达之前，苏丹和迪拜来的两个航班接走了一批中国同胞。但不管怎么说，小伙子们觉得总算赶上了塞卜哈大批人员撤离行动的重头戏。“你们是第一架飞往塞卜哈的埃航班机，后面我们租了 14 个班次……”离开开罗时，使馆这样对黄振宇说。

“到塞卜哈后，往机场一看，好家伙，那才叫人山人海！我们想找自己的同胞，竟然还不好找！机场上聚集的大多是埃及人，至少有几万人！天黑乎乎的，我们与地面临时指挥部取得联系后，还算比较顺利地将一批同胞接上租来的埃航飞机。当时我们都很高兴，以为后续飞机来了就可以成批成批地走了，哪知第二班埃航飞机一落地就坏了大事……”徐海风心有余悸地说。

“80后”年轻外交官徐海风是我认识的参与此次撤离行动的三位苏州小老乡之一。小徐2004年从北京外国语大学毕业，曾在我驻利比亚使馆工作三年，因为熟悉当地情况，被部里挑选为工作组成员。

小徐说的“坏了大事”是指，当第二架埃航飞机从空中向地面慢慢滑行时，正值东方晨曦照耀，飞机机身上的埃航标志清晰可辨，这让几万埃及难民兴奋不已，大声狂呼：

“我们的飞机！”

“我们埃及的飞机！”

“我们国家的飞机为什么载中国人而不载我们埃及人呢？”

“冲啊！我们要坐自己的飞机回家！”

黄振宇、小徐等中方人员兴高采烈，正准备将一批同胞往机场内送，却见由喜转怒的埃及人像潮水一般涌向停机坪，冲进跑道，挡在埃航飞机前面，无数人高举着愤怒的拳头，喊着震耳欲聋的口号……塞卜哈机场彻底乱套了！

“这可怎么办？这可怎么办？”黄振宇急得满头大汗，在场的所有中国人则目瞪口呆地看着这一幕，一颗颗心全都凉了。他们知道这一下真的回不去了！回不去了啊！有人当场哭泣，有人甚至昏倒在地……

“总裁先生，我们正式租用了贵公司的飞机，你们必须保证把我们的人从塞卜哈运到开罗。”已经四天三夜没有合眼的宋爱国大使被黄振宇的电话震得耳朵快聋了，亲自给埃航总裁打电话。埃航总裁无奈地说：“中国是我们埃及的朋友，但是现在塞卜哈有几万埃及人要坐自己国家的飞机回国，如果我不顾他们的死活，再运送你们中国人，埃及政府和人民会惩罚我，用刀砍了我的头。”

宋爱国大使又给埃及的外长和副总理打电话，请求协调处理。对方同样以抱歉的口吻对他说：“如果我们埃及的飞机去塞卜哈只运你们中国人，我们的政府将会在民众的唾沫中被摧毁……”

宋爱国大使再无话可说。埃及新政府本来就很脆弱，处在很不稳定的“临时”状态，确实不能再让人家为难了。

“我们知道了。请放心，我们已经有了预案！”当黄振宇和宋爱国大使向国内报告埃航意外毁约时，黄屏司长俨然胸有成竹。

这是怎么回事？

原来当黄振宇工作组租包机进塞卜哈屡屡生变时，外交部已经决定撤出塞卜哈的包机计划要做“PlanB”，也就是备用方案，要求驻埃及使馆千方百计租下埃航飞机。同时，通知驻周边国家甚至是驻中东地区国家使领馆，要求他们联系驻在国航空公司，收集了解可用运力情况。

埃航突然生变，备用方案迅速启动！接到国内领保中心指令后，相关各使领馆立即行动起来。驻迪拜的詹京保总领事第一个传来了好消息：“签下了两架飞机！准备直飞塞卜哈！”不久，驻土耳其大使宫小生也打来了报告利好的电话，还有驻苏丹大使李成文、驻约旦大使岳晓勇……燃眉之急顿解。这些，黄振宇和宋爱国大使当时并不知道，他们更不知道，就在前一天——27 日，外交部里还发生了很多事。

上午 10 时，宋涛来到领保中心看望所有值班同志，他表情有些凝重地说：“大家还要做好打最艰苦硬仗的准备。”

上午10时30分，杨洁篪外长也来到领保中心。部长的表情与以往一样，始终文雅而温存地微笑着跟同志们说话。不过，他说的有几句话让领保中心的同志们感觉分量颇重："我们的外交就是要贯彻'以人为本，执政为民'的理念，利比亚撤离工作是检验我们这一理念的试金石。人民在看着我们，全世界也在看着我们。"

这一天晚上8时50分，国务委员戴秉国出差回京，从机场直接到了外交部，看望亚非司和领保中心的同志们。当笑眯眯的老领导出现时，外交部南楼1115室——撤离应急指挥中心里的全体年轻外交官们一片掌声。戴秉国同志与大家一一握手后，声音高昂而又动情地说："同志们干得漂亮！前方后方都干得漂亮！大家是在干一件中国五千年来从没有干过的事，震惊中外，世界瞩目。从22日国家应急总指挥部成立以来的短短六天时间，我们已经把30000多人从利比亚撤出，这可以说是个奇迹！同志们都在第一线战斗，从你们身上能看到新中国几十年来外交战线的优良作风一代一代地传了下来，也证明中国外交队伍是支过硬的、特别能战斗的队伍。3月5日，我们的'两会'要召开，中央希望我们能在这个时间节点上把撤离任务全部完成。大家还要辛苦几天，谢谢你们了！"

"请首长放心！我们一定全力以赴！继续加油！"年轻外交官们齐声保证。

"请戴国委放心，现在我们将集中力量打好南部撤离这一仗！"黄屏在向戴秉国表态后，回头高声问同事们："大家有没有决心把后面的事情做得更好？""有！"回声震荡在外交部南楼。

戴秉国听后笑得很畅快！

当晚午夜时分，戴秉国走进宋涛的办公室，告诉他，刚刚得到消息：胡锦涛主席和中央军委已经批准了出动军机前往塞卜哈接应同胞。

28日清晨，当第一缕朝晖照亮我空军某地机场时，师长俞金池亲自带领四个机组，驾驶四架伊尔－76军机，从中原大地起飞，在乌鲁木齐转场后飞向巴基斯坦，飞向沙特、阿曼……

与此同时，国内外交部，我驻巴基斯坦使馆、驻沙特使馆、驻阿曼使馆、驻苏丹使馆、驻埃及使馆……正紧急地与万里空中航线之下的多个国家的外交部、国防部、航空部门商榷办理军机航行许可。

“这是我军军机首次赴海外接运受困同胞，首次到达非洲大陆，首次单程航距近万公里的历史性突破，中央军委、国防部、总参谋部等高度重视，是一次我军海外执行特殊任务的非战争军事行动。”负责具体协调、指挥此次军机行动的总参谋部应急办公室主任李海洋如此说。

“虽然我们事先已经知道军机要来塞卜哈接同胞，但当机身上印着‘八一’标志的军机降落在塞卜哈机场的那一刻，机场上所有的中国人都激动得流下了眼泪，那场面我没有见过……那一刻，我感到做一个中国人特别自豪，简直是太自豪了！”徐海风这么说，黄振宇也这么说，我采访的许多中国工人都这么说。

“当时机场上还有几万埃及等国家的劳务人员，他们看到中国的一架架军机来接我们的情景，别提有多羡慕！”徐海风说，“之后我们撤得就比较顺利了。在机场我遇到了当年在的黎波里工作时认识的一位叫伊沙姆的利比亚航空部门官员，他一边不停地向我伸大拇指说中国太伟大，一边帮助我们打通机场出境通道，使得我们的撤离更加快捷。”

中国军机在塞卜哈和苏丹首都喀土穆之间不停地呼啸穿梭着，还有一架架从阿曼，从约旦，从埃塞俄比亚等国往返于塞卜哈……那些飞机上都是我们的同胞，还有尼泊尔等国的朋友。

再说黄振宇率领的工作组，遭遇埃航“撂挑子”后，也不全是一帆风顺。在国内外交部和驻外使领馆的努力下，十余架外航飞机租下了，可是飞机型号大小有别，距离利比亚远近不同，过境国家、待办手续也不一，这样它们抵达塞卜哈的时间和载客数总是个变量。

作为塞卜哈撤离行动的前线指挥，黄振宇充分考虑到了上述情况。他把撤离工作形成流程，并分工到人：“请你负责汇总统计航班情况，包括来源地、所属公司、起飞时间、预计抵达时间、可载客人数；请你负责与待撤的中资公司对接，根据载客量安排相应人数，再根据抵达时间通知他们提前从附近营地来机场集合；你负责现场组织待撤队伍、登记人员信息，与机场方面做好沟通，创造最大便利；你负责与国内领保中心联系，确保他们随时掌握情况，我们也要及时了解有无变化，同时与驻相关国家使领馆保持联系……”在一一做出布置后，黄振宇顿了顿又强调：“咱们的安排务必严丝合缝，不容有失！”于是工作组成员各自领命，全力投入撤离工作。

与此同时，一批批乘客被有序地送上了军机、包机。中方组织撤离的秩序和效率，令在场的利方机场官员直竖大拇指。

北京。3 月 2 日晚。根据国内领保中心的安排，黄振宇工作组已组织塞卜哈 1506 名中方人员撤往伊斯坦布尔，815 人撤往迪拜，613 人撤往约旦和阿曼，唯有喀土穆接运计划还在进行中……

23 时 10 分，黄屏接到黄振宇来自塞卜哈的电话：“报告司长，在塞卜哈的中方人员 5650 人（含 700 余名外籍员工）全部撤离完毕。现在我和第三工作组的同志已经搭上最后一趟军机准备离开塞卜哈，请你指示！”

“好样的，振宇！飞吧！飞回来吧！”黄屏响亮地命令道。这回激动得掉下眼泪的不是前方将士，而是黄屏和领保中心的全体参战人员。

23时30分，宋涛副部长代表外交部向中央和国务院报告：从利比亚境内撤离中国同胞的工作完成，共撤离35860人！

这成了中国外交史上一段特殊的记忆、一份特殊的光荣。

35860！这是个多么值得自豪、值得铭记的数字啊！

将这些同胞排列在一起，一定是人头攒动，浩浩荡荡，壮观而雄伟；他们要是一起呐喊，一定如山呼海啸，震耳欲聋。在他们身后，站着几十万热泪盈眶、心怀感激的亲朋好友。

感谢你，祖国！感谢你，母亲！

第十三章

回家的路，很美，很幸福……

一切都在改变。战争就是这样的妖魔，或许它会把你带进地狱，或许会把你送上天堂。

撤离利比亚的35860名中国公民，现在陆续都被运送到埃及、突尼斯、希腊、马耳他、苏丹、约旦、埃塞俄比亚、阿联酋、阿曼等数个国家聚集。

追根溯源，这场地区性变局是突尼斯的动荡引发的“蝴蝶效应”，先是埃及被波及，继而导火索迅速燃烧至利比亚，蔓延也门、叙利亚、巴林等国，形成了一场“政治海啸”。突尼斯的“蝴蝶”如果不振动翅膀，埃及的穆巴拉克也不会被囚禁、审判；同理，如果穆巴拉克能顶住推翻他的广场示威，卡扎菲或许今天仍在做着“非洲皇帝”的梦！然而历史不会倒退，动荡引起的海啸已经让那些誓死推翻独裁统治的反对派掌握了政权，他们不可能把胜利果实拱手让给昔日的敌人和今天的政治对手。

中国和许多国家的滞留公民都是这场西亚北非动荡中遭受磨难的无辜者，他们头顶高悬着达摩克利斯之剑，随时会在枪炮之下殒命。保障侨民的生命安全和尽快将其撤离是非之地，是动乱时期最迫切、最紧要的事情。

“我们从死亡中走出，现在我们异常饥饿，异常想家……”

北京时间24日凌晨，利埃边境的萨卢姆小镇，那队由中水电公司和中建公司员工组成的381人撤离队伍，一摆脱疲惫不堪、备受磨难的出境窘况，就被我驻埃及使馆工作人员热情地送上八辆豪华大巴车，在埃方警察开道下，直奔首都开罗。路上，一位年轻工程师打开电脑，发现网络状态很好，与之前在利比亚的日子里无法相比，所以特别兴奋，迫不及待地在自己的博客上写下了上面那句话，之后他的眼皮开始打架，再也没有力气往下写……

十小时后，年轻工程师醒来了，发现自己和队友们都到了开罗，并且被安排在一个令他们喜出望外的地方——推开窗户就可以看得到金字塔的酒店。兴奋不已的他难抑心中的那份激情，便重新续写博文道：

到北非工作三年，其实我们很多人都没有真正享受过这边的风景和名胜，虽然有几次从开罗经过，但从未这么近距离看过金字塔。我想我的300多位工友更不用说了。他们中间大多数是农民工，离家时是带着一个到非洲淘金的美梦，其实他们的淘金梦也就是想着能够为自己的老婆或者儿女一年挣回万儿八千的美元而已。他们有的在利比亚的沙漠里干了两三年，除去来回坐飞机经过埃及、迪拜等著名国家及其名胜外，事实上跟没出国门一样。有的是刚刚出来做劳务人员的，连一句与利比亚人打招呼的“你好”还没学会呢，战乱就开始了。

战乱后利比亚人有许多会死去，而我们这些外国侨民便成了难民。在非洲，难民太多太多，而难民的命运其实是最悲惨的，除了联合国有个难民署能够对他们有些关注外，据说非洲每年因战乱或自然灾害引发的难民就有几百万，其中死亡的总有几十万。

难民死亡已习以为常，人的生命和价值甚至比不上一条狗，根本就引不起人们的重视。

现在我也是难民，我的工友们都是难民。出境的时候，我看到很多工友的身上什么都没有，钱没有，行李没有，衣服也只有随身穿的单薄几件，但他们的口袋或腰里则塞着或插着泥瓦匠、木工用的木刷与钳子。这类东西海关是不让带的，我的工友们中有些人跟埃及边境的海关人员吵起来，不让没收他们干活和吃饭用的工具。有个工友竟然还哭了起来，说："我出国干活不仅还没拿过一分工钱，现在连从家里带来的钳子都被没收了……"

看着眼前的情景，我眼睛酸酸的，心想，这些连一个英文字母都不识的劳务人员，如果国家不想法子把他们撤离出来，他们留在战乱的利比亚，会是什么命运呢？

"不亏！我们没白出国一趟，连金字塔都看到了！"

没白出国一趟！

这也是工友们说的话，是他们现在说的，刚才说的，就在我身边说的！你看看他们的脸上都充满着兴奋、幸福和满足感……他们挤在酒店的凉台上、房间的窗户边，甚至还有人跑到院子的高台上。

昨天，我的这些工友们还是惊魂未定、满身污垢，现在他们个个精神饱满、神采奕奕，俨然是一个个轻松愉快的出国旅游者。看着我的工友们十几小时之中的两重世界，我现在最想说的一句话是：我的祖国，我们真的太感谢您了！因为如果没有您，别说我的这些工友是生是死，就是我这样懂几门外语、走南闯北的人也未必能活着回家……

年轻的工程师在当晚 18 时许，和同一单位的 227 名工友乘坐国内飞来的第二架包机（即外交部第二、第三特别行动小组所搭乘的专机）飞回祖国。另外 100 多人在我驻埃及使馆的安排下乘坐卡塔尔航空公司的飞机中转回国。

其实在这个时候，天空上还有一架飞往祖国的撤离包机，那就是吉学勇驾驶的 CCA060 国航航班。只是这架包机上的 223 名同胞比第二架包机上的同胞们早出 10 个小时享受到那份来自祖国的温暖。

“请慢些，慢些……好！你们坐这里。”乘务长张奇峰把六名孕妇引进头等舱后，又把七名儿童一一安排在头等舱。

“这是我们的座位吗？”

“是呀小朋友，有什么问题吗？”

“这是我妈他们单位大老板坐的地方！”

“对，今天就给你坐了！”

“谢谢叔叔！”

“不用谢。”

这是张奇峰和一位小朋友的温馨对话，机舱内弥漫着一阵阵幸福和愉快的暖意。

“同志，我已经三天没吃东西了，实在走不到后面了。”一位上机的妇女刚进机舱，就摇摇晃晃地把手搭在张奇峰的肩上。

“好好，你就坐这儿。”张奇峰让乘务员小李帮着将这位妇女就近安顿好，并迅速递上一杯冒着热气的牛奶。

“谢谢，谢谢你们，谢谢祖国！”那妇女先是开始流泪，再就是不停地唠叨起在利比亚经受的一次次苦难。别人都累得睡了，她还在说，还在流泪，长时间地不能自制。其情其景，让张奇峰等乘务员们既心酸又同情，倍加关怀每一位从死亡线上逃脱而归的同胞。

“民航，民航！前方的同胞们有的几天几夜没吃没睡，请你们在安排好接应的飞机上带足食品和各种保健物资。”这是外交部领保中心包机组的张赫群、张良他们几位同志在通知民航派遣飞机时就已经叮嘱过的话。

张奇峰后来说：“我们在出发前就准备了三顿主餐食品，足够10小时的航程食用，还有八宝粥、烧饼、方便面、橙子、香肠等食品。机上配了600个大橙子，配发时每人两个，我发现一位年轻妇女吃了一个就不再吃了，便问她是否有什么地方不舒服。那妇女说，她是留学生，在的黎波里时，学校开始不放他们，到机场又挤不上航班，以为这下回不了国，回不了家了，没想到祖国这么快就派国航大飞机来接他们回国。她留学六年，这是在飞机上吃的最好的一顿饭，她要把这个橙子带回家，让家人们一起分享祖国给的这份幸福和温暖。”

在吉学勇、张奇峰他们这架撤离同胞回国的首航包机上，还有北京宏福集团的18位女员工。张奇峰后来听这些女员工们说，当时宏福集团在利有2039人，分别在简度巴和嘎蒂斯两个工地，20日、21日营地两度惨遭不明身份的暴徒袭击，一连几天，这些女员工们不只待在工棚里不敢出门，还有男员工们守护着。

22日，公司得知国内派包机到的黎波里，便与使馆联系，将这18位女员工送到机场。翻译杨文静说，让别人先走吧！那一刻她感觉很悲壮，想和大家一起战斗。但因为她有病在身，领导还是坚持让她走。再说女人在这样的国家容易出事。第二天她们到了的黎波里机场便下雨了，而且越下越大，机场内没有可避雨的地方，大家全都淋湿了，只能躲在一个小棚子的檐下瑟瑟发抖。机场的女厕所是一个小草屋，由于上厕所的人太多，排起了长队。

突然周围枪声砰砰大作，吓得女员工不知所措，想上厕所又不敢，便哭了起来。后来才知道可能是警察与示威者打了起来。

飞机上，杨文静几次握着张奇峰和其他乘务员的手说：“我现在看到自己国家的什么东西都好，都亲切。”

北京时间 25 日凌晨 2 时 30 分，搭载 223 名撤离同胞的首航包机到达北京首都机场 T3 航站楼，杨文静和同事们把事先准备好的简陋横幅打了出来，上面写着“感谢祖国”。走向舱门的那一刻，杨文静看到那几个女留学生也打出一幅鲜艳的标语，上面是“祖国万岁”四个字。

当她们举着标语走出机舱时，看到机场上无数人在向她们招手、欢呼，尤其是那幅格外醒目的“欢迎回家”的巨幅标语，使这些饱受战乱之苦的女人再也忍不住，“呜呜”痛哭起来……那是幸福之泣，那是回到母亲身边涌自肺腑深处的幸福之泪。

国务院副秘书长尤权、外交部副部长宋涛也在此次欢迎人群中，他们带去了中央领导和外交部对回国同胞的亲切关怀。

35860 人撤出利比亚后要回国，这是一个大问题，一个同样是从未遇到过的大问题。

他们饱受痛苦，他们渴望回家，但既有租船、租车、租飞机等具体问题，还有中转国办理各种手续等诸多实际困难。我们必须尽快地让这些同胞们早日回家，安全回家，幸福回家！张德江、戴秉国在国家撤侨指挥部会议上这样要求。这样的要求从一开始就被提出，这样的要求在外交部协助国家制定撤离方案时就被具体地贯彻到相关的每一个行动细节之中。

让我们一起到突尼斯、马耳他、希腊这三个主要中转撤离点的现场感受一下吧。

第十四章

突尼斯——“海妖”岛卷走了我们所有疲倦与恐惧

外交部给我驻突尼斯使馆的任务比较早，是因为突尼斯距离利比亚首都的黎波里最近。“我们建议，杰尔巴岛可以成为理想的中转点。”大使火正德第一时间向国内提出把杰尔巴岛作为撤离集结安置地的建议，这个建议得到了外交部和国家撤离应急总指挥部的认可。

当地时间22日傍晚19时左右，火正德大使派出的由武官杨旭和经商处参赞周兆明及使馆其他两名工作人员组成的第一工作组，已经抵达杰尔巴岛。他们一到那里，就开始部署和联络安置撤离公民的事宜，同时在突尼斯有关部门的帮助协调下，筹备办理入境手续、人员安全和医疗救助等工作。可以说，由于使馆的“早下手”，为日后从利比亚撤离过去的10000多人的庞大队伍提供了绝对保障，这让联合国难民署官员惊叹不已。联合国难民署也在那里设了难民点，但两处人们的境遇则有天壤之别。

杰尔巴岛位于北非突尼斯的东南部，距首都突尼斯市513公里，素有“旅游者的天堂”之美誉，游客众多，即使是一个几十人的旅游团想到那里，也不是那么简单的事。“我们曾经安排过团队，但每次要想挤上岛，总需要几个月才能实现。”北京国旅的一位官员这样告诉过我。

杰尔巴岛太美了，但接待设施有限，现在要一下子安置10000多名从战乱中逃离的中国人，火正德大使和使馆同事可是费尽了心思。他们用两天时间就把所有安置接待事宜全部搞定，并且提出整整一天在突利边境等候撤离同胞过境。

“这得感谢突尼斯政府。”曾在五个驻外使馆工作过的火正德大使感慨说，“他们是小国，又刚刚经历政权更迭，但不管新老政府，他们对我们中国都非常友好。当我们提出租用杰尔巴岛作为撤离中转点时，他们爽快地说没问题，并全力以赴、竭尽所能地在为我们服务。”

多数中国人或许还不太了解突尼斯的杰尔巴岛，这个离利比亚首都的黎波里直线距离仅有240公里的地中海南岸岛屿，却是人类文明最早的发源地之一。那里有一条将杰尔巴岛与陆地相连的公路，可谓是历史的见证。它始建于公元前2世纪，并且有一个响亮名字——“罗马大道”，堪称世界最早的陆海公路。

岛上除了让人乐不思蜀的风光外，最大的特色就是岛上的建筑风格。整个岛内的建筑都不高，一般都高不过点缀其中的那些椰林。构思独特的度假村没有常见的酒店式建筑，只有独门独院的整体院落。走进小院里的屋内，房间是一般酒店标准间格局。整个杰尔巴岛建筑的外壁皆是纯白色的，户门窗栏是蓝色的，再加上院落中或高或低的椰林以及垂挂其上的黄色果实，一切无不体现着当地人对色彩调和的独特理解。

杰尔巴岛属于犹太人的家园，这里住着1000多名犹太人。据说他们的祖先很早就在这里，使这里成为全世界最早的犹太人定居点。岛上有一座著名的格雷巴教堂，是为纪念一位公元前6世纪移民到此的犹太妇女在一场大火中不幸遇难而建的。

传说这个著名的旅游天堂接待的第一位游客，就是那位大名鼎鼎的尤利西斯（奥德修斯）。在《荷马史诗》中，杰尔巴岛是食莲者居住之处。荷马曾这样描述过：杰尔巴岛女妖引诱尤利西斯一行人食用莲花，食用者无不贪恋莲花味道而不愿回到船上返航，结果都成为女妖的仆人。故杰尔巴岛有“地中海海妖”之称。我们中国人知道杰尔巴岛，除了从荷马的《奥德赛》中读到外，多数可能是从一部叫《露西亚的情人》的电影中认识这个“地中海海妖”的。笔者还没有机会去过杰尔巴岛，却与许多电影爱好者一样，很早就听过影片中小说家罗伦素对杰尔巴岛的描述：“这座小岛其实是漂浮在海上的，只是人们并不知情。它的底部是由有很多空洞的熔岩组成的，当海潮涌来时，会发出微微的震颤。”

“虽然我们的同胞可能没有在意罗伦素描述的那种‘微微的震颤’，但他们无论如何没想到在逃离死亡威胁之后，竟然会住上四星级宾馆，来到世界著名的旅游胜地。”一位新华社记者写下这样的观感，“我驻突尼斯使馆的安排可谓周到备至，他们让同胞们住进杰尔巴岛后，第一件事就是发给每个人一张手机通话卡，这是数天来与家人失去联系的同胞们最需要的东西；然后就把他们领进宾馆的房间让其痛痛快快洗上一个热水澡，这也是同胞们迫不及待需要做的事；之后就让他们饱饱地吃上一顿香喷喷的热汤热饭。我看到同胞们有的吃了三四碗还不放手……午后，我特意到同胞们住的房间走廊里看看，结果一扇扇房门紧闭着，里面传出的鼾声却此起彼伏，如雷轰鸣。我看到几位突尼斯服务员捂着嘴在朝我笑，我也笑了，笑我们的同胞睡得太香了！”

与高晓林同在中南院、网名“小娟”的女士在博客上写道：

在杰尔巴岛的几天，只去过附近的一个小镇，叫不上这个小镇的名字。小镇的道路很干净，商店里全是进口货，营业员听不懂英语，但都能讲法语。我们买的鳄鱼牌T恤衫，一件约90元人民币，相信不是假货。在小镇上无论孩子、年轻人还是老人，他们都显得有礼貌、有教养，阿语翻译与他们交谈，他们说话声音不高，很文雅。回酒店时我们多给了出租车司机一突尼斯第纳尔，他一定要退还给我们。小镇的人们给我们留下了良好的印象。

宾馆打扫客房的清洁女工都穿着带条纹的工作服，和利比亚的劳动妇女一样。她们对我们这些来自中国的客人很好奇，听不懂英语，只能比比画画地与我交流。

有一次，几个女服务员从隔壁房间里拿着一个瓶子跑到我面前，指了指瓶子上贴的虾子图案，又打开闻了闻，几个人都苦着脸捂上了鼻子，表示非常难闻。这东西还能吃吗？干什么用的？我没有办法告诉她们，这是我国浙江沿海地区的人们喜欢吃的虾酱。这位浙江的工友在撤离时居然还不忘带上一瓶家乡产的虾酱。

还有一次，女服务员举着我的不锈钢保温杯问我："这是什么？"我做出喝水的样子，她明白了。看她满心喜欢的样子，我就把杯子送给了她。其实她们从来不喝热水，也不需要保温杯，她们只是好奇……常常说，让世界了解中国，让中国了解世界，和突尼斯杰尔巴岛有了这几天的缘分，我们对这个遥远的北非国家增加了几分了解，点点滴滴都记录在我的博客里。

之后的日子，是等待回国。从26日起，我驻突尼斯使馆和前方工作组每天都在迎接从边境过来的一批批同胞，除安排好他们食宿外，便是千方百计争取前来接应回国的航班。10000余人，多少航班才能运走？火正德大使和使馆所有工作人员都没有经历过如此规模的空运，即使是具有千年以上旅游历史的杰尔巴岛也不曾有过这样的经验。要在短短几天内，横跨亚、欧、非三大洲，完成万人航运，谈何容易！然而中国人做到了，且做得圆圆满满。

第一架飞往杰尔巴岛的是中国南航公司广州飞行部的 B777 机队的南航 CZ2001 包机。他们于北京时间 27 日凌晨抵达杰尔巴岛，当日傍晚回到广州白云机场。之后的杰尔巴机场，每天平均至少有八至九架包机从这里起降，送走一批又一批中国同胞……

我们再来读一读“小娟”的另一篇博客日志：

昨晚我们终于接到了大使馆的通知，安排我们 3 月 3 日上午 10 点乘东方航空公司的包机回国。听到这个消息时，大家的心情就像离开家太久的孩子马上要见到妈妈一样。

在杰尔巴岛我们等待了四天五夜，似乎等了好久好久，但心情是愉快的，甚至充满了幸福感。因为这里太美了，风光美，人美，使馆给我们安排的住处环境更美、更舒服。我常在想，如果不是国家这次撤侨安排，我这辈子有机会到杰尔巴岛如此尽情地休闲几天吗？或许永远不可能。但现在我享受到了，满足了。我明白，这是我的祖国给的这份特殊厚礼！

清早 6 点钟大家就聚集在酒店大堂里等待出发。天慢慢亮起来，四辆大巴车开来了。站在外面的台阶上展望，此刻才感到杰尔巴岛的早晨竟然如此美丽，然而我们马上就要离开了。有人递给我照相机，让我抓紧时间给他们拍照，有的集体留影，有的单独留念。突尼斯杰尔巴岛，我们永远不会忘记！

上了大巴车，半个小时后就到了机场，候机大厅里大多是中国人。来接我们的东航包机直飞上海。空姐告诉我，他们从来没有飞行过从中国到突尼斯的航线，为了大撤离，国内的航班都做了大调整，连日来许多机务、乘务、飞行人员都放弃了休息，一切为了接利比亚的中国公民安全回国。当有人把照相机镜头对准辛苦忙碌的空姐时，她们微笑着谢绝了，说:“这是我们的工作，请不要感谢我们。”

在撤离过程中，许多在利比亚的中国企业领导制定了撤离原则:先女士后男士，先群众后党员，先工人后干部。这个原则贯穿于大撤离行动的全过程和所有细节，保证了撤离的安全有序、快速高效。在包机上我看到，头等舱里坐着普通的工人，公司的领导都在后面的经济舱里。

在我旁边坐着的是浙江的顾老板，他说自己虽然年过四十，但还是一个“愤青”，平时常常抨击社会诸多不公平弊端和腐败现象，然而此时他发自内心地对我说:“当我在大使馆的指导下，从的黎波里撤离到突尼斯边境时，我的心中没有了任何怨气，只剩下了感恩！”

萧山周老板的太太平时在家乡过惯了安逸的生活，去年9月跟随老公第一次来利比亚，在动乱的日子里天天听到枪声，备受惊吓和煎熬，对老公来利比亚做生意更是责备有加。她说，撤离到杰尔巴岛上的这些天，真正体会到个人的力量是多么渺小，强大的祖国才是海外华人的坚强后盾，也深感社会的稳定对我们老百姓是多么的重要。

我和几个来自甘肃和辽宁的工人交谈时问他们:“利比亚发生了动乱，暴徒打砸了中国人的施工工地，甚至还打伤了我们的工友，等利比亚平定下来后，你们还愿意去工作吗？”他们都说，经历了这次大撤离，感到有强大的祖国，有大使馆的保护，以后在国外工作胆子更壮了，什么都不用怕了。他们中有瓦工、木工、钢筋工，还有一名厨师，说以后如果有机会，他们也愿意来我们的项目上工作。目前中国在利比亚有50个建设项目，合同总价值188亿美元，这些工程都还没有完工，如果没有中国人回利比亚继续工作，这些工程将成为一片片的废墟，这是谁都不愿意看到的。

载着我们的东航包机经过11个小时的飞行，在北京时间3月4日清晨4时到达了上海浦东国际机场。我们回来了，和迎接我们的领导紧紧握手，和翘首盼望的亲友热烈拥抱。这是何等珍贵的握手！这是何等幸福的拥抱！

2011年3月4日上午8时许，《国际航空报》记者訾昌美拿到了一张她盼望已久的登机牌。这张登机牌不是一般乘客所能拿得到的，訾女士是作为民航部门的一名记者才有资格进入中国国航派往前方执行利比亚撤侨任务的第27架包机——CCA030D航班。此刻訾昌美明白手中这一张登机牌的分量，那是在突尼斯杰尔巴岛最后一批急待回家的同胞中的一个宝贵座位。我们也得感谢訾女士在争取到这一特殊座位后也给读者们带回了一份特殊的航行观感：

北京时间3月4日上午9时10分，包机CCA030D从北京首都国际机场腾空而起，飞赴突尼斯杰尔巴岛。

登上包机CCA030D之前，记者没有预料到能够在机上见到宋志勇作为带队机长参与任务。宋不久前刚从国航副总裁晋升为中航集团分管飞行的副总经理，他的出征便证明了中国民航局的重视。包机 CCA030D 执行双机长保证，所以驾驶舱里，还有另一个带队机长郭晋予，他是国航飞行总队四大队的副大队长，在执行这次包机任务前三天，刚从纽约飞回来。这个有着 30 多年驾龄的老机长，曾多次执行过国家领导人的专机任务，飞过很多没有正式通航的机场，有着丰富的飞行经验。

圆脸的正驾驶郝兵非常健谈，在同事们眼里以“全才”著称，飞行技术一流，吹拉弹唱也样样不落。清瘦的第一副驾驶王峥是个摄影爱好者，两天前才刚从希腊的克里特岛回来，这是他第二次执行利比亚撤侨包机任务。25 岁的李运涛是副驾驶，他言语不多，很认真地做自己分内的事。

第一次接受包机任务时王峥因为走得仓促，没有带上相机，这次他特地带上了设备，因为执行这种任务感到光荣，想留下些纪念。他不时给李运涛拍照，并打趣说要把照片发到《非诚勿扰》。

按照传统航线，飞机应该从蒙古、俄罗斯方向飞往非洲，但国航运控部门临时申请改变航线取道西欧、南欧前往杰尔巴岛，这样可以节约 25 分钟航程。“我们在北京给飞机加满油，在杰尔巴岛就可以少加一些油，又可以省出一些时间。我们考虑到方方面面的细节，目的只有一个：接同胞早日回家。”宋志勇说。

宋志勇这句话让我想起不久前在国航客舱部采访时听到的一句话。最先国航用 A330 和波音 777 执行撤侨任务，但第三架飞往克里特岛的包机就使用了波音 747，我清楚地记得当我们用微博发布国航派出波音 747 全客撤侨的消息时，曾有网友那么激动地回复：“大飞机出动了。”那句话是：“有全客，用全客，多拉一个是一个！”也是宋志勇说的。

客舱里，主任乘务长赵力安排好乘务员们轮班休息，然后与乘务组的谭雯雯、黄奕等一起，清理迎接旅客用的国旗、横幅和上客后要用的餐食物品等。为了缩短包机在杰尔巴岛停留的时间，包机带上了回程的餐食，除双倍配备正餐，还增加了方便面、八宝粥、夹肉烧饼和整水果。“这都是考虑到经历了路途的奔波及当地食品的不足，旅客会很饿，还有就是这些食品也更符合中国人的口味。”赵力说。

包机快到达目的地时，轮流休息的乘务员们已全体就位，在包机上客前给每个座位放置额外添加的整水果、方便面、八宝粥等食品。

北京与杰尔巴岛有7个小时的时差，北京时间3月4日21时10分，包机降落在杰尔巴岛机场时，当地时间是3月4日14时10分。此时，330名来自北京建工集团和其他中资公司的滞留人员，正有序地集结到机场。候机楼和停机坪上，来自国航运控、地服、签派和机务等部门的七位业务骨干组成的临时地面保障小组，由组长雷伟协调指挥，紧张而有条不紊地办理旅客登机相关手续，给飞机加油上货等。安保人员则寸步不离地守在飞机旁。

和克里特岛的情况一样，国航与杰尔巴岛机场没有正式通航，所以没有任何地面代理可以依靠。“我们刚到这里的时候因为语言不通，无法很好地与当地机场的地服人员沟通需求，最后在大使馆的帮助下找到了一个代理人协调解决地面保障问题。从3月1日，国航增派波音747飞机到突尼斯撤侨，到今天我们共保障了六架撤侨包机。现在，我们完成了任务，可以跟着包机回国，总算松了一口气。”当天晚些时候，雷伟在包机回程途中对记者说。包机在机场过站的三小时里，雷伟和他的保障小组成员始终处在忙碌之中，根本无暇接受记者的采访。

16时许，机场摆渡大巴载来了第一批办完登机手续的滞留同胞，没有记者预想之中的混乱惊慌，只有掩饰不住的欣喜和兴奋。他们带着简单的手提行李，下车即排成一字长蛇阵，从摆渡车前、客梯下、舱门口到客舱中，在国航地面保障小组成员、安全员、乘务员们“欢迎回家”的问候声里，依序登上包机，有不少人冲记者摆出“V”字手势，不时听到他们说：“回家真好！”“谢谢你们！”“感谢祖国！”

客舱里，乘务员们引导撤侨从后舱开始就座。在这个特别的不对号入座的航班上，同胞们就座却分外有序和快速，普通舱满了就开始安排上层舱和公务舱，没有人计较舱位之别，乘务员的微笑也格外地由衷和真诚。

当地时间3月4日17时24分，飞机满载330名从利比亚撤离到突尼斯的中国同胞，从杰尔巴岛机场腾空而起，飞向祖国，飞向北京。

“各位同胞：你们好！我是本次航班的乘务长赵力，我代表机长郭晋予及全体机组成员向你们表示衷心的问候，你们辛苦了！我们受党中央、国务院、中国民航局、国航的委托来接你们回家。祖国和家人在等待你们平安归来……愿你们安心休息，保重好身体，我们非常高兴并将竭尽所能为您提供服务，将您平安送回祖国。让我们一起踏上回家之路，开始一段难忘的旅程。”乘务长的机上广播词还没结束，机舱里已经响起热烈的掌声。

飞行平稳后，乘务组立即开始餐饮供应。在公务舱，记者看到，有同胞说已经很长时间没有喝到啤酒了，乘务员黄奕给他拿了一听，再拿了一听。有同胞不会使用机上娱乐设备，黄奕就耐心地给他们解释，帮助他们进行操作。在包机飞行的过程中，记者每次遇到黄奕，都看到她始终带着甜甜的微笑。“我觉得心里挺激动的，能执行这个包机任务，很光荣！”这个有五年乘务飞行经历的姑娘说。

同胞们就餐后，客舱里渐渐变得安静，但安静很快就被热烈的鼓掌和欢呼声打破，原来是乘务员们在向同胞赠送手持小国旗。同胞们动情地挥舞国旗，客舱霎时成了一片红色海洋。乘务员们拉开早就准备好的“祖国接你回家”的大字横幅，欢呼的声浪顿时席卷成一片，有同胞忘情地高喊：“祖国万岁！”

记者的镜头所及之处，是一张张激动的笑脸，有不少同胞在冲记者喊：“给我们也拍一张！”对祖国的信赖以及身为中国人的自豪，在一张张朴实和饱经风霜的脸上显露无遗，记者眼前的镜头渐渐开始模糊……

CCA030D 航班共搭载 330 人，这是圆满完成从突尼斯杰尔巴岛接回 10539 名同胞任务的最后一架包机。经过 10 个小时的漫长飞行，CCA030D 于北京时间3月5日上午10:55到达首都机场。人们发现，下飞机的乘客中，有六个特殊的小伙子，他们就是费明星率领的第一特别行动小组。

“兄弟，总算回来了！”拥抱费明星的是郭少春。费明星没有哭，郭少春却泪流满面。

“回家了！我们终于回家了！”

费明星和五名战友突然抱在一起，泣不成声。

第十五章

马耳他——地中海怦怦跳动的“心脏”

其实它仅仅是一个岛屿，但它又是一个国家。如果在世界地图上找，你找不到它；如果在欧洲地图上找，你也仅仅能找到它特意标出的国名而依然找不见它国土的模样。316 平方公里，42 万人口……即使只看地中海，它也属于很小的一块地方，顶在它上面的意大利西西里岛显然比它大出上百倍，就连左下方的突尼斯杰尔巴岛也可以跟它比胳膊。

马耳他就是这样一个国家，它在强大的欧洲与广袤的非洲之间能够存在的事实本身就非常了不起，更何况它还有一个“地中海心脏”的别名。这颗“心脏”在此次中国利比亚大撤离中，让我们真切感受到了其非凡的魅力，它的每一次激情跳动都令 13 亿中国人感动。

“作为总理，我唯一不能做主的就是天气，其余的我们将全力以赴。”当中国政府有求于这个国家时，他们的总理如此真诚和倾情地说了这样的话。这是真正的朋友的话，体现了一颗对中国人民充满感情的心，也是中马友谊的见证……

“我想说的是，此次撤侨中，我驻马耳他使馆可以说是做了一件‘小牛拉大犁’的伟业。如果说，马耳他是个微型小国，我们驻马耳他使馆则是微型使馆。在我们最忙、最紧张的时候想找人帮忙很困难，找不到合适的人，因为在马耳他的华人少，中资公司仅有一家，也就一二十人。我们共接待了三艘邮轮上的五六千同胞。当时碰到两大困难：一是马耳他是旅游胜地，常年都有游客，我们找不到一整家酒店安排我们的同胞住宿，都是零散安排在各个酒店，这样工作量就增加了数倍；二是有两艘船上的人不能上岸，他们只能留在船上等待直接上飞机。”张克远大使介绍说。

“但是我们一点没有感觉在马耳他的日子枯燥乏味，相反我们天天享受着海上豪华旅店的待遇，有热水澡洗，有可口的中式饭菜吃，还能打麻将扑克……”中建公司的一位工人至今仍保留着使馆给他们的一副麻将牌。

写到此处，我正好上网想查个数据，却无意间看到新华社记者 2011 年 2 月 28 日写的一篇题为《大恩不言谢，转身做贡献》的短文。文章说：

记者 27 日在马耳他码头上采访，见到撤侨船上一位待命志愿者——中建八局第七项目部员工袁琢成。问他为什么当志愿者时，小伙子说：“使馆同志是我的救命恩人，所以愿意帮他们做点事。”

袁琢成向记者说起他“这辈子无法忘记”的一天。2 月 24 日，当天也是这艘邮轮参与撤侨，在利比亚班加西港撤侨时，邮轮已经满载，船下还有 100 多名中国人没登船。由于船上缺乏足够的救生设施，根据海事法规定，船长不同意继续上人，而袁琢成就是这 100 多人中的一员。“当时我已经踏上吊桥的台阶，准备上船了。外籍海员突然对我们喊道：‘Stop！ Stop！’当时我傻了，彻底傻了！”袁琢成回忆道。

过了一会儿，他才继续说起当天的登船经历：“当日早上 9 点钟我们赶到中建八局的集合点，然后撤到海滩，走到船位，开始排队……到登船时已经是晚上6点半了，没想到遇到一个‘Stop’！当时心情已经不能用‘凉了’或者‘崩溃’来形容，我至今找不出合适的词语来描述当时的心情。那时一会儿下雨，一会儿刮风，一会儿太阳出来，衣服干干湿湿不知多少回，但这都无所谓，脚站得发疼发麻也无所谓，我们只想登船回家，就这个心愿！后来我们见年轻的李昊外交官挡住舱门，死死不让外籍海员关门，另一边一位老外交官刘美崑参赞在拼命打电话协调，最后在他们的努力下我们总算得以上船。”

“折腾两个多小时，你不知道我们后来多么感激李昊和刘参赞他们！没有他们，我们或许就死在班加西了。”袁琢成说到此处已经有些哽咽，“那两个多小时里，我们一次次听着刘美崑和李昊站在雨中，用沙哑的嗓子，声嘶力竭地一遍遍对我们说：‘同胞们你们放心，要相信政府，相信我们不会留下任何一个人的！绝对不会！’听了他们的话，虽然我们还没有上船，但心里确实踏实了。后来一夜，海路上也是十分颠簸，可刘参赞和李昊同志对我们关心备至，我们一点也没有吃苦，美美地睡了一觉。这不，现在到了码头，使馆没有人手，我报名当临时志愿者，想尽一份力量为大家服务，以报答中国外交官的救命之恩。”

这样的事在撤离现场几乎每时每刻都在发生，都能见到和听到。用张克远大使的话说：“使馆为同胞做事全是应该的，我们的责任就是让自己的同胞在海外能够感受到国家的一份温暖和有国家保护的一份安全感。”

话虽这么说，但撤离下来的同胞们其实并不知道张克远大使他们为了做到这些，费了多少心思，花了多少心血，有时一些看起来很普通、很寻常的事，在异国他乡做起来却困难重重。就说中餐吧，张大使是个有心人，他想同胞们在利比亚和船上已经饱受流离颠簸之苦，到了他的地盘，该有顿可口饭菜吃吧？于是他对使馆的同志们说：“无论如何我们得让大伙吃上中餐。”这一点要求看似不高，哪知道搁在马耳他就是件大事了！上面已说过，整个马耳他没有几个华人，中餐馆只有一家，很小。当张大使把做中餐的事交给开饭店的中国小老板时，竟然把他吓坏了：“每顿都要 1000 份套餐啊？我哪做得出来呀！”

做不出来也要做，这是爱国饭！使馆的人走了后，中餐馆的几个中国伙计一商量，说什么也要把这事完成好。“算是我们一次爱国行动吧！”小老板让伙计们说服了，那就干吧！好家伙，从这会儿开始，五六个中国伙计便投入了长达 100 多小时的“厨房大战”……当张大使等将一盒盒香喷喷的中餐送到船上时，同胞们甭提有多高兴了。

“有一批同胞是住在当地酒店的，如何让他们在等待上飞机的几天里既能休息好，又能自由活动，也是一件比较复杂麻烦的事。比如，他们要出去散散心，玩一玩，这也是无可非议的，但马耳他属于欧盟国家，非法移民是他们很忌讳的事，我们的几千人一下来到一个小国，身上又没有啥证件，万一有人跑了咋办？每天看着他们是不可能的事，几千人住得又分散。于是使馆只好天天派人去各个酒店值班，所谓值班就是上午去一趟把人清点一下，给大伙介绍哪些地方好玩，哪些地方可去，然后到晚上再去一一查看人是否回了酒店。别看这事不大，但可把金松宝他们累惨了！责任大呀，跑一个、丢一个都是大事，这里面有我们中国政府跟马耳他政府之间的庄严承诺。我们在请求马耳他政府时，就曾向他们承诺，保证不出现一件非法移民事件。”张克远大使对他属下的工作深为满意，“后来我们没出现一个问题。这也得感谢同胞们，他们都非常自觉。”

及时、有序地让同胞们登上回家的飞机，仍然是撤侨任务的根本和关键。这里有一个细节须交代：撤至马耳他的五六千同胞都来自班加西和米苏拉塔地区，那里是当时利比亚最乱的两个地方。登船时，同胞们几乎没有经过任何安检手续，仅凭一张临时证件甚至仅凭单位集体的一个名单就上了船。他们多数是普通工人，勤劳而又会过日子的工人们，在逃命的那一刻，他们中有许多人依然没有忘记顺手带上自己吃饭干活的家伙。现在他们要上飞机了，要回家见亲人了，他们依然不愿放弃与他们生死同在的木刷、钳子和手电等随身物品……

孙应来是外交部机关党委干部，撤离行动中被派往前线，成为 14 位临时补充队员之一。小孙的工作岗位在马耳他，协助使馆负责同胞登机等事宜。

“24 日我接到部里命令，26 日抵达马耳他，之后是八天八夜的高强度工作……每天先到当地机场去联络和落实从国内来的航班起降时间，然后马上回到港口或酒店组织安排撤离人员赴机场登机。马耳他国家小，机场也小，当我们的飞机出现在机场时，当地人和游客都会惊叹一声：‘哇，大飞机来啦！’大飞机虽然给马耳他人一种惊喜，但也给机场添了不少麻烦。每次我们的飞机需要加油时都得用两辆加油车，这不仅是时间问题，还有机场地勤工作的协调问题，而且我们每天有八至九趟大飞机起降，试想有多少事要跟机场协调！好在马耳他有关部门好客热情，给我们提供尽可能的方便。但最难的还是我们自己如何组织好队伍上机场，登飞机，还得让同胞们丝毫不感觉委屈，始终保持愉快的心情回家。我们是这样做的：在前方的机场，我们先把每一次准备上飞机的人的名单、证件都办好，再通知住在酒店或船上的同胞做好准备，希望他们自觉地配合机场安检相关事项，尽可能地放弃那些不宜上机的随身物品；登上巴士之前，每人发一面小国旗，以便行动时不失散；出发时，每辆车上都有使馆派遣的工作人员和志愿者为大家引路，每个车队则由当地的警车开道；到机场后，由我们举着国旗在前面引路，后面皆是举着小旗的同胞，整整齐齐地排队进机场，过安检。有个外国人奇怪地问我：‘你为什么总举着国旗？国旗代表一个国家政府形象，你的人看上去都不像是总统和政府的高级官员。’我回答他说：‘是的，我举我们的国旗，就是代表中国政府。是我们中国政府在这里接送从利比亚撤离的同胞，他们虽然不是总统或政府高官，但他们是我们国家的人，所以他们享受着国宾的待遇。’外国朋友听到这儿，敬佩地伸出拇指，说：‘你们中国了不起！’”孙应来说。

一队队中国同胞就是在五星红旗引导下，登上自己祖国的大飞机的。他们不时挥动着手中的五星红旗，这种情绪强烈地感染着马耳他机场内外，无数外国公民和记者在一旁纷纷向中国人投来敬佩的目光和赞誉：“China is really powerful！”

一位美国 NBC 的记者 Martin Fletcher 那几天也在马耳他机场，他后来写了一篇《中国撤侨现场观后感》，当日网上点击率达 10 多万次。他这样写道：

> 我在马耳他的一个撤侨集散中心一边等我的飞机，一边在思考对比着。几百名中国工人戴着红帽子排成长队，安静而有序；领队举着红黄色中国国旗，看上去就像是假期中的旅行团。他们都非常听从指挥，排成长长的队，当被叫到的时候就慢慢往前挪动；命令一下，就像一列不可阻拦的蚂蚁大军大步穿过集散中心。真是跟美国人不一样呀，没有人戴着耳机听筒或者在玩手机等数码设备。

> 他们身材都很瘦削，没有一个肥头大耳的。他们的包包都用玻璃纸捆起来，有些人还穿着橘黄色的工作服，戴着橘黄色的建筑帽。他们都是工作在利比亚油田、铁路、建筑、通信行业的工人，中国政府包了一队飞机把他们悄悄地、高效地带回北京、上海。队伍没有一丝的凌乱。似乎在政府和工人之间有一个不成文的协议：你在外面工作，我在后面罩着你。数以千计的工人星罗棋布在整个非洲大陆，他们是中国工业、投资业，甚至是外交的代表。最重要的是，他们代表着中国的国家力量。
>
> 真正让我震撼的是撤侨的效率、秩序以及安静。没有人在讨论航班，反对顺序，把很多包和大袋子折腾得砰砰哐哐响。他们就是一条沉默的人流，耐心地等待被告知要做什么，要去哪里。看到这样我不禁想，这是否就是未来？工人冲在最前面，他们的政府张开翅膀保护着他们，无论到哪里……这支由 200 多人排成的单列队伍绕着圈排到了机场免税店里面，没有人瞧一眼陈列的奢侈品，他们只是在等待举中国国旗的人举起手臂告诉他们该往前挪挪。我不知道我内心充满的是敬佩还是颤抖。我觉得，我们最好把他们拉到我们这边。

据说 Martin Fletcher 先生以前在 NBC 的工作中没少给中国形象抹黑，但这回在马耳他时他正眼看待了中国。

东方航空公司主要负责将中转站马耳他的同胞运送回家。许多中国同胞并不知道，我国民航与马耳他机场之间没有通航，所以东航投入撤侨任务的每一个机组都是经过特别挑选的，力求在万米高空提供最安全、最优质的服务，他们甚至把公司总飞行师和飞行部书记全都调去执行此番任务。

"万里回家路，安宁又舒适。全家平安归，感谢我祖国。"当时出生仅21天，由我驻马耳他大使张克远夫妇亲自为其办理出生证的周懿轩，如今已能牙牙学语，蹒跚而行，小家伙的嘴里经常清晰地说着父母教的这几句话。每逢此时，全家总有说不完的温馨故事……

第十六章

克里特岛——无法忘却的浪漫与风情

说起希腊，我们自然会联想起两样永远在人类历史上闪烁光芒的东西：奥林匹克运动和古希腊文明。前者不用解释，后者则是我们许多东方人需要补的课。希腊文明在哲学、艺术、建筑等方面的成就至今仍是欧洲文明乃至世界文明中最绚丽的部分。“爱琴”是著名的海湾名称，也是欧洲旅游胜地，更是欧洲文明的发源地，而克里特岛则是这一古代文明发源地的核心地。

克里特岛面积 8261 平方公里，比马耳他整个国家的面积大出 20 多倍，是希腊最大的岛屿，在地中海的爱琴海湾之南。公元前 2800 年，克里特岛就已经进入青铜器时代。公元前 2000 年在岛北岸以克诺索斯为中心建立了奴隶制国家，建筑起宏伟的宫殿、庙宇，那个时代岛上就有兴盛的石雕、金银制品、珠宝、陶器制作业和频繁的海上贸易。

希腊神话中许多故事就发生在这座岛上，其中最著名的要算米诺斯王传说了，克里特文明因此亦名米诺斯文明。克里特岛上有山地和深谷，风景优美多姿，还有断崖、石质岬角及沙滩构成的海岸。地中海气候使得这里通常风和日丽，植物常青。岛上种有橄榄、葡萄、柑橘等，鲜花遍地盛开，岛四周是万顷碧波，因而有“海上花园”之称。

闻名于世的米诺斯国王（King Minos）时代，除了在岛上建筑了囚禁牛怪的迷宫外，克里特岛上的米诺斯文明则划开了西洋文明的混沌，即使后来面对希腊大陆文明，拜占庭、罗马及奥斯曼土耳其文明的洗礼，克里特岛上的米诺斯文明仍是它最令人难忘的一页，甚至后来的强势文明都是以它为根，融合它的精神。欧洲有句俗谚这样形容克里特文明，它“一点点酵母足以把全团的面发起来”。

虽说克里特岛仅是地中海的第五大岛屿，但由于它的悠久文明和独特的地理位置，每一次欧洲大革命、大动荡似乎都与克里特岛有关。第二次世界大战时，盟军与德军为争夺该岛，曾进行过一场历时 12 天的殊死空战，最后以德军占领为胜，盟军失守为败宣告结束。在该战役中，德军伤亡 1.4 万人，损失飞机 220 架。其中德军唯一的空降师第七空降师，在战役中遭受巨大损失，伤亡超过 5000 人，几乎占全师的四分之三；参战的空降兵共计伤亡 6500 人，占总数的三分之一，可谓元气大伤。由于德国空降部队在此次战役中的巨大损失，克里特岛因此被称为“德国伞兵的坟墓”。盟军伤亡人数更多，约 2.8 万。其中英国海军 3 艘巡洋舰和 6 艘驱逐舰被击沉，1 艘航母、2 艘战列舰、6 艘巡洋舰和 7 艘驱逐舰被击伤。希腊伤亡人数超过 6000 人，其海军基本全军覆没，另有 75% 的商船被毁。希特勒虽然是克里特岛战役的胜利者，但由于他的空降兵损失惨重，因此认为伞兵时代已经过去，基于这一思想，德军后来没有及时补充扩建其空降兵部队，在此后的战争中，再没有实施过大规模空降作战。而且由于克里特岛战役，希特勒的“巴巴罗萨行动”被耽搁了整整四个星期，德军机械化部队因此陷入了莫斯科的漫漫大雪中，“二战”的进程在一定程度上被改变了。克里特的文明与悲壮同样光芒四射。克里特的风光与风情则更是迷人倾世。

2011 年 2 月下旬的克里特，这颗欧洲明珠因为一批批中国人的进进出出，又一次成为世界瞩目之地。据说当我驻希腊使馆向国内建议把克里特作为利比亚大撤离的中转地时，决策部门的不少人惊叹起来：这么著名的地方我们可以用吗？用得起吗？后来友好的希腊政府回应：可以用。为此，正处金融危机的欧洲诸国曾妒忌了好一阵：有钱的中国，这下可让口袋空空如也的希腊人饱餐一顿了！既然希腊回应可以用，那我们自然用得起！中国领导人很干脆地决定了此事。

13000 多名中国人要一下子进岛，这是克里特近几十年从未有过的事。当时岛上正值旅游淡季，多数酒店、旅社都已关张休整。“欧洲人非常重视个人的假期，但听说我们要用他们的酒店时，破例为我们重新开张。许多正在休假的服务生和酒店工作人员也在第一时间回到了岗位，这是很罕见的事。”罗林泉大使深有感触地说，“23 日，我们就向当地 11 个四星级酒店订下 6500 多个床位，并联系好 10 家备用酒店、近百辆大巴车，确保了后续撤离大队人马进岛。”

热情、友善又浪漫的克里特人给了惊魂未定的中国人诸多意想不到：每一批从地中海彼岸过来的撤离者从邮轮上岸后，列队欢迎的克里特姑娘们有的递上矿泉水，有的送上一枝鲜花，加上一句句并不熟练却十分好听的“你好”和一张张美丽的笑脸……这让刚刚从战火中逃生的中国人简直心花怒放。

还有一件事更有趣。有位克里特人很好客，某一天晚上他把一位中国工人接到自己家，两人一起痛痛快快地唱歌、喝酒，结果这位工人喝醉了。半夜三更时，那位克里特人乐滋滋地将其送回宾馆，末后还说：“朋友，还到我家做客！”

尽管如此，更多的接护工作还是需要我方使馆负责。13000 多人的庞大队伍，如何确保这段日子他们在异国他乡安全舒适地进进出出，衣食宿诊皆无问题，这是颇伤脑筋的事。

“从北京和周边抽调骨干前去帮助工作。”外交部做出部署。

“动员当地华侨组成志愿者队伍。”使馆向驻希腊中资机构及华人组织发出号召。

“关键是我们自己，一人要当十人用！谁在这个时候掉链子，别怪我不给好脸色！”罗林泉大使很少用这般严厉的口气说话，而他的几十名属下也很了不起地让中国驻希腊使馆在国人与世人面前露足了脸。

能来的志愿者都动员来了。由五六十名当地华侨组成的志愿者队伍负责岸头接人，他们忙得挥汗如雨，却依然笑脸盈盈。“来来，请排好队，拿好箱子，从这边排队上车。”女华侨志愿者李晨曦的嗓门原来细细弱弱，现在变得嘶哑又高昂。只见她一会儿在码头举旗引路，一会儿又在大巴车上下服务。“每一次上码头接人时，看到黑压压的人群排成一条长龙，我的心就激荡起来……那是我的同胞，我受了苦的同胞，为他们服务我感到特别骄傲！”李晨曦说。

23日，温州籍华侨、希腊华商总会会长接到郑曦原参赞的电话，立即放下生意，转机四次，日夜兼程赶到克里特，一直干到几次虚脱。当他最后被人强拉下岗时，依然争执着说：“你们别拦我。如果这个时候我不能全力为国效力，以后以何颜面回国见江东父老？”

能来支援的都在岗位。2月26日深夜，刚从国航海外办事处调回北京总部的马玲接到出征任务，要她立即率领机务、地服、空保、航务等方面的15名技术骨干飞赴克里特岛，组成临时前方工作小组，保障国航航班。马玲他们的到来，对半民半军的克里特机场来说，可谓雪中送炭：从利比亚乘邮轮撤到克里特岛的同胞大部分没有护照，出境上飞机时需要马玲他们与希腊航空、海关部门一一核对旅客信息；这里的机场此前从没保障过波音777

飞机，地面代理人员更是经验有限，马玲他们来后要为每架进出的国航班机手工绘制舱单……“每天早晨6时上机场，晚17时收工，11个小时里我们一直在候机楼、停机坪之间奔忙。为了节省时间，方便面成了主食，可我们并没有感觉丝毫的苦累。看到同胞们一批批喜笑颜开地登机回家时，真的感觉比吃蜜还甜！”马玲微笑着说。

赵宗阳大学时学希腊语，之后又在我驻希腊使馆工作数年，前方吃紧，派他去很自然。小赵的任务是带领几名志愿者把同胞们从酒店接到机场，送他们上飞机。可别小看这活儿，马虎不得！首先是时间必须与机场掐准——每天上千人出现在一个小机场，一旦乱起来，麻烦就大了。许多同胞啥证都没有，而在异国领土上绝不允许有一个人中途擅自溜了，这就需要整车走人，整车上飞机。从酒店到机场需要三小时，中间不能停车方便什么的。“所以请各位注意了，尽量不喝，少喝水！”小赵要这样一个个跟同胞们交代。

一天光说这一件事，就能把嗓子喊哑了，何况一路上要交代的事至少有一二十件。小赵指挥同胞们上车时，在车下一站就是半小时。那些日子克里特岛天天阴雨。“我从北京走时带的棉衣棉裤每天都是湿湿的。上车后，我就坐在驾驶员的旁边，那是大巴车的发动机处，我靠上面的热度烤干裤子和棉衣……”小赵说，到机场后就没有时间想自己的事了，每一次都要给大家填出境登记表，一天下来，双手发麻，“这活儿我整整干了六天，送了几千人，没出一次差错。我感到极度欣慰的是，每给同胞填好一张单子，听到的都是一声亲切的‘谢谢’。”

该自己做的事还必须做得更好。罗林泉大使身先士卒，23日他把使馆的一大摊活儿交代给郑曦原参赞，自己就跑到了克里特。从那一刻起，罗大使成了“罗将军”，他统率几十个人，要安排10000余人……这是史无前例的活儿，“罗将军”安排得井井有条。同胞们上岸了，每人发一张手机卡——“先向家人道个平安”，这是他建议每个同胞首先要做的事。然后他到每一个房间看望同胞，一一握手嘘寒问暖。“你的手机坏了？用我的！”走进一位老工人的房间时，见他拿着摔坏的手机犯愁，罗林泉掏出自己的手机。那位工人在跟家人说话时激动得嘴唇直抖动：“知道吗？我用大使的手机在给你们打电话！哎，罗大使的手机……”他的脸上乐开了花，罗大使的心里也乐开了花。

从2月24日首艘邮轮抵达克里特岛，到北京时间3月5日早上6时，最后一架国航CCA060B航班从克里特岛起飞，我驻希腊大使馆圆满完成了任务——协助撤侨13185人！

这次，外交部给罗林泉他们的使馆记了集体三等功。上次他们被记集体三等功是因为2008年为北京奥运会所做的特殊贡献。

“我觉得当中华人民共和国的特命全权大使很光荣、很神圣。这次在克里特岛接送撤离同胞的任务完成得特别圆满。”罗林泉大使欣慰地说。

是的，中国在利比亚大撤离的整个战斗，圆满得近乎完美！12天时间里，中国调派182架次中国民航包机、24架次军机，租用70架次外航包机、22艘次外籍邮轮、1000余辆次客车，动用5艘货轮、1艘军舰，海、陆、空三路出击，涉及40余个国家，无一例伤亡事件出现，顺利将35860名同胞安全撤离和转运回国！

3月5日23时，中南海。国务院应急指挥部第三次全体会议召开。张德江总指挥宣布：在党中央、国务院英明领导下，在国家各部门、各省市自治区和全国人民的全力配合与支持下，中国的利比亚撤侨任务胜利完成！

这回，从来都是笑眯眯的国务委员戴秉国也涨红着脸，情不自禁地高声说:“此次行动，是中国人集体奏响的一曲响彻中外、气势恢宏的交响乐！是英雄交响乐！”

几个小时后，全世界的媒体都在报道和传颂东方巨龙的又一次精彩亮相：

“这么快！这么好！这么有序！这么安全！这就是中国力量！中国速度！”

“社会主义制度的优越性无可非议，再次被证明！”

“中国外交‘以人为本’是在实际行动中体现出来的。”

“让世界震惊的，还有他们长期积累下来的友善与和睦的外交经验。”

“中国人可爱。中国外交官的能力与风采更值得称道！”

“中国是个负责任的大国，他们不仅圆满地解救了自己的几万名公民，而且帮助其他国家撤离了 2000 多名难民。”

真是好评如潮，不管是朋友还是看着中国崛起总是不太舒服的人，都在这么说。

中国侨民利比亚大撤离是一次被世界公认的中国外交的完美亮相，它也是中国外交史上前所未有的行动。毫无疑问，它将被载入史册。

3月6日清晨，外交部领保中心办公室。黄屏被郭少春从行军床上推醒，说是中央电视台要采访。“谢绝！一律谢绝！除了值班的，大家都回家！回家好好睡他几天！”黄屏昏昏沉沉地摇着手，身子东斜西歪地对着领保中心的人说。

“抱歉，黄司长，还得劳您大驾说几句，全国人民都等着听外交部是怎么打下这么漂亮的一仗的呢！”是董倩？是董倩嘛！著名的中央台主持！

黄屏定了定神，总算看清楚了。

“还……还得说吗？”

“当然。”

“那就说几句……”黄屏摇摇晃晃地坐在椅子上。毕竟人家是中央台的，又是名主持人，总不能驳人家的脸面嘛。可他坐下以后，还没等摄像机调试好，又睡着了……

“睡吧。让他好好睡吧。”董倩开始笑，后来鼻子酸酸地说了这句话，又对外交部领保中心的所有工作人员说：“你们也回家好好睡一觉吧！”

“回家！”郭少春命令道。

“回家喽！万岁！”

领保中心一屋子人欢呼起来。有的人直接靠在桌子上呼呼睡着了……

他们在此已经连续战斗十四五天了！他们太累、太累了！

“黄司！看新闻了没有？”

随后而来的那个星期五下午，黄屏正在办公室里伏案批阅文件，郭少春大呼小叫地从门外进来。

“什么新闻？”黄屏浑身一惊。

“日本今天刚刚发生 8.9 级大地震，引发海啸！海啸又造成几个核电站泄漏……我们很可能面对一场更加不可预料的战斗！”郭少春气喘吁吁地报告道。

我的天哪！黄屏急忙打开电视，当他看到日本大地震所引发的海啸和核电站泄漏那一幕幕可怕的情景时，心口突然堵得阵阵发紧，发紧……

中国在日本有多少侨民？这个数字他是掌握的：80 多万哪！

假如核电站再发生核泄漏，整个日本岛会是什么样？

“快！快快！立即通知所有领事司和领保中心的工作人员重新进入应急状态，准备战斗！”黄屏猛地站起来，朝郭少春喊道。

这不是电影镜头，这是利比亚大撤离战斗刚刚结束一个星期后的2011年3月11日发生的实实在在的事儿。外交部再次迎来一场更加惊心动魄、更加烦琐复杂的伟大战斗……

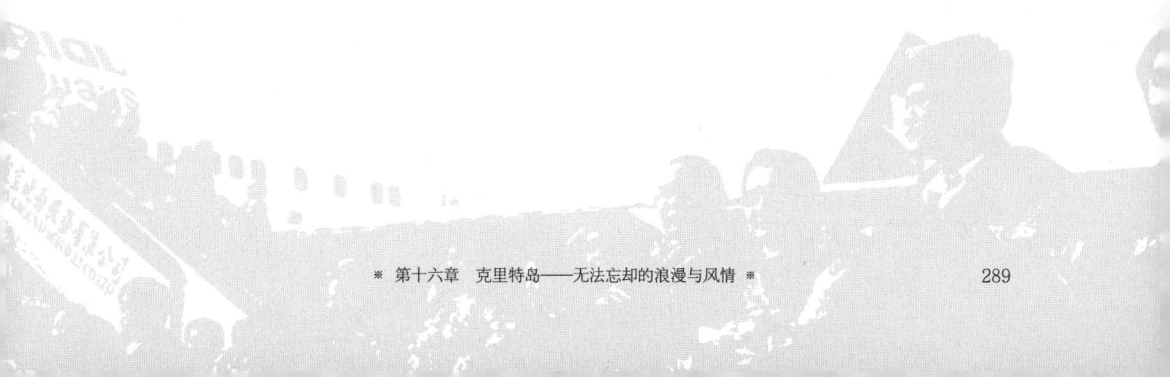

后 记

已经很少在完成一部作品之后写后记一类的东西了。但在这部《国家——2011·中国外交史上的空前行动》最后收笔时，则感觉有许多东西仍然留在心底没有告诉读者而很不爽，于是便有了这个后记……

在古时，有补记之说，我的这个后记属于这样的补记。因为在创作正文时，有许多内容受到结构安排等因素的影响，没有进入其中，让我内心深存一份欠人情的感觉。

比如，我欠了最早找我谈创作这部作品的外交部原新闻发言人、现为外交部机关党委常务副书记章启月的一份人情。她的知名度很高，我们对她的印象甚好：干练，有风采，有水平，属于那种很给国家形象增色的数量并不多的女外交官。她多次与我深入交流这部作品的创作思路及细节，并出面安排诸多方面负责人接受采访，与我交流。

比如，我欠得比较多的还有一直参与整个采访与审稿过程的王永参赞和郑曦原参赞。特别是郑曦原参赞，他基本上全程参与了我这部书的采访与审稿过程，并且在许多方面给予了我特别的帮助。虽然他是外交部安排来协助我完成此书创作的，但他的专业能力和个人的良好素养，使得他很快成了我的朋友。这样的友谊和友情对一个作家完成一部作品有着特别重要的意义，而通常有些单位是不太了解这些的。这让我在感谢郑曦原先生的同时，必须深怀情意地感谢外交部的这份精心安排——它使我对外交部的整体形象有了异乎寻常的好感。应该感谢的还有帮助过我的孙鹏远等同志。

然而需要特别说到的还有领保中心的诸多年轻外交官们，他们在利比亚大撤离中做了许多感人至深、可歌可泣的事，当然身处第一线的我驻有关国家的诸多外交官更是如此。他们的事迹毫无疑问都应当载入史册，而由于采访条件的限制和篇幅关系，在此书中没有对他们的功绩给予适当的叙述，但这依旧不会影响这些人的可敬可爱形象。整个大撤离是以外交部为主体的一场特殊的超越国界的大行动，国资委、商务部、国防部、总参谋部等单位甚至许多普通公民和外国友好人士，他们都参与其中，他们的贡献同样应当被传颂和载入历史。

我想特别提到的还有两位领导人，一位是外交部部长杨洁篪，另一位是国务委员戴秉国。

与杨外长的交流，可以说是见缝插针。我甚至认为采访日理万机、天天忙得不可开交的外长有一种负罪的愧疚——因为像我们搞写作的，没有哪一件事可以同瞬息万变、事事重千钧的国家外交事务相提并论，故而我有什么必要去打扰自己的外长呢？然而杨外长如期相约，并且与我谈得颇为酣畅。之前就听说我的这位江苏老乡特别喜欢苏州评弹，而且能弹一手好琴。弹琴者都是需要超然的恬静心境和非凡技艺的。我曾问杨外长的业余爱好与他得心应手的外交工作是否有某种默契，他笑而未答，但他有些话令我印象深刻。他说，外交工作就是要牢记国家利益至上，处理任何复杂的外交事务，其基本原则是要对自己的国家有利，同时又能实现合作共赢。他又强调，必须在做事之前有预断，遇事一定要立体思维，讲究节奏感。外交虽然重视结果，但其过程特别重要，过程恰恰是一个国家的外交思想、外交艺术和外交战术的具体体现。做事的标准和结果是必须对得起自己的国家和人民。同时他特别指出，大国要有气度。

而对国务委员戴秉国的采访则超乎了设定的时间和内容。那天在中南海他的办公室里，我们自然主要谈了利比亚撤离的事，但这位领导人留给我印象最深刻的是他的平易近人和谦逊的风采。他坦诚地谈到自己从四岁半时就跟父母去田间插秧，学校毕业后又如何到了北京，后来说起自己外交战线40余年的大半人生经历时感慨道：我一直记得小时候父母常跟我说的，干什么事都要平常心、好好干。也许这就是一位大国外交工作领导者能够运筹帷幄、把握大局的内心平衡点与支撑点。

戴秉国同志有几句话令我记忆尤深：一个人不管担任什么职务，都要不断学习。一个国家强盛了，可以自豪，但不要骄傲；可以豪迈，但不能傲慢。中华民族有五千年的文明史，我们一定要让世界各国感受到我们是一个可亲可敬且可以打交道的民族，当然也是一个不可随便任人欺凌的民族。

写《国家》，有诸多感慨：一感慨我们祖国的执政者务实为民，决策英明；二感慨我们祖国如今实力的强大；三感慨我们国家制度的优势与力量；四感慨我国外交长期积累的资源与外交队伍的干练、杰出；五感慨我们的人民可爱可敬、无私奉献精神；六感慨整个战役的缜密、完美和巨大成功。

“国家叙述”是我的报告文学创作的主要风格。这部以《国家》为题的国家叙述，可以说是我一向秉承的创作风格的一次具有新的标志性意义的非常痛快的叙事。从创作角度讲，国家叙述需要驾驭能力、思想高度、情节细腻、叙述生动、人物丰满、结构紧凑、情景如舞台剧或影视剧那样精彩等内在的艺术要求，绝非是生硬、简单、死板的高、大、全。人物和故事必须是整篇叙述作品的核心，思想和主题一定是在栩栩如生的人物形象和扣人心弦的故事中呈现。紧凑而合理的结构则是决定国家叙述的高度并撑起全局的梁柱，语言与情节显然是依傍在这些宏梁伟柱之间的砖瓦和混凝土。

报告文学曾经是国人特别喜欢的文学样式。但这些年常听到人们在议论它的不足，大家很纠结为什么看不见优秀的作品。其实不是没有，而是好作品常常被纷乱的杂货淹没了。人们反感那些冠以“报告文学”的广告宣传式的文章，因此容易把那类东西归结为“报告文学”，实际上让我们这些从事纯粹性的报告文学创作者感到有点冤。我知道，每年优秀的报告文学作品（含纪实类作品），读者远比小说读者要多，影响力也大。中宣部最近一届评选出的“五个一工程”奖中，文学图书类 30 部获奖作品中有 21 部是报告文学作品，在获奖电影中有 8 部、获奖电视剧中有六七部，都是根据报告文学（或纪实作品）改编的。这是一个很好的说明，说明当今时代的广大读者和观众非常愿意看到那些真实反映生活和客观表现历史的非虚构作品。

《国家》是继《三牛风波》后我今年的第二部作品。工作之余进行创作，是件十分辛劳的事，但因为我们伟大的时代和伟大的国家有太多值得去记录的事，所以这种累并快乐着的事我还要做下去，直到生命的最后……

2012 年国庆于北京